# 동양고전의 이해

김상대 · 성낙희

국학자료원

**국립중앙도서관 출판시도서목록(CIP)**

동양고전의 이해 / 김상대 ; 성낙희 공역. -- 서울 : 국학자료원, 2004
    p. ;    cm

ISBN  89-541-0180-1 93900

152-KDC4
181.11-DDC21                    CIP2004000466

# 서 문

　여기서 '고전'이란 고전의 꽃이라 할 수 있는 경전을 의미한다. 오늘날 이 케케묵은 책들을 다시 꺼내 읽으려 하는 것은 단순히 향수에서가 아니다. 문명이 발달할수록 기계에 둘러싸여서, 우리 자신도 점점 기계적이 되어 본질과는 한없이 멀어지고 있다. 그것은 대양의 물고기가 모래톱에 내던져진 상황에 비유될 수 있을 듯하며, 이 물고기가 겪어야 하는 불행과 고통이 바로 우리의 불행과 고통이며, 대양으로 돌아가려는 열망이 이들 지혜의 원천으로 다가가고 싶은 간절한 소망으로 나타나는 것인지도 모른다.

　그리고 '동양'이란 직접적으로는 노자와 공자를 탄생시킨 중국을 가리키나, 근본적으로는 동양 정신을 상징한다. 이제 동서양은 지리적으로 구분된 개념일 뿐만 아니라, 우리 마음의 특성을 나타내기도 한다. 서양은 합리적이고 과학적이며, 공격적으로 자연을 정복하려 하며, 동양은 비합리적이고 직관적이며, 수동적으로 자연에 순응하려 한다. 지난 한 세기의 동양은 서양화로의 탈바꿈을 위하여 몸부림쳤고, 이제 지구상에 진정한 동양은 존재하지 않는다고 할 수 있다.

그 결과 하나밖에 없는 지구의 위기를 맞고 있는 것이 현실이기도 하다. 이런 상황에서 우리에게 절실한 것은 동도서기(東道西器) 정신이다. 동양과 서양은 대립 관계가 아니라 조화를 이루어야 할 상보적 관계이며, 동양 정신을 되살리는 것은 진정한 세계화 시대를 이끄는 길이기도 하다.

이번 개정본에서 '강의'를 '이해'로 바꾼 데는 그만한 이유가 있다. 6년 반 전에 간행된 초판에서는 이 책의 제2부에 해당하는 내용만 수록했으나, 그간의 강의 경험과 학생들의 요구를 반영하여 개정본에서는 새로 제1부를 추가하였다. 이는 일반 독자에게도 좀더 친절히 경전 이해의 방향을 제시하는 것이 되리라 생각한다. 경전을 강의하는 사실 자체보다 이를 어떻게 바로 이해할 것인가가 훨씬 더 중요하고 진지한 문제라고 생각되며, 제1부는 이런 도전에 대한 우리의 조그만 노력의 결과라 할 수 있다.

끝으로, 동양 고전을 대할 때 항상 문제가 되는 한문에 대하여 우리의 입장을 밝히고자 한다.

우리 사회에서, 특히 젊은이들에게 한문은 그 어떤 외국어보다 낯선 것이 되어 있음을 솔직히 인정하고, 한문이 그 이해에 장벽이 되지 않도록 해주는 것이 중요하다고 생각하여, 이 책에서는 이런 입장을 견지하였으며, 일부 원문에 관심을 갖는 진지한 학구파를 위해서 한자와 한문에 대한 해설을 덧붙였다. 아무리 소수라 할지라도 우리는 그들의 뜻을 존중하고 그에 대한 우리의 책임을 저버릴 수 없었던 것이다.

동양 경전의 역주서가 범람하는 상황에서 이 책이 또 하나의 짐이 되지 않고, 조그만 기운으로라도 새로운 기풍을 일으키는 계기가 되기를 감히 기대해 본다. 그리고 아울러 겸허히 동학제현의 비판과 질정을 기다린다.

바쁜 가운데 한문을 일일이 대조하여 입력하고 교정보느라 고생한 배공주, 옥정미 선생에게 고마움을 표하고, 초판본에 이어 개정본의 간행에도 여전한 의욕을 보여주신 정찬용 사장에게 심심한 사의를 표하며, 체제를 초판본보다 더욱 아름답게 꾸며준 이인순 과장과 정혜진 양의 노고에도 감사한다.

2004년 2월 15일

저 자 씀

## ● 일러두기

1. 이 책은 노자의 도덕경과, 논어·대학·중용·맹자 등 사서(四書)에서 비현실적이거나 어려운 한자들이 많은 내용을 제외하고, 핵심적이면서도 비교적 접근하기 쉬운 것으로 엮었다.

2. 제1부는 이들 경전의 첫 대목들을 새로운 방식으로 접근하여, 경전의 심오한 의미를 이해하는 데 도움을 주고자 시도해본 것이다. 독자들은 반드시 이를 먼저 익힌 다음에 제2부로 넘어가기를 권한다.

3. 제2부의 내용은 한 학기 강의 자료로는 좀 많은 편이다. 서둘러 이를 대충대충 읽어가는 것보다는 취향과 필요에 따라 선택적으로 그러나 제1부의 방식을 참고하면서 토론식으로 심도 있게 이해하는 것이 좋을 것이다. 공부하는 순서도 이 책의 체제는 저자의 취향과 편의에 의한 것으로, 독자들은 각자의 취향에 따라 자유롭게 조정할 수 있을 것이다.

4. 한자와 한문의 해설은 이에 관심 있는 독자만 참고하고, 그 밖의 독자는
   아무런 부담도 갖지 말고 내용의 이해에 전념하기 바란다. 경전 이해의
   핵심은 내용이며, 이에 비하면 형식 문제는 지엽적인 것이기 때문이다.
   이제까지 동양 고전을 이해하기 위해서 한문에 매달린 타성은 하루 빨리
   극복되어야 할 것이다. 한자와 한문에 대한 지식은 다소간 습득하였으되,
   정작 경전의 의미를 수박 겉핥기식으로 읽는 것은 본말이 전도된 것이다.

5. 원문에 관심을 갖고 있는 일부 독자를 위해 한자와 한문을 해설하였으되,
   이 또한 그들의 부담을 덜어주기 위하여 현대적 관점과 현대 문법 이론으
   로 풀이하였다. 그리하여 한문은 구절을 띄어 쓰고 토는 달지 않았다. 원문
   에 토를 단 소위 구결문(口訣文)은 이론적으로는 한문이 아니라 국어의
   특수한 형식에 해당하는 것으로 간주되기 때문이다.

6. 이 책의 특징이며 핵심적 내용은 제1부라 할 수 있다. 이는 경전 이해의
   새로운 시도로, 앞으로 이런 방식이 더욱 개발되고 확산될 것을 기대한다.
   이 책의 독자들은 제1부를 정독 숙지함으로써 제2부의 이해에 이런 방식
   을 적극 활용해 주기를 간절히 바란다.

# 목차

서 문

일러두기

## 1부

## 2부

제 1 부

# 경전 이해의 새로운 시도

경전(經典)은 성인의 가르침을 기록한 책이다. 이를 현인 혹은 학자들이 주석한 것이 경전(經傳)이다. 그동안 우리가 경전(經典)에 접한 것은 경전(經傳)을 통해서였다. 일반인은 성인의 말을 바로 이해할 수 없기 때문에 중간 계층의 도움을 필요로 했던 것이다. 이것이 전통적인 경전 이해 방식이다. 요즘 더욱 다양하고 풍성하게 출간되는 경전 해설서들은 현대판 경전(經傳)이라 할 수 있다.

우리는 이런 방식의 공헌을 부정하는 것은 아니나, 결코 이들이 충분한 것은 못된다는 점에서 새로운 방안을 강구하기에 이르렀다. 오늘날 젊은이들이 경전을 읽기는 해도 그 깊은 뜻을 이해하고 진정으로 삶의 지침으로 받아들이는 것을 보기 힘들다. 그 책임은 먼저 성인의 가르침을 해설한 이들이 져야 할 것이다. 그리고 그들로서도 불가항력적이라 할 수밖에 없으니, 그들의 수준이 성인의 차원에는 크게 못 미쳐, 핵심을 놓치고 곡해하거나 기껏 구절의 의미나 풀이하고 말기 일쑤이기 때문이다. 성인과 주석자의 수준 차이는 어쩌면 주석자와 일반인의 차이보다 훨씬 크다고 보는 것이 옳을 듯하다. 후자는 양적인 차이에 불과하나 전자는 질적인 차이이기 때문이다.

그래서 우리는 늘 우리와 성인 사이에는 큰 강과 같은 것이 가로 놓여 있으며 거기 어떤 다리도 발견하지 못한 아쉬움을 품고 지내온 것이 사실이다.

이렇게 볼 때 전통적인 방식의 한계를 극복하기 위한 우리의 새로운 방안이란 해설의 차원을 높이는 길밖에 달리 있을 수가 없다. 이런 목적에 접근하기 위한 한 방안으로 우리가 시도하는 것은 한 경전을 이해하기 위해서 다른 성인들 혹은 성인의 경지에 가까이 도달한 이들의 말을 참고하는 것이다. 한마디로 경전들 간의 상호참조 방식이라 할 수 있다. 경전들이란 각기 특징이 있어서 내용도 다르고 표현 방식도 상이하나, 성인들은 한결같이 진리에 대하여 언급하고 있는 것이 공통적이라 할 수 있다. 우리는, 진리는 하나이며, 오직 거짓만이 여럿이라는 사실을 확신한다. 이는 건강은 하나이며, 질병만이 여럿인 것과 같은 이치며, 바닷물을 어디에서 맛보든지 그 짠맛은 하나인 것과도 같은 현상이다. 다만, 이런 작업을 위해서는 경전들 혹은 그와 관련된 자료들을 널리 섭렵하여야 하며, 상호 관련성을 포착하는 통찰력을 길러야 할 것이다. 그러나 우리의 조그만 경험을 통해서 보면, 성인들의 언급은 직접 간접으로 관련되고 상통하는 것들이 의외로 많아, 노력에 대한 보상은 충분할 듯하다.

그러나 이런 작업은 결코 한두 사람이 일정 기간에 할 수 있는 것이 아닌, 매우 광활하고 대단히 지성적인 것임에 틀림없다. 그래서 다음에 보이는 예는 극히 초보적이고 미흡한 것이나, 무한히 잠재적인 대안의 개발과 그 출발이라는 데서 그 의의를 찾을 수 있을 것이다. 이런 가능성의 실험에 결정적인 단서를 제공한 것은 오쇼 라즈니쉬의 방대한 강의록이다. 그는 현대적 인물로서 아직 성인의 반열에 속한다고 단정하기는 조심스러우나, 확실히 지금까지 경전을 주석한 현인이나 학자들과는 다른 차원에서 진리나 삶의 문제에 대해서 폭넓게 그리고 명료하게 밝히고 있다. 다음의 예시에서도 누구보다도 그에게 많은 빚을 지고 있음은 말할 필요도 없다. 제1부에서는 제2부에 게재한 경전들의 첫 부분에 대하여 새로운 방안으로 접근해본 것이다. 이런 방법을 참고하고 보완하면서 제2부의 경전들도 보다 깊이 그리고 재미있게 읽어갈 수 있기를 기대한다.

참고로 이런 작업의 한 구체적인 예를 소개한다.
사서(四書) 중의 하나인 대학(大學)에 〈物有本末 事有終始 知所先後 則 近道矣〉라는 대목이 나온다.

많은 번역서나 해설서는 이들을 직역에 가깝게 번역하고 형식적으로 풀이해 놓고 있을 뿐이다. 그러므로 이 심오한 진리는 우리에게 큰 감명을 주지 못한 채 비껴갈 뿐이다.

「소크라테스의 변명」에는 이와 유관한 내용의 다음과 같은 구절이 보인다.

〈나는 개인적으로 여러분 모두에게 가장 좋은 일을 할 수 있는 곳으로 가서, 사람은 자기 자신을 돌보아야 하며, 개인적 이익을 구하기에 앞서 덕과 지혜를 추구해야 하고, 국가의 이익을 고려하기에 앞서 국가 자체를 돌보아야 하며, 또한 이것이 인간의 행동에 있어서 지켜야 할 순서라고 여러분 각자에게 설득하려고 노력했습니다.〉

여기서 소크라테스의 말은 마치 위 「대학」 문구를 해설해 놓은 것처럼 생각된다. 대학의 '物有本末'에서 本에 해당하는 것은 무엇이며 末에 해당하는 것은 무엇인지 구체적인 언급이 없어 사람마다 그 가치관에 따라 달리 해석할 소지가 없다 할 수 없다.

그러나 소크라테스는 간명하게 본말(本末)의 이상적 구분법을 제시하여 줌으로써 우리의 이해를 돕는다. 개인적으로는 자신의 이익을 추구하는 것은 末이며, 덕과 지혜를 추구하여 자기 자신을 돌보는 것이 本임을 밝히고 있으며, 국가적으로도 그 이익을 추구하는 것이 末이며 국가 자체를 돌보는 것이 本임을 분명히 하고 있다. 이렇게 본말을 구분하고 보면 어떤 것을 먼저 해야 하고 나중에 해야 하는가 하는 것은 자명하게 드러난다. 굳이 이익을 추구하는 것이 나쁘다 할 필요도 없으며 또 하지 말라고 할 필요도 없다. 다만 그것은 末에 해당하는 것이니, 本에 해당하는 것부터 먼저 하고 그 뒤에 혹은 그 여력으로 이를 하면 될 것이다. 모든 사물이 생존하기 위해서는 기본적으로 이익을 추구할 필요가 있기 때문에 그 자체를 좋다 나쁘다 할 수 없으며, 해라 하지 말라 할 수도 없는 것이다. 그러나 이것이 그 특성상 本은 아니며 末에 해당하는 이치를 아는 것이 중요하며 이에 따라 일의 선후를 가릴 수 있어야 한다.

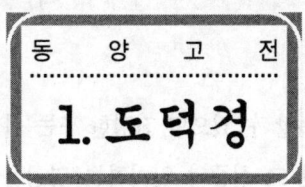

# 1. 도덕경

---

**원문**

道可道非常道 名可名非常名 無名天地之始 有名萬物之母
도가도비상도 명가명비상명 무명천지지시 유명만물지모

故常無欲以觀其妙 常有欲以觀其徼 此兩者同出而異名
고상무욕이관기묘 상유욕이관기요 차양자동출이이명

同謂之玄 玄之又玄 衆妙之門
동위지현 현지우현 중묘지문

---

☞ 이는 노자(老子) 「도덕경(道德經)」의 제1장이다. 도덕경은 상식을 초월한 역설의 논리로 삶의 진실을 간결하고 명쾌하게 설파한 점에서 고전 중의 고전으로 간주된다. 위 원문 구조의 이해와 그 해석은 별로 어렵지 않으나, 그 심원한 의미를 이해하는 것은 결코 쉬운 일이 아니다. 그래서 한 구절 한 구절 찬찬히 살펴보려 한다.

## 道可道非常道 名可名非常名

**〔직역〕**

　도란 것은 말로 표현할 수 있으면 진정한 도는 아니며, 명칭이란 것도 사물에 대해 일컬어지면 그 실존과 일치하는 명칭은 못된다.

**〔의역〕**

　사람들은 진리를 표현하려고 수없이 시도해 왔다. 하지만 모두 쓸데없는 짓이 되고 말았다. 일상생활의 경험보다 조금이라도 깊이 들어갔을 때 이를 말로써 표현하는 일은 결코 쉽지 않음을 깨닫게 된다.

　어떤 사물에 좋은 이름이든 나쁜 이름이든 딱지를 붙이는 것도 문제다. 어떤 사람도 좋은 이름에 손색이 없을 만큼 완전하지도 않으며, 나쁜 명칭에 불과할 만큼 비인격적이지도 않다. 사람은 어떤 명칭으로도 규정될 수 없는 비기계적이고 영광된 존재이다.

　오늘날 이기적으로 좋은 명칭만 갖다 붙이려는 행태는 심각한 문제다. 이로 말미암아 얼마나 사회가 혼란스럽고 언어가 오염되고 있는가?

**〔우리의 논의〕**

**1.**

이 구절은 웬만한 지식인이면 다 들어보았을 듯한 유명한 표현이면서 막상 그 의미를 제대로 알기는 무척 어려운 것으로도 유명한 구절이다. 형식적으로 문장에 충실하게 번역하는 것 자체는 어려울 것이 없다. 어찌 보면 말장난 같기도 하다. 그러나 이 대목은 그가 농담할 자리는 결코 아니며, 설령 농담할 때라도 그는 농담을 하는 게 아니다. 그는 무척 진지하다. 오늘날 우리 주변에서 남발되는 종교적 발언을 연상할 때 우리에게도 이 취지는 공감이 가고도 남는다. 그래서 이 말이 더욱 가슴에 와 닿는지도 모른다. 알지도 못하면서 위대한 말을 함부로 내뱉는 것은 도리어 신성을 모독하는 일이다.

노자에게 있어서 훌륭한 것에 대한 말장난은 되도록 배척되어야 하고 경계해야 할 대상으로 일종의 소음일 뿐이다. 말은 본질을 변질시키기 때문이다.

하찮은 비유로 진실로 겸손한 사람이 만일 '내가 겸손하다'고 말한다면 그는 이미 겸손한 사람은 아니게 되는 것과 같다. 말은 그것을 죽여 버린다. 말이라는 것은 유독하다. 진실은 침묵 속에서밖에 말할 수 없다. 그러나 침묵을 이해하는 사람은 없다. 그래서 현자도 역시 말을 하지 않을 수 없다. 그러나 지혜로운 사람은 주저한다. 현자는 어떤 의미에서는 항상 두려워하고 있다. 어느 때이든 그가 사람들에게 이야기를 할 때, 그는 그것이 오해받을 가능성이 99퍼센트이고 이해 받을 가능성은 1퍼센트밖에 없다는 것을 알고 있다. 어떻게 그런 것을 확신을 갖고 말할 수 있겠는가? 그래서 노자는 道에 관해서 어떻게 기술할 수 있을까 난처해하면서 말을 더듬고 있는 듯하다.

어떤 사람이 부처에게 물었다. "당신은 깨달았습니까?" 그러자 부처는 말했다. "나는 깨달았으므로 내가 깨달았다고 내세울 수가 없다. 내가 그렇게 주장한다면 그것은 내가 아직 깨닫지 못했다는 것을 보여주는 아주 분명한 표시이다."

도는 침묵 혹은 공(空)의 상태에서만 나타날 수 있다. 우리는 우물을 판다. 물은 이미 내부에 있다. 다른 데서 운반해 올 필요가 없다. 우리는 단지 돌과 흙을 파내고 그것을 제거할 뿐이다. 우리는 공을 창출한다. 그렇게 하면 내부에 숨겨져 있는 물은 그 자체가 모습을 나타낼 수 있는 공간을 찾아낼 수 있다. 도 역시 도처에 넘쳐나고 있으며, 그 도는 밖으로 분출되기 위한 공간을 필요로 한다. 우리의 생각과 말이 '나'를 주장하고 있는 한, 우리는 모래와 돌에 덮인 우물이다.

道可道非常道는 도에 대한 대답이 될 수 없으면서 또한 전연 무의미한 것도 아니니, 도의 이해를 위한 하나의 중요한 암시가 될 수도 있다. 먼저 우리는 이런 표현을 통하여 道나 常道는 존재하는 것 혹은 존재해야 하는 것임을 간파할 수 있다. 이는 태초부터 있었으며, 앞으로도 영원히 지속될 가장 중요하고 진실한 것이다. 또한 이는 지식인이나 고관 등 소수 특정인에게만 관련된 것이 아니며, 모든 사람, 모든 사물의 존재와 관련되는 가장 궁극적인 기반이라는 점에서 진리중의 진리라 할 만하다. 그러나 그 해명은 직접적으로 주어질 수 없는 것 또한 감지할 수 있다. 단지 한 가지 방편, 하나의 테크닉을 가르쳐 줄 뿐이다. 그리고 그 테크닉을 수행함으로써 해답을 알게 될 것이다. 그 외에 다른 앎은 없다. 우리가 뭔가를 행하지 않으면, 우리가 변화되지 않으면, 사물을 바라보는 우리의 시각이 달라지지 않으면, 지적인 차원 이상의 차원으로 옮겨가지 못하면, 거기에는 해답이 없다. 물론 여러 가지 그럴싸한 대답들은 주어질 수 있다. 하지만 그것들은 모두 거짓말이다. 모든 철학적 해답들이 그러하다. 만약 그것이 우리를 만족시키면 우리는 그 철학에 빠질 것이다. 하지만 우리는 그 속에서 아무런 변화 없이 그대로 남아 있다. 노자는 이를 경계하여 책머리에서 독자들에게 이 책을 읽되 철학적 유희에 빠지거나 말에 집착하지 말라고 당부한다. 도에 관해서는 어떤 언어적 시도도 가능하지 않으며 어떤 체계적 이론도 세울 수 없다. 道는 학설화될 수 없는 것이며, 따라서 도가(taoism)의 도조차 순수한 도는 못 된다. 도는 아무런 규정도 할 수 없고, 아무런 규제도 있을 수 없을 만큼 광대하고 순수한 것이다. 그러므로 누구도 도는 이런 것이라고 단정적으로 말할 수 없다.

## 2.

'道'자가 포함된 여러 어구를 통해서 좀더 구체적으로 그 의미에 접근해 볼 수도 있다. 동도서기(東道西器)란 표현을 통해서 道란, 물질적이고 기계적인 그릇과 대조적으로 그 속에 담길 본질적인 것임을 알 수 있다. 예컨대 대학에서 교수나 시설 등 일체의 구체적 자산은 모두 그릇에 해당하며, 대학의 도는 거기에 서린 그 이상의 정신적이고 본질적인 것이어야 한다. 그리고 궁술(弓術), 검술(劍術)에 대하여 궁도(弓道), 검도(劍道)란 말도 쓰이는 것으로 미루어 道란 구체적 기술 이상의 정신적 자세나 지향과 관련된 것으로 간주된다. 또한 글자의 형상으로 볼 때 길을 나타내는 한자로 道와 로(路)가 병용되지만, 路가 발(足)로 걸어 다니는 구체적 길을 나타내는 데 대해서 道는 머리(首)로 지향하는 추상적 길일 것이라는 생각도 든다.

우리는 현실에서 또한 자연스러운 길과 인위적인 길을 대조적으로 생각해 볼 수 있다. 가령 새가 하늘 높이 자유롭게 날아갈 때 여기서도 우리는 보이지 않는 길의 존재를 상상할 수 있다. 모든 것이 어떤 방향으로 움직여 가기 위해서는 공간이 필요하며, 길이란 이런 저런 모든 통로를 포함할 것이기 때문이다. 이런 길은 순간적이고 일회적인 점에서 참으로 창의적이라 할 수 있고, 너무 창의적이어서 이정표도 있을 수 없고 지도에도 표시될 수 없다. 이 '길 없는 길'이야말로 자연스럽고 생기 넘치는 삶의 길이라 할 만하다. 우리가 한 평생 살아가는 길도 부모나 스승 등의 영향을 받지 않을 수 없다 하더라도 결국은 그 누구와도 다른 자기 자신의 길일 수밖에 없다. 그럼으로써 우리의 삶은 복사본이 아닌 고유한 원본의 아름다움을 지닐 수 있는 것이다. 이에 대해서 인간이 지상에 건설해 놓은 길이 허다한 가운데 그 대표적인 고속도로에 대하여 생각해 보면, 이는 먼 거리를 신호 대기 한번 거치지 않고 100킬로미터 이상으로 질주할 수 있어, 그야말로 길 중의 길이라 할 만하다. 그러나 인간의 발명품에는 좋은 점이 있는 만큼 또 나쁜 점도 있게 마련이어서, 고속도로에도 많은 제약과 위험이 도사리고 있는 것을 우리는 매일같이 경험한다. 빨리 달릴 수는 있으나 반대로 느리게 갈 여유는 허용되지 않으며, 그래서 차도(車道)이면서도 자전거나 수레 등의 통행은 용납되지 않는다. 설사 길을 잘못 들어서도 아무 때나 방향을 바꿀 수 없어 엉뚱한 길을 계속 달려야 하는 것은 참으로 어처구니없는 노릇이다. 여기에는 인도도 횡단보도도 없어 사람 또한 걸어 다닐 수도 건너 갈 수도 없을 뿐 아니라, 산 속을 가로 질러가는 고속도로는 동물들의 통로마저 막아 버려 생태계를 파괴하고 있기도 하다. 특히 최근에 문제가 되는 것은 수시로 정체가 되어 일반도로보다도 저속도로로 변하고 주차장화하는 것이며, 한번 사고가 났다 하면 으레 대형사고가 되어 인명을 앗아가고 장애자를 양산하기도 한다. 이렇게 '길 있는 길'은 유용하기만 한 것이 아니라 유해하기도 한 것이다.

道란 한자의 기본적 의미는 '길'이다. 그리고 길이란 목적지와 대립되는 개념으로 어디까지나 목적지를 향한 과정일 뿐이다. 노자는 목적지에 대해서는 아무런 관심도 없고 오직 길에 대해서만 거듭 거듭 강조한다. 우리는 노자가 다른 것도 아니고 궁극적인 가치를 목표가 아닌 길로 비유한 데 일면 당황하면서, 그에게 있어서 과정과 목표는 서로 다른 것이 아님에 주목하게 된다. 그에게 과정은 목표의 출발점이고 목표는 과정의 끝일 뿐이며, 그래서 이들을 구분할 필요가 없는 것이다. 마음은 목표에 더 관심이 있으며, 수단이나 과정은 생략할 수 있다면 그렇게 하려고 한다. 우리의 마음은 항상, 목표는 의미

있는 것이고 수단은 단지 필요한 것이라고 생각한다. 이런 생각이 우리를 괴롭게 하고 사회를 어지럽게 하는 것이다.

구도의 길을 걷고자 하는 사람은 이 같은 마음의 성질을 분명히 깨달아야 한다. 목표를 잊고 수단을 목표처럼 여겨야 한다. 수단을 목표에 연결돼 있는 것처럼 즐기는 것이 좋다. 그때 우리의 길은 축복이 될 것이고, 우리는 기쁨에 찬 여행을 할 것이다. 우리들이 하고 있는 여러 가지 수련 또한 마찬가지다. 이 같은 수련들은 수단인 동시에 그 자체가 목적인 것이다. 그러므로 부디 수련을 어떤 목적을 갖고 이용하려 들지 말 것이니, 그렇지 않으면 우리는 서둘게 되고, 어떻게 하든 그 과정을 빨리 마치고 목표에 도달하고자 할 것이다. 그렇게 되면 그 과정을 제대로 끝내지도 못할뿐더러 목적지 또한 그만큼 멀어질 것이다. 목표와 과정은 결코 나눌 수 있는 것이 아니다. 목표는 단지 과정이 제대로 꽃 피어난 상태를 말하는 것이다. 과정이 완전히 자신의 모습을 드러냈을 때 목표는 거기에 있다.

삶이란 아무런 목적을 갖고 있지 않기 때문에 아름다운 것이다. 만일 삶이 정해진 어떤 목적을 갖고 있다고 생각하면 모든 것이 불합리해진다. 어느 누가 삶의 목적을 부여할 수 있겠는가? 어떤 신이 있어서 삶에 목적을 부여하였다면 인간은 꼭두각시나 다를 바 없다. 자유는 어디에서도 찾을 수 없고 오직 속박만이 존재할 뿐이다. 그때 삶은 하나의 일이 되어버린다. 거기에는 어떤 환희나 기쁨도 있을 수 없다. 삶이란 일이 아니라 생동적인 놀이일 뿐이다. 즐기는 그 자체에 무슨 목적이 있겠는가? 삶은 어떤 목표를 향해 가는 것이 아니다. 여기 지금 바로 이 삶이 목적이다. 순간순간이 궁극의 목적인 것이다. 삶에는 어떤 종착역이 있어서 그 종착역을 향해 가는 그런 것이 결코 아니다.

삶에는 어떤 목적도 없다. 모든 자연적인 현상에는 목적이 없다. 만일 사랑에 목적이 있다면 그것은 사랑에서 벗어난다. 어떤 이유나 목적을 댈 수 있다면 그것은 사랑이 아니다. 삶은 사랑과 같은 것이다. 삶은 그저 그렇게 있는 것이지 거기에 도달해야 할 어떤 목표가 있는 것이 아니다. 이 점을 이해한다면 삶은 전적으로 바뀔 것이다. 긴장과 고통이 따르는 것은 삶에 목적이 있기 때문이다. 그 목적을 성취해야만 하기 때문이다. 이렇게 볼 때, 노자가 삶의 궁극적 가치를 道로 나타낸 것은 그 가치를 깎아 내린 것이 아닐 뿐 아니라, 삶을 가장 순수하고 생생하게 이해한 것이라 할 수 있다.

## 3.

이렇게 아름다운 도를 구체적으로 표현할 수 있으면 얼마나 좋은가? 그러나 중요하고 진실한 것일수록 말로 표현하면 피상적인 것으로 보이고 세속화된다. 이는 오늘의 상황에서 살펴보면 쉽게 이해할 수 있을 듯하다. 노자가 道라고 칭한 것은 그것이 우주의 궁극적 원리와 관련된 것이란 점에서 오늘날의 신(神)과 상통하는 것으로 생각해 볼 수도 있다. 그래서 道可道非常道를 神可神非常神으로 바꿔 생각하면 그 의미가 훨씬 친숙하게 다가올 듯도 하다.

최근 우리 사회에서는 신앙인의 수가 팽창하면서 신을 거론하는 일이 일상사가 되었지만, 진실로 종교적인 사람들은 함부로 신을 믿는다거나 신이 존재한다고 떠들어대지 않는다. 이런 말들은 그들에게 매우 피상적인 것으로 보인다. 그런 것들은 어떤 질문에 대한 해답처럼 보일 수도 있다. 그러나 진실로 종교적인 사람은 신이 있다는 식의 그런 세속적인 말들을 가볍게 지껄이지 않는다. 그것은 너무나 심오하고 신비한 현상이다. 어떤 것을 쉽게 말로 표현해 버린다면 그것은 이미 세속화된 것이다.

사람들이 부처에게 신이 존재하는지 않는지 물을 때마다 그는 침묵을 지켰다. 그는 대답되어질 수 없는 어떤 것을 묻고 있는 것으로 생각했다. 신이 존재하지 않는 것이 아니다. 그런 것을 대답하는 것은 그 신비를 풀릴 수 있는 것으로 만들어 버릴 것이다. 그때 삶은 해답을 가진 문제거리로 전락되고 말 것이다. 그때 신비는 사라진다.

오늘날 노자의 道를 밝히는 것은 세상이 하느님이라고 알고 있는 것을 발견하는 것과 같을 듯하다. 그러나 이 세상에 하느님을 발견한 사람은 있을 수가 없다. 왜냐하면 하느님을 발견하는 순간 그 사람은 더 이상 세속적으로 돌아오지 못하기 때문이다.


**4.**
결국 이 구절의 의미는 다음과 같이 정리될 수 있을 것이다. 말로 함부로 표현하는 진리는 참다운 진리가 아니다. 이 세상에 진리는 있기는 있으나 말로써 가르칠 수 없으며 이는 체험을 통해서 스스로 알아지는 것이다. 이는 사랑해보지 않은 사람은 사전을 통해서 사랑에 관해서 이해할 수는 있지만 사랑 자체는 알 수 없는 것과 같으며, 시각 장애인에게 빛의 이론은 설명할 수 있지만 이는 빛 자체를 안 것은 아닌 것과 같다.

학자들에게 있어서 지식은 표현되어야 한다. 자신이 알 수 있는 것은 다른 사람에게도 가르쳐 줄 수 있다. 그러나 신비주의자들의 지식이란 그런 것이 아니다. 그는 그것을 생각으로써가 아니라 느낌으로 아는 것이다. 그래서 실제로 '나는 신을 안다'고 말하는 것은 그리 정확한 표현이 아니다. '나는 신을 느꼈다'라는 표현이 그 현상에 대한 좀더 정확한 표현이다. 그 얇은 가슴을 통한 것이다. 마음의 뿌리는, 의식은 말로 표현될 수 없다. 그러나 만약 단 한 개의 생각이라도 움직인다면 그것은 말의 차원으로 떨어진다. 표현될 수 있는 차원으로 떨어지는 것이다. 마음은 실체가 아닌 말의 연속적 흐름으로서 생겨난 부산물이다. '사랑'이라고 하는 단어가 사랑은 아니다. '신'이라고 하는 단어 역시 신이 아니다. 그러나 마음은 이 단어들로 이루어져 있다. 그때 사랑

자체는 '사랑'이라는 말보다 덜 중요해진다. 신은 '신'이라는 말보다 덜 중요해진다. 적어도 마음에게는 그렇다. 우리가 그 말들 속에서 살아간다면 우리는 더욱 피상적이고 표면적인 삶을 살 것이다. 우리는 말 때문에 실체를 놓치게 될 것이다. 우리는 道의 실체를 도란 명칭이나 관념과 엄격히 구분해야 할 것이다.

## 5.

名可名非常名은 道可道非常道에 대한 대구(對句) 내지 부연 설명으로 볼 수 있으며, 道에 의해 구현된 여러 사물 혹은 그 명칭과 관련한 서술로 이해된다. 이 구절의 취지는 어떤 명칭을 구체적 사물에 적용하여 부르게 되면 그것은 그 이름에 전적으로 걸맞을 수는 없다는 것이다. 이런 허명(虛名)을 간과하고 관습적으로 고정관념을 갖고 있을 때 그것은 대상을 이해하는 데 커다란 장애가 된다. 예컨대 학생들은 교수면 다 교수다운 교수인 줄로 알고, 국민은 대통령이면 다 명실 공히 대통령인 줄 안다. 그러나 허다한 교수 가운데 교수다운 교수가 흔치 않으며, 우리의 짧은 헌정사를 통해 보아도 대통령다운 대통령이 별로 없다. 기껏해야 간혹 근접한 경우가 있을 수 있을 뿐이다. 또 우리나라에는 수많은 고등교육 기관이 설립되어 있어 이들을 다 대학이라고 칭하고, 대학생들도 정말로 대학에 들어온 것으로 간주하지만, 그 대학은 문자 그대로의 상아탑 혹은 진리의 전당과 백 퍼센트 합치할 수는 없다. 모든 것이 현실적으로 그 이름과 전적으로 합치하지 않을 뿐 아니라 대개는 본래 취지에서 빗나가는 일이 너무나 많은 데 심각한 문제가 있기도 하다. 이 세상의 대부분의 국가들이 민주국가라고 자칭하고 있으나 실제로 지구상에 진정한 민주국가는 없다고 해도 과언이 아니다. 겉으로 좋은 이름을 갖다 붙인 것일수록 속으로는 그렇지 못한 것이 일반적이라 할 수 있다.

**6.**

우리는 흔히 이름을 붙임으로써 어떤 문제를 해결한 것처럼 생각하기도 한다. 이런 버릇 때문에 실재를 꿰뚫어 보기가 불가능하게 된다. 이런 버릇은 너무나 무의식적이고 뿌리가 깊어서 우리는 어떤 것을 보는 순간, 즉시 언어로 나타낸다. 우리는 나무를 보는 즉시 마음속으로 암송한다. 이것은 소나무고 저것은 참나무다. 우리는 어떤 것을 만나고 부딪칠 때마다 마음속으로 무엇인가를 계속 말하고 있다. 때때로 이름을 모르는 어떤 것을 만난다 해도 우리는 그다지 곤란을 느끼지 않는다. 이것은 뭐냐고 물으면 누군가가 우리에게 이름을 가르쳐 줄 것이다. 그것이 어떤 이름이라 해도 우리는 마음을 놓게 된다. 어떻게 그렇게도 쉽게 마음을 놓게 되는 것일까? 그것은 이름을 붙임으로써 우리가 알고 있다고 생각하기 때문이다.

아기가 태어나면 우리는 아기에게 이름을 지어준다. 그 순간 우리는 다름 아닌 장벽을 쌓는 것이다. 이제 아기는 그 이름과 등가물이 될 것이다. 이름은 허구이다. 아기는 신비였지만 그 이름은 조잡하다. 상투적인 이름들로 사람들을 대신하기엔 각각의 개인은 너무도 신비하다. 어떤 이름도 사람을 대신할 수 없다. 우리는 이름이 필요하다는 것을 안다. 이름은 실용적인 경우에 필요하다. 그러나 '장미'란 이름은 장미가 아니다. 우리는 그 이름을 대수롭지 않게 사용하지만, 장미는 엄청난 존재라는 것을 잊어서는 안 된다.

**7.**

이 구절의 취지와 관련하여 지금 우리 사회에서 실제로 명칭이 얼마나 진실하지 못하게 바뀌고 어떻게 잘못 쓰이는지 돌아보고자 한다.

우리 사회에는 전통적으로 4년제의 (일반) 대학과 2년제의 전문대학의 구분이 있었다. 그러나 교육부는 이런 구분을 없애고 전문대학의 공식 명칭에서

도 '전문'자를 뺄 수 있도록 허용하였다. 그리하여 외형적으로는 전문대학도 일반 대학과 마찬가지로 '○○대학'이라고 일컫게 된 것이다. 그러나 일반 대학의 변모를 돌아볼 때 사실은 일반 대학마저 그 명칭을 전문대학으로 바꿔야 할지언정 전문대학을 일반 대학처럼 바꾼 것은 전연 사실과 맞지 않는다. 전문대학이란 수업 연한이 몇 년인 것이 문제가 아니라 취업을 위해 전문적 지식과 기술을 익히는 것이 특징이기 때문이다. 그런데 요즘은 일반대학도 본래의 목표는 뒷전으로 밀리고 전문대학과 마찬가지로 취업 준비로 전문적 지식을 전수하는 데만 골몰하고 있는 형편이다. 이렇게 볼 때 명칭의 변경은 내용의 변화와는 상반되게 이루어진 것을 본다. 실제는 퇴보하고 허울만 아름답게 꾸미는 세태를 잘 반영하는 하나의 예라 할 수 있다.

최근에는 또 의료보험을 건강보험으로 개칭하였다. 그러나 이런 개명은 속임수일 뿐이니, 보험의 특성은 새 명칭의 취지에 맞게 함께 발전하지 못한 채 구태의연하기 때문이다. 의료보험이란 문자 그대로 병에 걸렸을 때 행한 의료행위에 대하여 주어지는 보험이라면, 건강 보험이란 병에 걸리지 않도록 평소에 건강을 잘 지켜준 데 대하여 주어지는 보험이라야 한다. 이렇게 본래 취지대로 시행될 때 부당한 의료행위의 말썽도 일어나지 않을 것이다. 의사들은 진심으로 우리의 건강을 지키는 데 전력을 다할 것이며, 추호도 환자가 많이 찾아오는 것을 바라지 않게 될 것이다. 이 개명은 아름다운 이름으로 바꾸는 데 성공하였으나, 실제로는 좋은 말만 더럽힌다는 책망을 면치 못할 것이다.

우리 사회는 지금 공적으로나 사적으로나 온통 내실을 기하기보다 포장만 꾸미는 데 열중하고 있어, 명칭의 취지는 아무 의미도 없는 공허한 말로 전락하고 있다. 그러나 예전에는 그렇지 않았다. 우리나라는 예로부터 효도가 미덕으로 이해되었으며, 그리하여 많은 아름다운 효행의 일화들이 전한다. 그러나 오늘의 관점에서 이상하게 생각되는 것은 아무리 효행이 극진한 사람도 자신을 효자라고 일컬은 경우는 없으며, 언제나 스스로 불효자라고 칭한 사실이다. 이는 名可名非常名의 정신을 삶에서 실천한 아름다운 예라 할 수 있다.

## 〔어구 해설〕

道(도)  길, 방도, 진리, 여기서는 '도라는 것은'이라는 의미의 주제어로 쓰였다

可道(가도)  可는 '할 수 있다'라는 뜻의 조동사이다. 可視 거리 : 볼 수 있는 거리, 여기서 道는 '도라고 생각한다'는 의미의 동사이다

非(비)  아니다, 명사를 부정하는 말이다

常道(상도)  참다운 도, 영원불변의 도

非常道(비상도)  참다운 도가 아니다

名(명)  이름, '이름이라는 것은'이라는 의미의 주제어로 쓰였다

可名(가명)  이름을 붙일 수 있다, 名은 동사로 '명칭을 붙인다'는 뜻이다

常名(상명)  참된 이름, 영원한 명칭


## 無名天地之始 有名萬物之母

〔직역〕

아무 것도 없는 것이 천지의 최초 상태이고, 어떤 것이 존재해서 만물의 모체가 되었다.


〔의역〕

구름 한 점 없는 하늘처럼 아무 것도 없는 상태에서 우주는 시작되었다. 그리고 어떤 계제에 우주의 씨앗 같은 기운이 엉기면서 이런 존재가 만물의

모체가 되었다.

## [우리의 논의]

1.

이 구절에서는 名의 처리가 문제가 된다. 이와 관련하여 학설은 대체로 두 가지로 나뉜다. 하나는 無와 有를 주어로 보고 名을 이들의 서술어로 보는 입장이다. 그때 名은 '~을 일컫는다'고 새길 수 있어, 無는 천지의 시작을 일컫고 有는 만물의 모체를 일컫는다는 의미가 된다. 다른 하나는 無名, 有名을 주어로 보고, 한문에서 명사문의 경우 흔히 서술어가 따로 드러나지 않는 것처럼 여기서도 서술어를 설정하지 않는 입장이다. 이런 두 가지 접근 방식은 구문상으로는 구분되지만, 의미상으로는 별로 다르지 않다. 無와 無名, 有와 有名은, 名을 가볍게 혹은 형식적인 것으로 간주할 때 대동소이한 것으로 이해할 수 있기 때문이다. 순수하게 없는 것은 이름마저도 없으며, 존재하는 것은 으레 이름도 붙어 다니게 마련이다. 그래서 우리는 無名, 有名에서의 名은 名可名非常名의 名과는 달리 보조적인 쓰임으로 가볍게 이해하는 입장을 취한다.

이렇게 구문을 정리하고 보면, 이 구절의 취지는 태초의 모습은 순수한 무(無)였으며, 그 후 어떤 계제에 유(有)가 생겨나고 여기에서 온갖 사물이 비롯되었다는 것이다. 여기서 주의할 점은 이것을 노자의 천지창조설로 받아들여서는 안 된다는 것이다. 노자는 그런 엄청난 문제에는 아무 관심도 없으며, 오직 소박하게 현재의 삶에 투철할 뿐이다. 그러므로 이 구절은 현재의 창조성에 관하여 언급한 것으로 이해할 수 있다. 그리고 창조성의 언급에서 有名萬物之母만 말하지 않고 無名天地之始를 아울러 아니 그에 앞서 언급할 것을 잊지 않은 것은 중요한 의미가 있다고 이해된다. 여기서 우리와 달리 사물의 근원을 무(無)의 경지로까지 깊이 통찰한 노자의 특성이 드러나기도 하며, 그의 무(無) 사상의 위대함을 느끼게도 된다. 사물이 창조되는 과정을 보면 먼저 직접 원인으로서 모체(母體)가 있음을 본다. 그리고 모체는 실체도 있고 명칭도 있음을 안다. 그러나 사람의 출생으로 미루어 볼 때, 모체는 자식을 제 마음대로 낳는 것이 아니며, 그 의도와 무관히 혹은 역행하여 자식을 낳을 수도 있고 낳지 못할 수도 있다. 또 아들을 원하는데 딸을 낳을 수도 있고 그 반대일 수도 있다. 이는 모체가 자식 창조의 궁극적 원인이 아님을 의미한다. 즉 모체는 창조의 힘이 없으며 다만 근원적인 창조성의 도구로 활용될 뿐임을 알 수 있다. 이 근원적 창조성은 有의 경계를 넘어선, 그래서 볼 수도 없고 어떤 지각으로도 알 수 없는 우주적 조화로 이해해볼 수 있다. 노자의 이 무(無)는 오늘날 신(神), 도(道) 혹은 하느님이라 칭하는 것의 다른 일컬음으로 이해해볼 수 있다. 이들의 존재적 특성이 무와 무관하지 않은 것으로 미루어 노자의 소박하면서도 과감한 이 명명법에 절로 머리가 숙여지기도 한다. 일상적으로 무(無)는 단순히 없는 것으로 생각하기 때문에 무의 실체를 인정하기 어렵고 무의 창조성을 이해하기는 더욱 어렵다. 그리하여 우리는 하늘을 예로 들어 좀더 구체적으로 무의 실체에 대하여 생각해 보고자 한다. 하늘은 우리가 아는 한 가장 무와 관련이 깊은 실체이기 때문이다.

우리가 하늘을 바라볼 때 구름 한 점 없이 맑고 투명한 것으로 느끼면 그것은 하나의 적극적인 '텅 빔'이다. 만일 이런 하늘을 구름의 부재로 본다면 그것은 하늘을 소극적인 관점에서 보는 것이다. 만일 우리가 그것을 공간의, 하나의 파란 하늘의 존재이며 그리고 그 파란 하늘에서 모든 것이 솟아 나오고 있다고 본다면 그것은 세상에서 가장 적극적인 것이다. 바로 실존의 기반 그 자체인 것이다. 비존재야말로 바로 실존의 기반인 것이다. 모든 것이 거기에서 나오고 모든 것은 점차 그 속으로 되돌아간다. 텅 빔을 무엇인가의 부재로 본다면 그것은 소극적인 관점이다. 그것은 무엇인가 무한한 것의 현존이다. 그것은 부재가 아니다. 종교에서 텅 빔이라는 것은 적극적인 용어로 사용되고 있다. 방안에 들어갔을 때 거기에 아무 가구도 없으면 우리는 그것은 텅 비었다고 말할 것이다. 우리는 그 소극적인 방밖에 보지 못한다. 그러나 그 방은 우리가 만나지 못한 '넓음'으로 가득 차 있다. 방이란 텅 빈곳이며, 무엇인가가 넣어질 수 있는 것은 거기에 텅 빔이 있기 때문이다. 그 방은 무엇이든 받아들일 준비가 되어 있다. 이렇게 이해하는 것은 적극적인 텅 빔의 관점이다. 무는 무엇이 비었거나 결핍되어 있는 것이 아니라, 우리가 알지 못하는 무언가로 가득 채워져 있는 암흑 물질로, 다만 아직 적절한 이름을 얻지 못했을 뿐이다. 이 세상에는 순수한 '없음'이란 것은 없다.

## 2.

다음의 예들을 통해서 정말 진실하고 위대하며 신비한 것은 모두 무에서 나오는 것을 알 수 있다. 이에 비하면 유에서 나오는 것들은 세속적이고 하찮은 것들임을 새삼 깨닫게 된다.

1) 하루의 활력과 상쾌한 기분은 간밤에 죽은 듯이 취한 숙면에서 나온다. 일체의 행동을 접고 꿈도 꾸지 않은 채 깊은 잠에 떨어진 것은 하루 중에서 가장 無의 영역에 해당한다. 밤에 자는 대신 영양분과 피로회복제를 취하고 운동을 하는 등 적극적 방법을 취한다면 그런 활력은 생겨날 수 없다.
2) 우리가 아름다운 시를 볼 때면 그것을 쓴 시인을 만나려고 해서는 안 된다. 우리는 그 시와 같은 사람을 만날 수 없기 때문이다. 그를 만나면 우리는 실망할 것이다. 그는 평범한 사람이다. 단지 일별을 가진 경험이 있을 뿐이다. 그리고 그 일별의 순간에 그에게 드러나는 실체를 본 것이다. 그

는 그 순간 가슴으로 떨어졌다. 하지만 그는 그 통로를, 그 과정을 알지 못한다. 그것은 단지 우연하게 일어난 사건이다. 그는 자신의 의지대로 움직일 수 없다. 시인은 자력으로 시를 낳을 수도 없고, 자신의 시를 이해할 수도 없다. 위대한 시는 무심(無心)을 본성으로 하는 영감을 통해 솟아나오는 것이다.

[어구 해설]

無名(무명) 이름도 아무 것도 없는 상태
有名(유명) 이름이 있는 상태
之(지)  ~의, 명사에 첨가되어 다음 명사를 꾸미게 하는 관형격 허사
天地之始(천지지시)  하늘과 땅의 시작
萬物之母(만물지모)  만물의 모체

## 故常無欲以觀其妙 常有欲以觀其徼

[직역]

그러므로 언제나 욕심이 없으면 신비한 내면을 보고, 언제나 욕심이 있으면 표면을 볼 뿐이다.

[의역]

그러므로 언제나 욕심을 없애고 마음을 비우면 사물의 핵심이 보이고, 언제나 욕심이 끓는 마음으로 보면 사물의 주변적인 모습밖에 안 보인다.

## [우리의 논의]

### 1.

여기서는 無欲과 有欲, 妙와 徼가 대조를 이룬다. 妙는 미묘하고 심원한 사물의 내면 혹은 근본적 원인을 가리키고, 徼는 중심에서 벗어난 주변적 현상혹은 사물의 직접 원인을 의미한다. 무욕과 유욕에 대해서는 좀더 깊은 이해가 필요하므로 논의를 더 해야 할 것 같다. 常과 관련해서는 常無, 常有로보는 견해도 있으나, 이때 常은 無와 有를 강조하는 정도로 간주하고, 우리는이를 별개의 부사로 이해하는 입장을 취한다.

우리는 마음의 두 가지 상태를 안다. 하나는 생각이 거기에 있는 상태다. 이것이 유욕의 상태다. 그때는 가슴으로 내려갈 수 없다. 그때는 모든 것을머리로 헤아린다. 마음의 또 다른 상태란 생각이 없는 상태다. 즉 무욕의 상태다. 하지만 생각이 없으면 우리는 잠에 떨어진다. 그때도 우리는 가슴으로들어갈 수 없다. 하루 중에 생각이 멈춰지는 때가 자주 온다. 그러나 우리는가슴에 도달하지는 못한다. 그것은 우리가 무의식적이기 때문이다. 그래서여기에 매우 섬세한 균형이 요구된다. 생각은 깊은 잠을 잘 때처럼 멈춰져야한다. 꿈이 없는 잠을 잘 때처럼. 하지만 우리는 낮 동안에 의식이 있는 것처럼 깨어 있어야 한다. 생각이 없는 상태에서 완전히 깨어 있어야 한다. 그때의식의 변형이 일어난다. 중심이 변화하고, 우리는 가슴속으로 들어가는 것이다. 그리고 가슴으로부터 우리가 세상을 바라볼 때 세상은 거기에 없으며, 오직 신만이 있다. 머리로 바라볼 때는 신이 없으며, 오직 물질 세계만 있다. 물질세계와 신은 두 가지 별개의 것이 아니다. 단지 바라보는 관점이 다른것이다. 같은 현상을 존재의 두 중심에서 바라보는 것이다.

그러나 생각이 없는 상태란 우리로서는 실천은 그만두고 이해하기도 어렵다. 성인들의 경지를 통하여 막연하게나마 상상해 볼 수 있을 뿐이다. 부처가 보리수 밑에 앉아 있을 때 우리는 그가 무슨 생각을 했을까 궁금하다. 그러나 그는 전혀 생각하지 않았다고 한다. 그는 허공이 되었다. 그의 머리는 전 우주가 되었다. 부처는 수년 동안 모든 생각을 떨쳐버림으로써 의식의 순수성을 다시 얻을 수 있는 방법을 찾고 있었다. 우리가 과거로부터 자유로워지지 않는 한 우리는 속박되어 있다. 과거는 우리를 짓누른다. 과거 때문에 현재를 알 수 없다. 과거는 이미 알려져 있지만 현재는 매우 세밀한, 원자와 같이 극미한 순간이다. 우리는 과거 때문에 계속 현재를 놓치고 있다. 과거 때문에 우리는 계속 미래로만 튕겨져 들어간다. 과거는 언제나 미래로 투사되기 때문이다. 그리고 과거와 미래는 둘 다 비현실적 혹은 비실존적이다. 과거는 더 이상 존재하지 않으며, 미래 역시 아직 오지 않았다. 이 두 가지 존재하지 않는 것 사이에 현재가 존재한다. 부처는 결국 과거와 미래를 잊어버리는 데 성공했다. 그리고 이렇게 말했다. "나는 지금 여기에 있다. 나는 단지 존재한다." 과거와 미래에 관한 모든 생각을 끊어버리고, 현재에 존재하는 것이 요체다. 만약 우리가 단 한순간이라도 존재할 수 있다면 우리는 순수한 의식의 맛을 알 수 있을 것이다. 그리고 그것은 우리의 변형으로 이어질 것이다.

## 2.

사물을 보는 자세에 무욕과 유욕의 구분이 있으며, 그에 따라 보게 되는 대상도 묘(妙)와 요(徼)로 구분된다고 하였다. 그러면 묘와 요는 구체적으로 어떻게 구분되는가? 우리는 위에서 이들을 사물의 깊은 내면과 표면적 현상 혹은 신(神)과 물질로 이해하였다. 이를 집이라는 사물을 통해서 두 관점의 차이를 좀더 구체적으로 생각해 보고자 한다. 보통 사람들의 집의 개념은 벽이고 노자의 집에 대한 개념은 내면의 공간이다. 노자는 말한다. "벽은 집이 아니다. 어떻게 벽 속에서 살 수 있는가? 우리는 텅 빈 속에서 사는 것이지 벽에서 사는 것은 아니다." 그러나 우리가 집에 대하여 값을 매기고 흥정할 때 우리는 집에 대한 구조물을 생각한다. 이것이 궁전과 오두막집이 다르게 보이는 이유이다. 그러나 그 속의 빈 공간으로 말하면 풍요로운 텅 빔과 빈약한 텅 빔 같은 것은 없으며 모든 텅 빔은 똑같다. 그래서 노자에게는 궁전과 오두막집의 구분 같은 것은 있을 수가 없다.

일단 이것을 이해하면 많은 일이 가능해질 것이다. 우리가 사람을 볼 때 육체만 본다면 이것은 벽을 보는 것과 같다. 그것은 진정한 인간이 아니다. 진정한 인간도 내면의 텅 빔과 관련된 무엇이라고 할 수 있기 때문이다. 그래야 정신이나 영혼, 신 같은 것이 존재할 공간이 있게 된다. 육체는 아름답게도, 밉게도, 아프게도, 건강하게도, 젊게도, 늙게도 될 수 있다. 그러나 내면의 텅 빔은 항상 똑같다. 그래서 노자는 내면을 보고 외면을 보지 말라고 말한다. 내면의 텅 빔이야말로 우리의 실존 그 자체라 할 수 있다. 내면적 실존이라는 말은 안쪽에 무엇인가가 있다는 느낌을 갖게 하기 쉽다. 그러나 안쪽에는 아무도 없다. 일체의 누군가는 바깥쪽의 것이다. 사장, 국회의원, 교수 등 일체의 지위와 권위는 단지 표면적인 것에 지나지 않는다.


**3.**

다음에 외면과 내면, 현상과 본질의 구분의 이해에 도움이 되는 몇 예를 들어본다.

1) 孟子는, 백성들이 굶주리는 것을 흉년이 든 탓으로 책임을 돌리는 임금을 보고 비유를 들어, 사람을 칼로 찔러 죽이고 나서 칼이 죽였지 내가 죽였느냐고 말하는 것과 무엇이 다르냐고 날카롭게 힐책했다. 위정자들은 보다 근본적인 책임이 정치를 잘못한 자신에게 있는 것을 모른 채 이런저런

표면적 구실만 찾게 마련이다.

2) 사자와 한로는 새끼일 때 모양이 흡사하여 구별하기가 매우 어렵다. 그래서 정신적 특성으로 이들을 구별하게 되는데, 이들에게 돌을 던져 머리통을 맞추면, 한로는 아픈 나머지 굴러가는 돌을 쫓아가 물어뜯는다. 그러나 사자는 돌은 거들떠보지도 않고 어디서 날아왔나 살펴보고 돌을 던진 사람을 향하여 돌진한다. 사자가 밀림의 왕이 된 것은 단순히 용맹스러워서가 아니라, 이렇게 정신적으로 근원을 추구하는 데 있다 할 것이다.

## 〔어구 해설〕

故(고)  그러므로

常(상)  항상, 언제나

以(이)  ~으로써, ~함으로써, ~을 써서

無慾以(무욕이)  無慾으로써, '以無慾'과 같이 以가 명사 앞에 쓰이는 것이 일반적이나, 더러 이렇게 以가 명사의 뒤에 쓰이기도 한다.

有欲以(유욕이)  有欲으로써, 以有欲과 같다

妙(묘)  신비함, 사물의 근본적 원인

徼(요)  가장자리, 사물의 직접 원인

## 此兩者同出而異名

## 〔직역〕

이 두 가지는 근원은 같으며 이름만 달리 할 뿐이다.

[의역]

　이들 여러 가지 이원 분류된 개념들은 궁극적으로는 같은 뿌리에 속하며 단지 이름만 가지나 잎처럼 달리 할 뿐이다.

[우리의 논의]

1.

앞에서 道와 名, 無와 有 혹은 無名과 有名, 無欲과 有欲, 妙와 徼 등 여러 가지 대립적인 개념들이 열거되었다. 그러나 이런 구분도 더 높은 차원에서 보면, 형식적인 것일 뿐이며, 사실은 이 두 가지도 궁극적으로는 하나의 근원 에서 나왔으며, 명칭만 달리할 뿐이라 할 수 있다. 일반적으로 구분에 초점을 맞추는 것은 나무에서 잎을 보는 것이며, 통합을 지향하는 것은 뿌리에서 연 결되어 있는 것을 투시하는 일에 비유될 수 있다. 섬도 바다 속에서는 대륙과 연결되어 있다. 모든 것은 근원적으로 연결되어 있다.

　모든 이분법적 개념들은 인간의 머리에서 나온 것이다. 이것들은 인간의 태도이지 실재는 아니다. 무엇이 불순한 것이며 무엇이 순수한 것인가? 그것 은 우리의 해석에 달려 있다. 니체는 모든 도덕은 하나의 해석이라고 말했다. 그래서 어떤 것이 이 나라에서는 도덕적이지만 다른 나라에서는 비도덕적인 것이 될 수 있다. 어떤 것은 구시대에서 비도덕적인 것이지만 신시대에서는 도덕적인 것으로 바뀔 수도 있다. 그것은 하나의 태도다. 기본적으로 그것은 허구, 즉 픽션인 것이다. 사실은 그저 사실이다. 적나라한 사실은 그저 있는 그대로의 사실일 뿐 도덕적이거나 비도덕적인 것이 아니며 순수하거나 불순 한 것도 아니다. 인류가 없는 지구를 생각해 보면, 거기에 무슨 순수한 것이 있으며 불순한 것이 있겠는가? 모든 것이 그저 있는 그대로다. 단순한 존재 그 자체다. 아무 것도 좋거나 나쁘지 않다. 그런데 인간의 마음이 거기에 들어오면서 모든 것을 분별해 버렸다. 마음이 들어오면 허구를 꾸며낸다. 이제 그것은 사실이 아니다. 실체가 아니다. 그것은 마음의 투사이다. 만약 우리가 어떤 사람을 성자라고 부른다면 우리는 죄인을 만들어 낸 것이다. 이제 우리는 어딘가에서 어떤 사람을 비난해야 한다. 죄인 없이는 성자도 존재할 수 없기 때문이다. 죄인과 성자는 이 세상을 향한 하나의 태도, 하나의 해석에 있어서 상대되는 양쪽 부분이다. 그것은 이것이 좋은 것이며 저것은 나쁜 것이라고 말하는 태도이다. 우리가 저것은 나쁜 것이라고 말하지 않는 한 결코 이것은 좋은 것이라고 말할 수 없다. 나쁜 것은 좋은 것을 정의하는 데 필요하다. 그래서 좋은 것은 언제나 나쁜 것에 의존한다.

사실은 진실이고 해석은 거짓이다. 실체는 하나다. 그러나 우리의 이분법적인 태도 때문에 우리는 이 세상을 둘로 나누어 놓았다. 거기에 따라 우리의 내면세계도 저절로 차별이 생겨 버렸다. 그런 식으로 모든 사람들이 자기 자신과 싸우고 있다. 우리는 이 순간에 사랑을 하더라도 다음 순간 증오가 일어나 사랑을 파괴해 버릴 수 있음을 알고 있다. 사랑과 증오는 근본적으로 같은 에너지이다.

그래서 성인들은 분별하지 말라고 말한다. 스스로 나누어지지도 말고, 이것은 좋고 저것은 나쁘다고 생각하지도 말고, 세상을 바라보기만 하고, 이름도 붙이지 말고, 그저 침묵한 채로 있으라고 한다. 만약 우리가 이 세상을 침묵으로 대할 수 있다면 점차로 이 침묵은 우리의 내면까지 꿰뚫을 것이다. 그리고 외부 세계를 분별하지 않으면 내면의 의식에서부터 그 분별은 사라질 것이다. 진정한 도의 수행자는 어떤 사람을 보고 도둑이라는 말을 쓸 때 도둑이 나쁘다고 말하지 않는다. 그가 도둑이라는 말을 쓸 때는 단지 사실을 이야기할 뿐, 거기에 어떤 비난의 뜻도 담고 있지 않다. 만약 '여기에 위대한 성자가 한 분 있다'고 말해도 거기에는 어떤 존경의 뜻도 없다. 그것은 이것은 장미이고 저것은 장미가 아니다 라는 말과 같은 것이다. 거기에는 어떤 비교도 없다. 그러나 사회는 어떤 것을 비난하거나 칭찬하는 것 없이는 존재할 수 없다. 사회는 이 이분법 위에 존재해 있다. 이분법적이지 않은 태도야말로 초월적인 것이다. 그것은 사회에 반대하는 것이 아니다. 사회를 넘어서서 존재하는 것이다.

## 2.

깨달은 이의 눈으로 보면 만물의 차별 구분이 사라진다.  비슷한 것은 물론이고 반대되는 것도 마찬가지다. 낮은 차원으로 내려올수록 사소한 것까지 구분하고 분류한다. 성인의 눈에는 이 세상의 소위 민주국가와 공산국가, 무신론자와 유신론자, 일류 대학과 삼류 대학의 구분이 사라질 것이다. 참고로 이런 예를 몇 개 더 들어본다.

1) 죽음은 순간적인 사건이 아니라 탄생과 더불어 시작되는 과정이다. 죽는 데에는 70년이 걸린다. 더딜지라도 그것은 과정이지 사건이 아니다. 우리가 태어나는 순간부터 죽음이 찾아오기 시작한다. 일흔 살이 된 어느 날 죽음이 찾아오는 것이 아니다. 그러나 죽음이 탄생과 더불어 비롯되는 과정이라고 할 때, 이는 삶 또한 탄생과 더불어 비롯되는 과정이라고 말하는 것이다. 이것은 두 개의 과정이 아니고 하나의 과정이다. 즉 삶의 과정과 죽음의 과정은 실제로 다른 것이 아니다. 삶과 죽음은 마치 새의 두 날개 혹은 두 손이나 두 다리의 관계와 같다. 이런 변증법이 없이는 우리가 존재할 수 없다.
2) 부처는 독이 든 음식으로 인해 죽었다. 그는 6개월 동안 계속 고통 받았다.

그리고 거기엔 그가 기적을 행하기를 기다리는 수많은 제자가 있었다. 그
러나 그는 죽음을 받아들였다. 그곳에는 그를 치료하려는 제자들이 있었
고, 많은 약이 그에게 주어졌다. 이는 부처의 육신이 이 세상에 다만 며칠
이라도 더 머물러 있게 하기 위해 애쓰던 제자들의 집착이었다. 그러나
정작 부처에게는 병이나 건강이나 똑같은 것이었다. 병이 고통을 주지 않
는다는 말이 아니다. 병은 고통을 준다. 고통은 육체적 현상이다. 그러나
그것은 내면의 의식을 방해하지 않을 것이다. 내면의 의식은 방해받지 않
은 채 남아 있을 것이고, 변함없이 균형 잡혀 있을 것이다. 육체는 고통
받을 테지만 내면의 존재는 고통 전체를 관조하고 있을 것이다.

〔어구 해설〕

此(차)  이것, 이
兩者(양자)  두 가지(이것이 전부일 때 씀), 여기서는 無名과 有名, 無欲
　　　과 有欲, 妙와 徼등을 의미한다.
同出(동출)  같은 데서 나오다, 출처를 한가지로 하다
而(이)  두 말을 이어주는 접속어
異名(이명)  이름을 달리 하다

## 同謂之玄 玄之又玄

〔직역〕

한가지로 거무스름하다고, 거무스름하고도 또 거무스름하다고 일컫는다.

이 두 계열의 개념들은 근본적으로는 한가지로 신비하다고, 아니 신비하고도 신비하다고 일컫는다.

## [우리의 논의]

**1.**

여기서는 玄의 의미를 바로 이해하는 것이 중요하다. 玄은 통상 '검을 현'으로 새기나, 이는 흑색과는 다르고 크게 흑색의 범주에 속하는 것으로 생각할 수 있다. 천자문의 첫 구인 천지현황(天地玄黃)이란 표현을 통하여 그 정체를 좀더 구체적으로 추론해 볼 수 있을 듯하다. 이는 天玄地黃의 뜻으로 하늘은 玄하고 땅은 黃하다는 것인데, 땅을 누렇게 표현하는 것은 지극히 당연하나, 하늘은 색으로 표현한다면 검은 색보다는 푸른색이 적절할 법하다. 그런데 검다니? 혹 이를 두고 검은 구름이 짙게 낀 하늘을 연상할 수도 있을 듯하나, 이는 구름의 색깔일 뿐 하늘의 색깔은 아니니, 하늘을 묘사하는 시구(詩句)에서 하필 구름의 색을 들이댈 리는 만무하다. 그래서 우리는 玄을 특정한 색을 나타내는 것으로 보기보다 하늘의 모양을 색감으로 나타낸 것으로 이해하는 입장을 취한다. 즉 구름 한 점 없이 맑고 높은 하늘의 아득하고 가물한 투명성을 玄자를 빌어 표현한 것으로 볼 수 있을 듯하다. 말하자면 玄은 가까이서 뚜렷하게 보이는 모양의 색에 대해서, 멀리 아득하게 그리고 신비스럽게 보이는 모양의 색일 것이다.

이렇게 생각하면 이 구절의 의미는 자명하게 드러난다. 즉 앞에서의 대립적인 두 계열의 개념들을 하나의 근원적인 것으로 이해할 때, 그 모습을 궁극적인 신비의 색으로 표현한 것은 참으로 적절한 표현이라 생각된다. 그러나 이 정도로도 만족하지 않고 왕중왕(王中王)의 구조처럼 반복하여 玄하고도 또 玄하다고 한 의중을 통해 그 근원의 신비를 실감나게 느낄 법하기도 하다.

사실 하늘이나 바다의 색은 그것을 멀리 바라볼 때 감지하는 것이며, 가까이서 하늘의 허공과 바다의 물을 들여다보면 아무 색도 없다. 그래서 이들의 색은 보통 색과는 다르며 오직 멀리서 아련히 광활한 전체를 바라볼 때만이 드러나는 신비한 색이라 할 수 있다.

## 2.

현대 과학은 이런 애매하고 신비한 것은 문제 삼지 않는다. 서양은 가까이서 냉정하게 관찰하고 정밀하게 분석하여 논리적으로 기술하기를 좋아한다. 그러나 동양은 일정한 거리를 두고 전체를 직관적으로 받아들이려 한다. 이렇게 볼 때 인생과 자연은 한없이 아름답다. 수평선은 우리가 다가가면 계속 뒤로 물러나며 일정한 거리를 유지한다. 가까이서 정밀하게 관찰하는 자는 결코 수평선의 아름다움을 알 수 없다.

우리는 머리를 통하여 사물을 명료하게 이해하려 한다. 그러나 이 명료함 때문에 많은 오해와 혼란이 일어난다. 모든 것이 이성이라는 칼로 난도질당한 채 어떤 모호함도, 어떤 신비도 허용되지 않는다. 모호한 것은 무엇이든지 거부되고, 오직 명료함만이 용납된다. 이성은 우리에게 명료함을 주나, 명료함은 실체가 아니다. 실체는 언제나 불명확하며 모호한 것이다. 개념들은 명료하나 실체는 신비하다. 개념들은 논리적이지만 실체는 비논리적이다. 언어는 명료하고, 논리도 명료하다. 그러나 삶은 명료하지 않다.

가슴은 실체에 더욱 가깝게 다가서게 한다. 하지만 그것은 명료하지 않다. 우리가 명료함을 목적으로 삼기 때문에 항상 실체를 놓치는 것이다. 우리가 모호한 눈을 가질 때에만 실체를 들여다볼 수 있다. 우리는 모호해져야 한다.

개념화될 수 없는 어떤 것 속으로, 논리로 설명할 수 없는 어떤 것 속으로, 살아 움직이는 어떤 것 속으로 들어가야 한다. 명료함은 죽은 것이다. 그것은 고정된 채로 남아 있다. 삶은 하나의 흐름이다. 삶 속에는 그 어떤 것도 고정되어 있지 않다. 그런데 어떻게 우리가 명료하게 딱 집어 낼 수 있겠는가?

## 3.

이는 사랑과 결혼의 대비를 통해서도 이해된다. 우리가 사랑하는 순간 우리는 불안하다. 그 사람이 떠날 수도 있다. 나 외의 다른 사람을 사랑할 수도 있다. 모든 것이 확실하지 않고 불안하다. 이제 어떤 안전 조치가 취해져야 한다. 그래서 나는 그 사람과 결혼한다. 그러면 법적인 구속이 가해져서 이제 그 사람은 나를 떠나기 어렵다. 법이 우리를 지켜줄 것이다. 이제 우리는 안전 조치를 취한 것이다. 하지만 우리가 결혼하는 순간 그것은 살아있는 관계가 아니다. 그것은 하나의 법이다. 법적인 현상이지 생명의 그 무엇이 아니다. 법정은 삶을 지켜주지 못한다. 법정은 오직 거래 관계만을 지킬 수 있다.

결혼은 명확하게 정의될 수 있다. 그러나 사랑은 뭐라고 정의될 수 없다. 이제 우리는 정의된 세상 속에 들어왔다. 우리가 안전하기를 바라는 순간, 문을 닫으려는 순간, 새로운 것이 어떤 것도 일어나기를 원치 않는 순간, 우리는 갇히게 된다. 그리고 고통을 겪게 될 것이다. 그때 우리는 이렇게 말할 것이다. '아내 때문에 나는 자유롭지 않다.' 우리가 아내라면 남편 때문에 자유롭지 않다고 말할 것이다. 우리는 서로를 소유했기 때문에 서로 갇힌 것이다. 이제 우리는 싸움을 벌일 것이다. 사랑은 사라지고 거기에 갈등만 남는다. 이 모든 것이 안전과 명료함을 찾아다닌 덕분에 일어났다. 이런 현상은 모든 것 속에서 일어나고 있다.

同(동)  한가지로

謂(위)  일컫다

之(지)  이것, 그것

謂之(위지)  이것을 ~라고 일컫다

玄(현)  검다, 신비하다

玄之又玄(현지우현)  신비하고 또 신비하다, 玄을 강조한 표현이다

## 衆妙之門

〔직역〕

모든 신비의 문이다.

〔의역〕

도는 모든 신비한 것이 솟아나는 근원으로 가위 신비의 문이라 할 만하다.

〔우리의 논의〕

1.

이 구절은 도덕경 제1장을 마무리하는 내용으로, 이 세상에서 우리가 논리적으로는 이해할 수 없는 모든 본질적이고 신비한 현상들의 근원은 도(道)라는 것이다. 비유하면 도는 이들이 나오는 신비한 문이라 할 수 있다. 문 가운데서도 항상 열려 있으면서 또한 항상 닫혀 있기도 한 회전문과 같다. 여기서 妙는 常無欲以觀其妙의 妙와 통하며, 이렇게 명명한 것은 그 특징이 비논리적이

고 나아가 초논리적이기 때문이다. 그러나 모든 것을 되도록 논리적으로 접근하도록 훈련되고 습관 든 우리로서는 이를 이해하기 어렵고 이는 모순처럼 보이기까지 한다. 그러나 진리는 모순적이다. 오직 이론만이 모순적이지 않다. 진리는 그 속에 삶의 온갖 모순들을 담고 있다. 진리는 몹시 비논리적이고 불합리하다.

삶은 비논리적이다. 논리를 통해 사는 사람은 아무도 없다. 논리적으로 우리는 분노가 나쁘다는 것을 알고 있지만 누군가가 우리를 모욕할 때 그 논리는 망각되고 분노가 튀어나온다. 사랑에 빠질 때마다 우리는 논리를 뛰어 넘는다. 그리고는 곧 후회하게 된다. 우리가 넓은 세상에서 하필 이곳에 살고, 많은 직업 중에서 이 직업에 종사하는 것은 논리적 사고의 결과이기보다 우연에 가깝고 운명적이라 할 수 있다. 우리는 큰 일에서는 운명에 맡기며, 제한된 범위 속에서 어디에 사는 것이 좋고 무슨 일을 하는 것이 좋은지 논리적으로 따진다. 삶은 논리와는 아무 상관도 없이 흘러간다. 삶은 서로 반대되는 것들 속에 있다. 삶은 서로 반대를 이루는 수많은 양극성(兩極性)에 의존하고 있다. 논리는 직선적이지만 삶은 원을 그리면서 움직인다.

논리적인 사람들은 아침에도 사랑하고 저녁에도 사랑하고 사시사철 사랑해야만 진정한 사랑이라고 생각한다. 화를 조금도 내지 않고 사랑만을 고집하는 사람은 결코 진정한 사랑에 들 수가 없다 이런 사랑은 불가능하다. 거기에는 양극성을 허용하고 있지 않기 때문이다. 거기에는 미움이나 분노가 빠져 있기 때문이다. 사랑은 분노가 이완되었을 때 더욱 깊어지는 것이다. 분노는 골짜기이고 사랑은 봉우리인 것이다. 산은 봉우리로만 이루어질 수 없다. 하나의 봉우리는 적어도 두 개의 골짜기를 갖고 있다. 그렇기 때문에 사랑하기 위해서는 우리는 미움을 허용해야만 한다. 하지만 한결같은 사랑이 없는 것은 아니다. 그러기 위해서는 우리는 부처가 되어야 한다. 그 사랑은 평원과 같은 것이다.

## 2.

비논리적인 것을 이해하기 어려운 것은 그것이 우리 자신과 너무 가까이 있기 때문이다. 신(神)은 먼 곳에 있지 않다. 어떻게 보면 신은 우리 자신보다도 더 가까이 있다. 그러나 이를 깨닫지 못한 채 신은 단지 신화나 공허한 이론에 불과한 것으로 간주한다. 그리하여 가장 가까운 것이 영원히 먼 것으로 남아 있기도 하다. 너무도 가깝고 친근한 것은 인식되지 않는다. 이들은 어떤 간격도 없기 때문이다. 사실 우리가 보고 인식하기 위해서는 일정한 거리가 유지되어야 한다. 그러나 신성과 우리 사이에는 한 치의 틈도 없다. 물고기와 바다 사이에 어떤 간격도 없는 것과 같다. 물고기는 바다의 한 부분이다. 바다가 있음으로써 생겨나는 물결과 같은 것이다. 바다는 물고기라는 존재를 탄생시키는 무한인 것이다

그래서 이 구절도 노자 같이 비현실적인 사람들이나 외치는 헛소리가 아니라, 우리 삶에 깊이 뿌리내리고 있는 생생한 현상임을 인식하게 될 때, 우리는 진정으로 도덕경 제1장의 의미를 가슴으로 받아들이는 것이 될 것이다.

오늘날 우리 사회에서 기도하는 일은 이제 보편적이 되었다. 그러나 기도라는 것은 사실 매우 이상한 현상이다. 논리적으로 보면 이상하기 그지없다. 지극히 비논리적으로 보인다. 논리적으로만 보면 기도하는 것은 미친 짓 같다. 그들은 누구에게 말하고 있는가? 누구를 하느님이라고 부르는가? 누구에게 절을 하는가? 그들이 절하고 있는 방향에는 아무 것도 없는 것 같다. 신은 보이지 않는다. 기도란 대화가 아니라 독백이다.

논리적인 마음은 가슴에서 우러나오는 모든 것들이 어리석게 보인다. 마찬가지로 가슴의 차원에서는 논리가 별 가치 없는 것으로 보인다. 논리적인 마

음은 시장에서 물건을 사고 파는 데 쓸모 있을지언정 삶에서는 어떤 깊이도 더해 줄 수 없는 것이다. 그들은 계산을 넘어선 세계를 결코 알 수 없다. 그들의 삶에는 어떤 무지개도 피지 않는다. 그들은 참으로 세속적이고 사소한 일에 매달려 있다. 어떤 시도 피어날 수 없다. 어떤 노래도 그들의 가슴속에 깃들 수 없다. 그들은 춤출 수 없으며, 어떤 삶의 환희도 그들과는 관계가 없는 것이다. 돈이나 명예를 원한다면 논리를 따라야 한다. 그러나 행복, 정적, 평화, 환희 같은 것을 원한다면 논리에 귀를 기울이지 말고 우리의 가슴을 따라야 한다. 논리는 무미건조하고 죽은 것에 불과하다. 어느 누구도 논리만으로 살 수 없도록 되어 있다. 예수가 빵만으로 살 수 없다고 말했지만, 또한 우리는 논리만으로도 살 수 없다.

## 3.

비논리적인 것을 이해하기 어려운 것은 그것이 또한 우리의 논리로는 도저히 감당할 수 없을 만큼 복잡하고 광활하기 때문이다. 날로 문명이 발달할수록 우리는 또한 현재로서는 이변이라고밖에 부를 수 없는 자연의 무서운 보복이 준비되고 있음을 느끼기 시작하였다. 최근에 우리는 예고 없이 찾아온 시간당 500미리 이상의 폭우에 도로의 유실은 말할 것도 없고 마을과 농지가 사라진 자연 재해에 속수무책으로 무릎을 꿇고 말았다. 이런 것들이 우리가 衆妙之門의 존재를 더욱 여실히 느끼는 계기가 될 수 있다면 이는 비싼 교훈이 되는 셈이다.

이런 우주적인 해프닝은 예측할 수 없기 때문에 갑작스러운 것이다. 그것을 위해 어떤 계획이나 예상도 할 수 없기 때문에 돌연한 것이다. 그리고 비논리적인 것이기 때문에 해프닝인 것이다. 하지만 그렇다 하더라도 우리는 이것을 위해 준비해야만 한다. 그것이 일어나기 전에 우리는 많은 것을 해야만 한다.

이것은 씨를 뿌리는 일과 같다. 우리는 절기에 맞춰 땅을 갈고 씨를 뿌릴 것이다. 그리고 우리는 기다린다. 어느 날 우연히 싹이 돋아나 있는 것을 발견할 것이다. 우리는 월요일 아침에 싹이 돋아날 것이라고 말할 수 없다. 그렇게 될 수도 있고 안 될 수도 있기 때문이다. 거기에는 수백만 가지의 요소들이 작용하고 있다. 최근 과학자들은 음악이 식물의 성장을 촉진한다는 사실을 발견하였다. 씨를 뿌린 곳에서 춤추며 노래 부른다면 보다 빨리 싹이 틀지 모른다. 보름달이 있는 기간에는 보다 빨리 자랄 것이다. 반대로 달이 기우는 동안에는 성장이 늦어질 것이다. 어떤 때는 아이들이 지나면서 부르는 노래조차 도움이 될 것이다. 만일 슬픔에 겨운 사람이 그곳을 지난다면 씨앗은 그 영향으로 인해 더디 싹틀지도 모른다. 너무나도 신비하고 예측할 수 없는 수억 가지의 요소들이 있는 것이다. 하지만 여전히 우리는 만반의 준비를 해야만 한다. 그리고 그 갑작스러움을 꿈꾸지 않는 것이 좋다. 우리에게 어떤 노력도 필요 없으며 이는 단지 어느 순간에 돌연히 일어난다고 하는 것은 단지 우리의 꿈일 뿐이다. 우리의 모든 준비와 노력은 도움이 된다. 그러나 계획하고 억지로 끌어낼 수 있는 그런 것은 아니다.

## 4.

이런 비논리적 세계는 우리로 하여금 지식에 매달리기보다 지성적이 되기를 요구한다. 그리하여 더 이상 반응하지 않고 감응하도록 되어야 한다. 반응은 늘 과거의 경험을 바탕으로 하고 있고, 감응은 단지 거울과 같다. 우리가 거울 앞으로 가면 거울은 감응한다. 거울은 우리의 얼굴을 보여 준다. 거울은 아무 기억도 담고 있지 않다. 우리가 떠나면 거울은 다시 순수해지고 아무 것도 반영하지 않는다. 그러므로 우리의 모든 감응은 신선함과 명료함과 아름다움을 지니고 있다. 그것은 반복되는 케케묵은 관념이 아니다. 어떤 상황도 우리가 이전에 만났던 상황과 똑같지 않다. 따라서 과거 속에서 반응하면 우리는 상황과 직면할 수 없다. 우리는 한참 뒤쳐져 있는 것이다. 이것이 우리가 실패하는 원인이다. 우리는 상황을 보지 못한다. 우리는 반응에 더 익숙해서 상황에 눈멀어 있다. 그러면 이미 만들어진 대답을 갖고 다니는 것이다. 이것이 지식의 한계이며 지성이 필요한 까닭이다.

## 〔어구 해설〕

*衆妙*(중묘)   여러 신비한 것들
*門*(문)   건물의 문, 사물이 나오는 곳

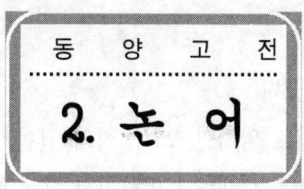

동 양 고 전

**2. 논 어**

子曰 學而時習之 不亦説乎 有朋自遠方來 不亦樂乎
자왈 학이시습지 불역열호 유붕자원방래 불역낙호

人不知而不慍 不亦君子乎
인부지이불온 불역군자호

**[직역]**

공자가 말하였다.

배우고 수시로 익히면 또한 기쁘지 아니한가? 벗이 먼 곳에서 오면 또한 즐겁지 아니한가? 남들이 알아주지 않아도 원망스럽지 않으면 또한 군자가 아닌가?

〔의역〕

선생님께서 말씀하셨다.

진실로 배우고 수시로 익히면, 그 노력의 결실인 환희가 어떠하겠는가? 그리하여 멀리서 찾아온 제자들과 벗하면서 함께 배움의 길로 걸어가게 하는 자비가 또한 얼마나 보람 있고 즐겁겠는가? 그러나 알아주는 이가 없어 아무도 찾아오지 않는다 해도 원망하지 않고 홀로 담담히 살아간다면, 그야말로 군자라 할 만하지 않은가?

〔우리의 논의〕

## 1. 들어가는 말

이 글을 단순히 문자풀이 하거나 세속적으로 이해하는 것은 성인의 깊은 뜻을 무시한 참으로 무례하고 무지한 태도이다. 우리 수준에서 보면 이 글은 모순 투성이라고 할 수밖에 없다. 어린 학생들이 종일 시달리는 학습에서 정말 기쁨을 느낄 수 있는가? 바쁜 어른들이 멀리서 친구가 찾아오면 집에서 재워주고 융숭하게 대접하면서 정말 즐거워할 수 있는가? 없는 재주도 있는 척해야 사는 세상에 누구 못지않은 능력을 갖고도 한번 펴보지도 못하면서 태연한 척하는 것이 아니라 진심으로 초연한 사람을 이 세상에서 상상이나 할 수 있는가? 이 글은 피상적으로 읽으면 현실과 너무 동떨어져서 일독의 가치도 없는, 한갓 말장난에 불과한 것이 될 뿐이다.

공자가 의도한 바는 이런 세속적 이해와는 근본적으로 다른, 까마득히 높은 차원의 그 어떤 진실을 설파한 것일 터이다. 우리는 이 글에 담긴 공자의 취지 혹은 이 글에 담길 수 있는 그 이상의 의미를 탐색해 보고자 한다.

## 2. 배움(學)의 대상은 무엇인가

여기서 學은 무엇을 배운다는 것인가? 이 세상을 헤쳐 나가는 데 필요한 지식이나 기술을 배우는 것과 같은 실용적 학습을 공자 같은 이가 강조하지는 않았을 것이다. 이는 졸업장이나 자격증으로 증명되는 것이 아닌, 누구나 신선하게 존재하는 데 필요한 본질적인 것에 대해서 역설한 것이 아니면 안 된다. 그렇지 않으면 성인의 가르침이라 할 수 없기 때문이다. 성인은 세상보다 나 자신에 더 관심이 있으며, 위인지학(爲人之學)보다 위기지학(爲己之學)을 중시하고, 사회적 책임보다 개인적 책임을 위해 헌신한다.

이 세상에는 현실적으로 성공한 사람들이 많지만, 그들 자신에 대해서 성공한 사람은 거의 없다고 해도 과언이 아니다. 어떤 사람이 매우 부자가 되거나 높은 지위에 오르면 사람들은 그가 성공했다고 보지만, 정작 그 사람은 자신이 실패한 인간이라는 것을 잘 알고 있으며 그래서 결코 만족하고 행복한 상태에 머물지 못한다. 그의 내면은 여느 사람만큼도 개화되지 못한 채 천박한 욕심만 더욱 끓어오르기 때문이다.


그러면 인간은 왜 모두 배워야 하고, 무엇을 배워야 하는지 알아보자. 우리는 이에 대해서 근원적으로 접근해 보고자 한다. 인간은 무의식적인 진화의 최종 산물이다. 기계적이고 자연적인 진화의 오랜 과정을 통해서 인간은 의식이 진화하는 데까지 이르렀다. 그러나 의식이 생겨나는 순간 무의식적인 진화는 멈춘다. 무의식적인 진화는 집단적이며, 의식적이 되는 순간 진화는 개인적인 것이 된다. 그것은 자동적인 것이 아니며, 각자가 스스로 책임져야 하며, 모든 선택에 대하여 의식적인 노력을 통해서 책임져야 한다.

일반적으로 진화란 무의식적이고 집단적인 것을 의미하므로, 우리는 인간의 의식적인 진화를 '성장'이라는 단어로 바꾸어 부르는 것이 좋을 듯하다.

성장이란 의식적이고 개인적인 노력을 통해 개인의 책임을 그 절정에 이르게 하는 과정을 말한다. 그러나 사람들은 성장에 대한 자신의 책임으로부터, 선택의 자유라는 책임으로부터 도망치려고 한다. 오늘날 우리는 정치적 종교적 사회적 이데올로기들에 의해 책임이라는 부담이 개인으로부터 제거되고 사회가 책임을 지는 상황에 처해 있다. 그때 인간은 단지 집단적인 구조의 일부가 되어 버린다. 나에게, 더 앞으로 가는 성장이란 개인적인 책임 의식이 있을 때 비로소 가능하다.

그러나 집단 속에 묻혀 사는 것은 무의식 상태에서 책임을 회피하는 것으로, 어리석고, 미숙하고, 유치하다. 오직 홀로 있음 속에서 우리는 배울 수 있다. 우리가 동요하지 않고 홀로 있을 준비가 되어 있다면, 그것은 하나의 커다란 기회가 된다. 그때 우리는 마치 그 속에 많은 잠재력을 가진 하나의 씨앗과 같다. 이는 외로움과는 다르다. 외로움이라는 것은 홀로 있음에서 도망가면서 그것을 받아들일 준비가 되어 있지 않을 때 찾아오는 것이다. 그러면 어떤 군중을 혹은 그 속에서 자신을 잊어버릴 수 있는 어떤 수단을 찾을 것이다.

붓다나 예수는 홀로이다. 그것은 그들이 가족을 떠났거나 세상을 버렸기 때문이 아니다. 그들은 부정적으로 어떤 것을 포기한 것이 아니다. 그것은 홀로 있음을 향한 하나의 움직임이었다. 이런 길은 성인만 걸어가는 특별한 것이 아니며, 그들은 단지 완벽한 학이시습(學而時習)을 통해 집에 돌아온 자이며, 우리는 모두 아직 먼 여행길에 있는 것이다.

그러나 오늘날 우리의 여행은 역행하고 있는 듯한 느낌을 지울 수 없다. 우리의 삶에서는 모든 것이 뒤집혀 있다. 가치 있는 것은 가치 없게 되었고 가치 없는 것은 가치 있게 되었다. 우리는 비본질적으로 살고 있고 본질적인 것을 잊어버렸다. 돈과 권력과 명성 따위는 죽음이 오면 우리에게서 떨어져 나갈 것이다. 죽음이 파괴할 수 없는 그런 길에서 사는 사람만이 진실로 살고 있는 것이다. 죽음이 그로부터 빼앗아 갈 것이 도대체 없는 그런 길에서 사는 사람은 그의 내면 존재를 창조한다.

삶은 당연한 것이 아니라 창조되어야 하는 것이다. 그리고 오직 우리 스스로 선택함에 의해서만 삶이 창조될 수 있다. 물론 길을 잃고 오류를 범할 수 있다. 그러나 실수와 오류, 그리고 탈선은 성장의 일부이다. 인간은 실수를 통해 배운다. 옳은 길로 들어서려면 탈선을 해보아야 한다. 감옥에 갇혀보지 못한 사람은 자기들이 자유롭다는 사실을 모른다. 자유와 대조되는 상황을 모르기 때문에 자유를 인식할 수 없다. 칠판과 같은 배경이 없는 것이다. 이것은 하얀색 벽에 하얀색 글씨를 써놓은 것과 같다.

성인들이 말하는 배움이란 본질적이고 비현실적이어서, 우리의 입장에서는 참으로 이해하기 어렵고 이해하고 싶지도 않은 것이다.


### 3. 수행(習)을 통해서만 기쁨(說)을 맛볼 수 있다.

學은 일시적인 깨달음이라 할 수 있다. 무엇인가가 우리 내면에 침투하고 뭔가가 부가되는 것이다. 그러나 그것은 단순한 일별에 지나지 않는다. 그 순간만큼은 과거가 무의미해져 버리는 듯한 강렬함, 우리가 현재에 존재하고 있는 생동감이 있다. 그러나 이것은 단순한 일별이다. 그 기억은 곧 잊혀지고 만다. 그러나 이를 잘 간직하여 꾸준히 의미를 심화하고 실천에 옮긴다면 내면적으로 점차 성숙해지는 것을 느끼게 될 것이다. 이야말로 삶의 최대 보람이며, 이보다 더 기쁜 일은 없을 것이다. 진정한 기쁨은 學 뒤의 習을 통해서 오는 것이다.

만약 우리 자신이 개인적으로 노력하지 않고 깨닫게 된다면, 그 깨달음은 가질 만한 가치가 있는 것이 아니다. 그 깨달음은 우리의 노력의 결실인 환희는 주지 않을 것이다. 그것은 우리의 눈이나 손, 우리의 호흡 체계처럼 당연한 것으로 받아들여질 것이다. 이 기관들은 대단한 축복이지만, 실제로 아무도 그 기관들을 높이 평가하지 않는다. 마찬가지로 우리가 깨달은 채로 태어날 수 있다면, 그것은 가치가 없을 것이다. 우리가 많은 것은 갖게 되겠지만, 그것은 우리의 노력 없이, 수고로움 없이 찾아왔기 때문에, 그 의의는 상실될 것이다. 의식적인 노력이 반드시 필요하다. 성취는 노력 그 자체만큼 중요하지 않다. 노력이 그것에 의미를 부여하고, 애쓰는 과정이 그것에 중요성을 가져다준다. 깨달음을 위해서는 반드시 우리가 전심전력을 다해야 한다. 그 노력을 통해서, 우리는 찾아오는 그 지복을 보고, 느끼고, 잡을 수 있는 능력을 창조해낸다.

만일 우리가 우리 자신에 대한 책임감과 더불어 살 수 있다면, 수행은 저절로 우리에게 찾아온다. 우리 자신에 대해 전체적으로 책임지면 수행이 될 수밖에 없다. 이 수행은 외부로부터 우리에게 강요되는 그 무엇이 아니다. 그것은 안에서 찾아온다. 우리가 짊어진, 자신에 대한 전체적인 책임으로 인해서 우리가 내딛는 한 걸음 한 걸음이 수행이 된다.

## 4. 學而時習하지 않으면 어떻게 되는가?

學而時習하면 기쁨을 누리니까 學而時習하지 않으면 단순히 기쁨을 누리지 못할 뿐이라고 생각하면 큰 잘못이다. 이는 나이를 먹으면서도 언제까지나 미숙한 어린아이처럼 살게 되는 것을 의미한다. 이 시대 어른의 평균 정신 연령은 13세나 14세에 머물러 있다고 심리학자들은 말한다. 사람들이 그토록 어리석게 행동하고 왜 그토록 연속적으로 어리석은 수준에 머물러 있는지 그것은 놀라운 일이 아니다. 나무가 성장하고 퇴행하지 않는 것처럼 인간도 세월이 흐름에 따라 성장해야 한다.

성장은 전체적으로 성장하는 것을 의미한다. 비합리적인 것을 거부한 사람, 합리적인 것을 거부한 사람 그 어느 쪽도 성장하고 있지 않다. 이들을 다 받아들일 때 존재 전체가 성장할 것이다. 나무가 성장하기 위해서는 가지들이 사방으로 뻗어가야 한다. 우리는 가지 하나만 남겨 놓고 나무의 모든 가지를 다 잘라버려서, 그 나무가 한쪽 방향으로만 성장하도록 만들 수 있다. 그것은 아주 초라한 나무, 아주 보기 흉한 나무가 될 것이다. 한 그루의 나무가 실제로 성장하기 위해서는 가지들이 모든 방향으로 성장하도록 허용되어야만 한다. 오직 그럴 때에만 그 나무는 풍요롭고 강해질 것이다.

인간의 영혼은 한 그루 나무처럼 모든 방향으로 성장해야만 한다. 우리에게서 반대 방향으로는 성장할 수 없다는 그 개념이 떨쳐져야만 한다. 오히려 우리는 반대 방향들로 성장할 때 더 성장할 수 있다. 지금까지 우리는 전문적이어야 하고, 특정한 한 방향으로만 나가야 한다고 말해 왔다. 그렇게 되면, 추한 그 어떤 것이 벌어진다. 특정한 한 방향으로만 성장하면, 그 사람에게는 모든 것이 부족하다. 그 사람은 한 그루의 나무가 아니라 하나의 나뭇가지에 불과할 뿐이다.

## 5. 벗(朋)이란 제자의 다른 이름이다

여기서 벗은 단순한 친구가 아니다. 겸손하게 표현해서 친구이지 사실은 제자에 가깝다. 사제 관계는 오륜에 따로 없어 굳이 편입시키자면 朋友有信에 포함시킬 수 있으며, 그래서 배우는 사람 사이에서는 아무리 나이 차가 커도 學兄이라 하는 것이다. 學而時習하여 기쁨을 누리는 이는 필시 세상의 스승이 되기에 충분하며, 이런 이는 인품의 향기가 널리 퍼져 자연히 진실하게 살려고 하는 이들의 가슴에 와 닿게 마련이다. 그래서 거리의 멀고 가까움을 가리지 않고 찾아와 가르침을 받고자 한다면, 세상에서 이보다 순수하고 아름다운 만남은 없을 것이다. 진실에의 감성적 자세를 지닌 사람들은 평소에 자신의 존재 안에 중심을 두려고 애쓰고, 의식 안에 뿌리를 내리려고 노력하며, 욕망에 끌려 다니지 않으려고 노력하면서 스승을 찾고 있었을 터이다.

그러면 스승을 만나지 못한 채 세상을 살아가는 사람들은 어떤가 생각해보자. 진정한 스승을 만나지 못한 사람은 어느 면에서는 아직 태어나지 않았다고 할 수 있다. 우리의 첫 번째 탄생은 부모를 통해 이루어진다. 그리고 두 번째 탄생은 스승과의 친밀한 관계 속에서 이루어진다. 스승은 제자를 위한 자궁이다. 이 새로운 탄생을 통해 우리는 의식적으로 되기 시작한다. 우리는 이미 자신이 의식적이라고 믿을지 모른다. 왜냐하면 우리는 지식과 기술을 요하는 일들을 할 수 있기 때문이다. 그러나 우리가 하고 있는 모든 일은 로봇이나 기계도 할 수 있다. 곧 조종사 없이 나는 비행기, 기관사 없이 달리는 기차가 모습을 드러낼 것이다. 지금은 이론적으로만 가능한 기계들이 멀지 않아 실용화될 것이다. 특정한 일을 함에 의해서 의식적인 존재가 되지는 못한다. 의식은 전혀 다른 차원에서 작용한다. 자신이 무엇을 하고 있는지 아는 것, 그것을 관찰하는 목격자로서 일하는 것, 그것이 의식적으로 사는 것이다.

하품을 하는 사람과 함께 있으면 그 진동이 우리에게 와 닿는다. 스승과 함께 있는 것도 비슷한 경우이다. 다만 조금 더 어려울 뿐이다. 왜냐하면 하품은 하강이지만 각성은 상승이기 때문이다. 깨어 있는 스승과 함께 있는 것은 우리를 깨어 있게 만든다. 우리는 주변 사람들에 의해 끊임없이 영향 받는다. 우리는 전혀 의식하지 못할지 모르지만, 우리의 생각과 느낌은 모두 타인에 의해 주어진 것이다.

## 6. 멀리서(遠) 온다는 것의 시대적 해석

위대한 이가 나타날 때 자신의 내면에 얼마간이든 각성된 의식이 있으면 그를 보러 가게 된다. 붓다가 나타났을 때 모든 이가 그를 만나러 간 것은 아니다. 그 신비로운 끌림에 자신의 가슴이 반응을 보이는 사람만이 거기에 간다. 거대한 자석에 이끌려가듯 거기에 이끌려 간다. 거기에 저항하기란 거의 불가능하다. 거기까지 가는 데에는 수많은 장애물들이 있을 것이다. 하지만 그를 무릅쓰고 간다. 그들에게는 수없이 많은 일들이 산더미처럼 쌓여 있지만 그것들을 던져 버리고 간다. 그들은 거대한 자석의 힘에 의해 끌려갈 뿐, 아직도 일종의 최면 상태 속에 있을 수도 있다. 자석의 힘이 클수록 더 먼 곳에 있는 이들까지 끄는 힘이 있을 것이다.

그러나 먼 곳에서 찾아온다는 것은 오늘날 공간적인 의미로만 이해할 것은 아니다. 뜻이 통하는 벗을 만나기가 그만큼 어려움을 암시하는 것으로 이해할 수도 있다. 평생에 지기(知己)를 한 사람이라도 얻으면 죽어도 한이 없다는 말도 이와 통하는 것이다. 우리들은 도회에 살면서 서로 곁에 있을지 모른다. 그러나 결코 가까이 있었던 적은 없다. 가까움(closeness)이라는 것은 공간적인 현상이 아니다. 곁(nearness)이라는 것은 공간적인 현상이다. 우리는 누군가의 곁에 있지만 가깝지 않을 수도 있으며, 누군가로부터 멀리 떨어져 있어도 극히 가까울 수 있다. 가까움이라는 것은 두 실존 사이의 것이다. 곁이라는 것은 두 육체 사이의 것이다. 가까움이라는 것은 실존적인 것이고, 곁이라는 것은 공간적인 것이다.

有朋自遠方來의 현대적 의미는 비록 공간적으로는 곁에 있었어도 사는 길이 판이했던 사람이 찾아와 함께 진실한 삶을 추구하게 된 것을 의미할 수도 있을 것이다. 아니 이것이 뜻을 같이 하는 사람들이 멀리서 찾아오는 것보다 훨씬 더 어려울지도 모른다. 교통수단이 발달한 현대에 공간적 거리는 별로 문제가 되지 않는다. 경전의 생명이 영원하기 위해서는 기계적인 해석을 극복해야 할 필요가 있다.

## 7. 중심이 잡힌 이는 사람들의 반응을 의식하지 않는다.

人不知而不慍은 有朋自遠方來와 대립되는 경우에 해당한다. 위대한 스승에게는 많은 제자가 모여들게 마련이나, 그 반대의 경우도 전연 없지 않다. 그러나 진정한 스승은 제자들의 유무나 다과에 영향 받지 않는다.

깊은 숲 속에 꽃 한 송이가 피어 있는데 그 향기를 맡아줄 이가 아무도 없다면, 지나가면서 꽃의 아름다움과 환희를 음미해줄 이가 아무도 없다면, 어떻게 될까? 꽃이 괴로워할까? 꽃이 자살할까? 꽃은 계속해서 핀다. 그냥 꽃을 피울 뿐이다. 거기엔 차이가 없다. 누가 알아주든 말든 아무 상관이 없다. 꽃은 계속해서 향기를 바람에 흩뿌린다. 꽃은 계속해서 자신의 기쁨을 신에게, 우주에게 바친다.

강물이 흐른다. 그러나 강물은 누구를 위해 흐르는 것이 아니다. 강물은 누가 있건 없건 흐른다. 강물은 우리의 목마름 때문에 흐르지 않는다. 강물은 목마른 들판 때문에 흐르지 않는다. 강물은 그냥 흐를 뿐이다. 우리는 그 강물로 갈증을 해소할 수도 있고 그렇지 않을 수도 있다. 그것은 우리에게 달렸다. 그러나 강물은 우리 때문에 흐르는 것이 아니다. 그냥 흐를 뿐이다. 들판이 물을 얻을 수 있는 것은 우연일 뿐이다. 우리가 필요한 물을 얻을 수 있는 것은 우연이다.

진정한 스승은 꽃처럼 혼자 피고 강물처럼 혼자 흐른다. 제자는 스승과 함께하고 스승에게 배우고 스승의 존재를 나눌 수 있다. 그러나 스승은 제자를 위해 존재하는 것이 아니다.

비록 스승 혼자 있다 할지라도 스승은 제자와 함께 있을 때와 마찬가지로 각성과 사랑으로 존재할 것이다. 스승에게 사랑을 창조하는 것은 제자가 아니다. 만일 제자가 스승의 사랑을 창조하고 있다면 제자가 떠나갈 때 당연히 사랑도 사라질 것이다. 그러나 제자가 스승의 사랑을 끌어내는 것이 아니다. 스승이 제자에게 사랑을 쏟아 붓고 있는 것이다. 그 사랑은 선물같이 주는 사랑이고 각성으로부터 우러나는 사랑이다. 그 사랑은 넘치는 생명력을 함께 나누는 것이다. 그것은 가슴에서 흘러넘치는 노래이다. 남들이 듣든가 말든가 상관이 없다. 비록 아무도 안 듣는다 해도 그는 노래를 불러야 할 것이다. 누군가 그 사랑을 받을 수도 있고 못 받을 수도 있겠지만 그에게서는 사랑이 흐르고 있다.

아무도 알아주지 않고 아무도 그 사랑을 맛보아 주지 않는다 해도 전혀 상관없다. 그의 에너지는 방사되고 흐른다. 꽃은 향기가 바람에 실려 나갈 때 행복하다. 바람이 그 향기를 알아주든 말든 그건 중요하지 않다. 스승은 스스로 존재하는 자이다. 제자들이 있건 없건 무관하다. 스승은 제자들에게 의존하지 않는다. 스승이 하는 노력은 제자 또한 스승에게서 독립할 수 있도록 만드는 것이다. 스승은 제자에게 아무 부담도 주고 싶지 않다. 그리고 제자가 스승에게서 독립하게 되는 날 진정으로 스승을 사랑할 수 있을 것이다. 그 전에는 진정으로 스승을 사랑하지 못한다.

대다수의 사람들에게는 스승을 알아볼 눈이 없다. 혹은 비록 찾아왔더라도 스승이 자기 마음에 들지 않아 떠나는 이도 있을 것이다. 붓다의 시대 많은 사람이 붓다를 떠나면서 '그는 가짜'라고 말했다. 사람들은 예수에게도 그랬다. 예수가 십자가에 매달린 것도 그들 때문이다. 그들은 초월의 세계를 체험한 적이 없었고, 피안의 세계를 본 적도 없었다.

위대한 스승을 알아보기 위해서는 스승과 제자 사이에 심장의 박동이 똑같은 리듬으로 뛰는 순간이 와야 한다고 한다. 그 조화와 하나 됨 속에서 제자는 스승의 말의 핵심부로 들어간다. 그곳에서 그는 아무 소리도 발견할 수 없을 것이다. 그는 절대적인 침묵을 발견할 것이다. 그 침묵을 맛보는 것은 곧 스승을 이해하는 것과 같다. 중요한 것은 말의 의미가 아니라 그 말에 담긴 침묵이다. 말의 의미는 언어를 아는 사람이라면 누구든지 이해할 것이다. 그것은 어렵지 않다. 그러나 침묵은 학생이 아니라 오직 제자에 의해서만 이해된다. 어느 시대나 학생은 많지만 제자는 참으로 귀한 것을 알기 때문에 스승은 제자가 없어도 오히려 당연한 것으로 받아들이며 결코 섭섭해 하지 않는 것이다.

붓다는 말한다. "나의 탐구는 지복에 대한 것이 아니다." 왜냐하면 지복에 대해 말하는 순간 사람들은 쾌락을 생각할 것이기 때문이다. 지복에 대해 말하는 것은 위험하다. 그래서 그는 말한다. "나의 탐구는 자유를 위한 것이다." 에고로부터의 자유, 마음으로부터의 자유, 욕망과 모든 한계로부터의 자유. 만일 우리의 내면에 의식이 완전히 자유로울 수 있는 공간을 창조한다면 모든 것이 성취된다. 자유는 끊임없이 욕망하는 마음에서 벗어나는 것을 의미한다. 욕망을 버리면 슬픔은 자동적으로 사라진다. 슬픔은 욕망의 그림자이기 때문이다. 제자가 찾아오지 않으면 원망하는 것은 그들을 기다리는 욕망에서 자유롭지 못한 것이다.

## 8. 참된 스승(君子)이란 어떤 사람인가

우리 사회에는 정치 지도자, 종교 지도자, 학문의 지도자 등 지도자들이 많다. 그러나 참된 삶의 지도자는 별로 없다. 군자란 삶의 지도자를 가리킨다. 군자는 특수 분야의 지식 혹은 지위에서 앞서서 세상을 향해 외쳐대는 대신, 조용

히 자신의 성장을 위해 매진한다. 이들은 정확히는 지도자이기보다 일종의
의사와 같다. 일반적인 병이 아닌 존재적인 갈등을 치유하는 의사이다. 이들
은 한편으로는 갖가지 전통들과 싸운다. 왜냐하면 그러한 것들은 사람들이
건강하고 완전해지는 데 걸림돌이 되기 때문이다. 다른 한편으로는 사람들의
내적인 존재의 성장을 위해 작업해야 한다. 두 가지 모두 같은 과정의 일부이
다. 어떻게 우리가 온전해지는 것을 막고 있는 그 모든 편견들을 파괴할 것인
가 하는 것이 부정적인 측면이라면, 어떻게 사람들을 명상으로, 침묵으로,
사랑으로, 기쁨으로, 평화로 타오르게 하느냐 하는 것은 긍정적인 측면이기
때문이다.

　이런 이는 어느 시대에나 존재하기 마련이나, 겉으로는 너무 평범하여 잘
드러나지 않을 뿐이다. 스승은 인생을 배움의 과정으로 알고 내면적 삶에 충
실하려고 하는 사람의 눈에만 보인다. 그래서 세상에는 참 스승이 존재하지
않는다고도 하고 또는 참다운 제자가 존재하지 않는다고도 하는 것이다.

## [어구 해설]

　學(학)　배우다
　而(이)　두 말을 이어주는 접사, 여기서는 學과 習의 두 동사를 이어준다
　時習(시습)　때때로 익히다, 이런 식으로 동사 앞에 부사가 와서 이루어진
　　　　형식의 한자어도 많이 있다. 예 : 急求(급구), 急流(급류), 速決
　　　　(속결), 頻發(빈발)
　之(지)　대명사로 앞의 學과 관련된 내용을 가리킨다. 여기서는 習의 목적
　　　　어로 쓰였다. '그것(배운 것)을 익힌다'는 뜻이다. 한문은 영어와
　　　　마찬가지로 VO(Verb + Object) 언어이므로 국어의 어순과는
　　　　상반된다.

不亦~乎(불역-호)  또한 ~지 아니한가?, 乎는 의문 종결사이다

說(열)  '말씀 설'자이나, 아주 드물게 悅(기쁠 열)과 같은 글자로 쓰인다

有朋(유붕)  朋은 벗이다. 그 앞의 有자는 '있다'는 의미를 가볍게 나타내기도 하며, 더 약해져서 허사처럼 쓰이기도 하는데, 이런 경우에는 해석하지 않아도 된다. 국어에서도 '있잖아'가 발어사(發語辭) 혹은 허사처럼 쓰이는 것과 비교된다

自遠方(자원방)  먼 지방으로 부터, '自~'는 '~로부터'라는 의미의 개사(介詞), '遠方'은 '먼 지방'의 뜻이다

來(래)  오다

樂(락)  즐겁다

人不知(인부지)  사람들이 (자기를) 알아주지 않는다

慍(온)  화내다, 성내다

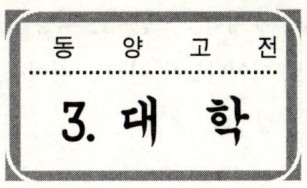

동 양 고 전

## 3. 대 학

원 문

### 大學之道 在明明德 在親民 在止於至善
대 학 지 도   재 명 명 덕   재 친 민   재 지 어 지 선

☞ 이는 「대학(大學)」의 첫머리에 나오는 이른바 대학 삼강령(三綱領)이다. 이 구절
  은 동양의 전통적 대학관을 간결하면서도 깊이 있게 밝히고 있다. 동시에 이는 지
  도자, 구도자들이 지향할 길을 밝히고 있다고 볼 수도 있다.

〔직역〕

대학의 도리는 밝은 덕을 밝히는 데 있으며, 백성을 사랑으로 이끄는 데
있으며, 영원히 내면의 꽃을 피우는 데 있다.

〔의역〕

대학의 이상은 첫째 속세의 먼지가 쌓인 의식의 거울을 잘 닦아냄으로써

원래대로 잘 비추게 하는 것이며, 두 번째는 백성들도 순수한 의식을 회복함으로써 정신적으로 새로 태어나도록 이끄는 것이며, 마지막으로 평소 이를 생활화하도록 정진하는 것이다.

## [우리의 논의]

### 1. 밝은 덕을 밝힌다는 것은 너무 추상적이고 고리타분하게 들린다. 이 말의 뜻을 좀더 생생하게 이해할 수는 없을까?

이는 먼저 논어의 學而時習과 일맥상통하는 사실을 간파하는 것이 중요하다. 비록 구절의 구성 한자는 한 글자도 공통적인 것이 없지만, 조금만 주의해서 보면, 이 두 구절은 표리의 관계에 있음을 알 수 있다. 學而時習이 표면적 사실을 나타낸 것이라면 明明德은 그 내용을 보인 것으로 이해할 수 있기 때문이다. 學而時習할 대상이 곧 明明德이며, 明明德 이외에 다른 대상이 있을 수 없다. 그래서 이 구절의 이해를 위해서는 앞의 學而時習 부분의 설명, 특히 개인적 책임에 관한 설명을 참고하는 것이 좋을 듯하다.

밝은 덕을 밝힌다는 것은 그 자체로만 보면 중복 표현처럼 생각되기도 하고 밝은 덕을 왜 다시 밝혀야 하는가 하는 의문이 생기기도 한다. 이를 극복하기 위해선 언어 표현의 한 유형을 이해할 필요가 있다. 가령 '편지를 쓴다'거나 '밥을 짓는다', '벽의 구멍을 뚫는다'는 식의 표현에서 목적어에 해당하는 편지, 밥, 구멍 등은 '편지를 읽는다, 밥을 먹는다, 벽의 구멍을 막는다'는 표현에서 실제로 존재하는 편지, 밥, 구멍과는 달리 엄밀히는 아직은 편지, 밥, 구멍이 아닌 그 전 단계의 백지(白紙), 날 쌀, 흙으로 꽉 찬 벽의 상태로 존재하면서 앞으로 이루어질 변화의 상태를 예견하는 것이라 할 수 있다. 이와 마찬가지로 明明德의 明德도 당장은 극복해야 할 그와 반대 상태인 '어두운 덕(혼덕 昏德)으로 남아 있으면서 이를 밝게 만드는(明) 동작의 결과로 이루어질 '밝은 덕(明德)'을 암시하는 것이라 할 수 있다. 그러므로 정확하게 표현하기로 말하면 明明德은 明昏德이라 해야 할 것이나, 그러면 마치 '밥을 짓다'는 '쌀을 끓여 밥이 되게 하다'처럼, 그리고 '편지를 쓰다'는 '빈 종이에 용건을 써서 편지가 되게 하다'는 식으로 고치는 것처럼 복잡하고 부자연스러운 표현이 될 것이다.

　명덕은 인간의 핵심을 이해하는 동양의 중요한 한 방식이다. 사람이 태어날 때 육신으로만 이루어지는 것이 아니고 내면에 물질 이상의 정신적 가치를 지니고 나오는 것으로 간주하며, 이를 신성 혹은 불성, 또는 영혼, 의식 등 여러 가지로 부른다. 육신은 물질로 이루어져 그와 함께 사멸하지만, 이 정신적 기운은 신과 마찬가지로 시간과 공간을 초월한 존재로 이해한다.
　이 기운이 아직 세속에 물들지 않고 밝게 빛나는 어린 시절에는 누구나 순수하게 그리고 평화롭게 세상을 살아갈 수 있다. 그러나 이 순수한 의식은 점차 온갖 사념과 욕망에 가려 진실에는 어둡고 실리만 밝히는 저속한 상태로 바뀌게 마련이다. 이것이 인간의 타락이며 사회의 비극이다. 하지만 이 타고난 기운은 아주 없어지는 것이 아니라 단지 가려져서 겉으로 빛을 발휘하지 않을 뿐으로, 내면 깊은 곳에서는 여전히 빛을 발하고 있다. 이는 하늘에 구름이 끼고 비가 올 때는 해가 보이지 않으나, 구름이 물러가면 해가 변함없이 그곳에 있는 것과 같다. 우리의 불성(佛性), 우리 내면의 빛도 어느 한 순간도 꺼지지 않고 존재 깊숙이 자리 잡고 있으며, 어떤 것도 그것을 빼앗을 수 없다. 이것은 과학적으로 입증될 문제가 아니라 인간 가치에 대한 우리의 신뢰이다. 만일 이런 신비한 기운이 처음부터 없거나 중도에 소멸되는 것으로 간주한다면 이 사회에 교육도, 교도(矯導)도, 그리고 종교도 존재할 필요가 없으며 굳이 사형 제도를 폐지하려 할 필요도 없고 이 세상에는 아무 희망도 없을 것이다. 인간의 존엄성도 바로 이 명덕(明德)과 관련되는 것이며, 우리의 본질적인 존재도 이를 두고 하는 말이다. 명덕을 밝힌다는 것은 이러한 우리 내면의 불 혹은 내면의 꽃을 원래 상태로 회복하는 것을 의미한다. 이는 나 자신의 의식의 중심에 도달하기 위한 내면으로의 여행이라 할 수 있다. 이것은 누구에 의해서도 조정될 수 없으며 그 스스로 존재한다. 그리고 이를 통하여 깨인 정신으로 살도록 우리에게는 전적인 자유가 허용된다. 우리가 다른 사람의 빛이 아니라 나 자신의 빛에 따라서 사는 것이 진정한 의미의 자유로운 삶이다. 이와 관련된 것이 대학 3 강령의 첫째로 꼽히는 것은 의미심장하다.

## 2. 더러워진 뒤에 다시 찾은 순수함이 본래 순수함보다 가치 있다

아이들의 순수함과 붓다의 순수성 간에는 유사성이 있는 동시에 다른 점이 있다. 본질적으로 어린아이는 붓다다. 그러나 아이의 불성, 아이의 순수함은 자연적인 것이지 획득된 것이 아니다. 아이의 순수함은 무의식적이다. 아이는 자신의 순수함을 전혀 인식하지 못할뿐더러 주의를 기울이지도 않는다. 그는 순수함을 잃어버릴 것이다. 지금 아이는 그런 과정을 거치고 있다. 모든 아이는 세상 속에서 타락하고 불순해지는 과정을 거쳐야 한다. 어린아이의 순수함은 아담이 에덴동산에서 추방되기 전의 순수함이다. 아담이 지식의 열매를 따먹고 의식적으로 되기 전에 지녔던 순수함이다. 이것은 동물적인 순수함이다. 소나 개 등 동물의 눈엔 순수함이 있다.

그러나 한 가지 차이점이 있다. 이것은 실로 엄청난 차이점이다. 붓다는 집으로 돌아왔지만 동물들은 아직 집을 떠나지도 않았다. 어린아이는 아직 에덴동산에 있다. 아이는 여전히 낙원에 살고 있다. 하지만 아이는 이 낙원을 잃어버릴 것이다. 얻기 위해서는 잃어야 하기 때문이다. 붓다는 집으로 돌아온 자이다. 원이 완성되었다. 그는 집을 떠나 길을 잃고 헤맸다. 그는 어둠과 죄악의 세계로 들어가 불행과 지옥을 맛보았다. 이런 경험들은 성장의 일부다. 이런 경험이 없으면 중심 기둥을 가질 수 없다. 이것은 척추가 없는 것과 같다. 이런 경험이 없으면 그 순수함은 매우 부서지기 쉽다. 이 순수함은 바람에 맞서 지탱되지 못한다. 이런 순수함은 아주 허약하기 때문에 살아남기 힘들다. 삶이라는 불길 속을 통과하는 과정이 있어야 한다. 수많은 실수와 실패를 거듭하면서 다시 일어서는 과정이 필요하다. 이런 경험들이 우리를 성장시켜 어른으로 만든다. 붓다의 순수함은 완전히 어른이 된 사람, 최고로 성숙한 사람의 순수함이다. 유아성이 무의식적 본성이라면 불성은 의식적으로 개화된 본성이다. 어린아이는 감옥에 갇혀보지 못한 사람이 자유를 모르는 것과 같다. 우리가 몇 년 동안 감옥에 갇혀 있었다고 하자. 그러다가 석방되는 날, 우리는 벅찬 감격을 느끼면서 감옥 문을 나온다. 그리고 이미 밖에서 자유롭게 활보하는 사람들이 자유를 전혀 즐기지 못하는 것을 보고 깜짝 놀랄 것이다. 그들은 자기들이 자유롭다는 사실을 모른다. 어떻게 알겠는가? 그들은 감옥에 갇힌 적이 없다. 자유와 대조되는 상황을 모르기 때문에 자유를 인식할 수 없다.

## 3. 구도자는 선량한 시민보다 참된 개체를 추구한다.

사회는 우리에게 집단의 일원이 될 것을 강요한다. 기독교인, 한국인, 무슨 학교 동문 등 어떤 집단이든 간에 그 중의 일부가 되라고 말한다. 결코 나 자신이 되어서는 안 된다고 말한다. 그런데 자기 자신이 되기를 원하는 사람들이야말로 세상의 소금과 같은 존재다. 그런 사람들이 세상에서 가장 가치 있는 존재다. 세상이 그나마 존엄성과 향기를 지닐 수 있는 것은 이런 사람들이 있기 때문이다.

구도자는 다음과 같은 의미다. '나는 살아 있는 동안 하나의 개체가 되려고 노력할 것이다. 나는 내 방식대로 살아갈 것이다. 나는 어느 누구에게도 지배되지 않을 것이며, 로봇이나 기계처럼 조종되지 않을 것이다. 나는 어떤 목적이나 이상향에 매달리지 않고 순간순간을 살아갈 것이다. 나는 자발적이고 즉흥적인 삶을 살 것이며, 이를 위해서는 모든 모험을 감수하겠다.' 이는 바로 明明德의 필요성과 그 가치의 핵심을 강조한 발언에 다름 아니다.

## 4. 親民을 新民으로 읽는 까닭은 무엇인가?

親民은 그 자체로도 의미가 통하지 않는 것은 아니나, 新民으로 이해하면 훨씬 의미가 깊고 진실에 가깝게 된다. 여기서는 두 글자의 모양이 비슷한 것이 이러한 추리의 가능성을 높게 하기도 하지만, 경전을 깊이 이해하기 위해서는 문자의 한계를 극복하여 보다 창의적으로 접근할 필요가 있을 때가 종종 있다.

예로부터 깨달은 이는 깨닫지 못한 이를 위로하는 일(親)에는 관심이 없고, 다만 그들을 변형시켜 새로 태어나도록(新) 돕고자 한다. 신민(新民)은 백성들로 하여금 明明德의 자기 혁신을 통하여 새 사람으로 거듭 태어나게 이끄는 것을 의미한다. 대학에서 값지게 자기 혁신을 이루는 사람은 자신의 각성으로 만족하고 자신의 성취에만 안주하는 것이 아니라, 사회의 지도자가 되어, 사람들을 내면의 세계로 안내할 막중한 책무를 진다. 이렇게 이해함으로써 이 구절 또한 논어의 有朋自遠方來와 상통한 사실을 더욱 분명히 확인하게 된다. 논어에서 學而時習과 有朋自遠方來의 관계가 여기서는 明明德과 新民의 관계로 좀더 구체화되어 표현되고 있다. 대학의 제2 강령은 많은 사람들이 내면의 꽃을 피우고 이를 통해 세상의 진정한 평화가 꽃피게 하는 것이라 할 수 있다.

진정한 지도자란 요즘처럼 외형적 문제에 대하여 국민을 강압적으로 이끌고 가는 것과는 달리 그는 한 사람의 벗처럼 행동한다. 그는 사람들의 손을 잡고 내면의 길로 인도하며 그들의 눈이 떠지도록 돕는다. 그리고 그들이 내면으로 시선을 돌리면 그 책임은 끝나는 것이다. 그 다음부터는 모든 것이 그들에 달렸다.

## 5. 新民을 실천한 대표적 예

석가는 깨달음을 얻은 뒤에 이것을 말할 것인지 안 할 것인지 망설이면서 한동안 침묵을 지켰다. "나의 말은 철저히 잘못 이해될 것이다. 차라리 침묵을 지키는 것이 낫지 않을까?" 그러나 자비에 넘치는 가슴은 침묵에 만족할 수 없었다. "모두에게 이 추구가 필요하다. 자기 자신으로의 방향 전환이 필요하다. 나는 그 방법을 안다. 만일 내가 침묵을 지킨다면 그것은 죄를 범하는 일이다. 그러나 말을 한다 해도 나는 과녁에서 빗나갈 것이다. 언어를 초월한 세계를 어떻게 언어로 설명할 수 있단 말인가?"

7일 후 자비심이 승리했고, 마침내 그는 설명을 시도했다. 42년간 그는 줄곧 사람들에게 법을 설하면서 늘 이것을 다짐했다. "내가 말하는 것을 문자 그대로 취하지 말라. 나는 그대들이 그것을 체험하기를 원한다. 오직 그때만이 그대들은 그것의 의미를 이해할 수 있다."

## 6. 新民은 明明德의 자연스러운 확장일 뿐, 결코 지도나 지배가 아니다.

구도자는 자기 자신에게 관심을 갖는다. 그러므로 당연히 모든 사람에게 관심을 갖는다. 왜냐하면 홀로 행복할 수는 없기 때문이다. 우리는 행복한 세상, 행복한 환경 안에서만 행복할 수 있다. 만일 모든 사람이 불행에 빠져 있다면 우리는 행복해지기가 매우 어려울 것이다. 따라서 진심으로 자신의 행복에 관심을 갖는 사람은 다른 사람의 행복에도 관심을 갖게 된다. 행복은 오로지 행복한 환경 속에서만 일어나는 현상이기 때문이다. 그러나 이 관심은 도그마에서 비롯된 것이 아니다. 사랑하기 때문에 관심을 기울이는 것이다. 그리고 당연한 말이지만 가장 먼저 오는 사랑은 나 자신에 대한 사랑이다. 그 다음에 다른 사랑이 따라온다.

### 7. 제삼 강령으로서 '최고의 경지에 머문다(止於至善)'는 말은 사족이 아닌가?

이 구절이 제3 강령인 사실에 우리는 자칫 의아하고 실망하기 쉽다. 그만큼 이 구절은 바른 이해가 어려운 것 중의 하나이기도 하다. 대학의 도리는 1, 2 강령으로 충분하고 혹은 기타 3, 4 강령을 보충할 수 있을지 몰라도 이 구절은 아무리 보아도 강령이라 하기에는 너무 부족하고 나아가 사족처럼 느껴지기 때문이다. 그러나 이해하고 나면 이는 참으로 의미심장한 것임을 깨닫게 된다.

이는 세상의 성공한 사람들이 그 상태 혹은 그 수준을 끝까지 유지하게 하는 데 절대로 필요한 것임을 알 수 있다. 요즘 우리 사회에서 숱한 거물들이 말년에 온갖 불미스러운 사건에 연루되어 이미지를 흐리고 괴로워하는 것을 목격하지만, 이들은 모두 이 제3 강령의 중요성을 새삼 깨닫게 한다. 즉, 배움에서 최고 과정을 마치고 사회적으로 성공한 이들은 언제나 깬 의식으로 최선을 다해 높은 경지를 유지하고, 결코 이룬 것에 자만하거나 성취감에 도취하여 퇴영적인 삶에 빠져서는 안 된다는 것이다.

## 8. 성공한 뒤에 다시 최고의 경지에 머문다(止於至善)는 것은 무엇을 의미하는가?

구도적 자세로 정진하여 마침내 1, 2 강령의 성취에서 정상에 이르렀다고 해도, 우리는 계속 주의하고 결코 방심해서는 안 된다. 아직도 마지막 단계가 남아 있기 때문이다. 아직까지는 길을 잃을 수도 있다. 아직 에고가 남아 있기 때문이다. 우리가 더 이상 길을 잃지 않고 마지막 목적지까지 갈 수 있을 때는 에고가 존재하지 않을 것이다. 높이 올라갈수록 떨어질 때 입는 충격은 더 크다. 정상에 가까이 가면 갈수록 단 한 발자국만 잘못 디뎌도 우리는 깊은 골짜기로 떨어질 가능성이 더 많아진다. 더 높이 올라가면 갈수록 우리는 더욱더 조심해야 한다. 높이 올라갔을 때 얻는 기쁨이 오히려 더 속박이 된다. 그것은 너무도 달콤한 유혹이다. 우리는 이런 것에 얽매이지 않도록 깨어 있어야 한다. 에고가 만족을 얻기 시작하면 우리는 결코 궁극의 진리에 도달하지 못한다. 더 높이 올라갈 때마다 더 많은 힘을 얻게 된다. 그러나 이것을 함부로 사용하는 것은 단지 에너지를 낭비하는 일이 될 뿐이며, 우리는 오히려 진리의 길에서 떨어지고 만다. 우리의 지혜는 궁극의 정상에서 보면 어리석을 뿐이다.

어떤 성취를 최종 목표의 달성으로 간주하지 않고 항상 최고의 의식 수준을 유지하기 위해서는 존재의 가장 깊숙한 중심까지 도달하려고 노력한다. 이는 마치 뿌리가 대지 깊숙이 내릴수록 그 줄기와 꽃들은 하늘 높이 뻗어 올라가는 나무의 이치와 같다.

현실 세계에서는 목표가 분명하며 그 목표는 종착역으로서 더 나아갈 수도 없고 거기에 영원히 머물 수도 없으며 단지 추억으로 간직할 뿐이다. 그러나 내면의 세계에서 우리의 추구는 언제나 새로운 경지에서 진취적인 삶을 누리게 한다. 항상 젊음을 유지하면 삶의 과정은 한 정거장 다음에 반드시 다른 정거장이 나타나는 법이다. 그것은 지치지 않는 길이며, 영원히 끝나지 않는 길이다. 그 삶은 끝없이 흐르는 하나의 강물과 같아 어떤 성취보다도 살아 숨쉬는 것이다. 이들은 영원한 여행의 도중에서 순간순간 활력이 넘치게 살아 간다. 이들에게 완성의 개념은 적용되지 않는다. 완성된 것은 이미 끝나고 죽은 것이다.

## 9. 止於至善과 人不知而不慍 사이에도 상통하는 의미가 있는가?

우리는 「논어」와 「대학」의 관계에서 明明德이 學而時習과, 新民이 有朋自遠方來와 의미가 상통하는 것을 보았다. 그러면 止於至善과 人不知而不慍 사이에도 이런 관계가 성립하는지 궁금하다. 만약 이들마저도 긴밀한 관계가 성립한다면, 이는 참으로 놀랄 만한 일이라 아니할 수 없다. 논어의 첫 세 구절과 대학의 첫 세 구절이 각각 서로 연관된다면, 이는 결코 우연한 것일 수 없기 때문이다. 이런 기대를 품고 마지막 구절들의 관계를 살펴보자.

止於至善은 제1강령인 明明德과 제2강령인 新民이 성취된 뒤의 자세와 관련해서 긍정적인 상황에서는 그 존재의 필요성이 명확하게 가슴에 와 닿지 않고 오히려 사족처럼 생각되기 쉬우나, 부정적으로 정상에서 떨어질 경우를 대비해서는 그 가치가 절실히 느껴진다. 이는 논어에서 學而時習의 순기능이 有朋自遠方來인 데 대해서 이와 대립적인 것이 人不知而不慍인 점에서 이들 또한 불가분의 관계가 있다고 할 수 있다. 다시 말하면 止於至善의 막연한 의미는 논어의 人不知而不慍을 통해서 보다 구체적으로 이해하는 데 도움이 될 수 있는 것이다.

이처럼 두 경전에서 공통적인 의미가 나타나는 현상은 중언부언의 예라 하기보다 본질적 가치를 강조하기 위해서 가능한 한 여러 관점과 방도로 그 이해를 도모한 결과로 보고 싶다. 비록 이 대목뿐만 아니라 여러 부분에서 같은 취지가 다양하게 표현된 것이 경전의 한 특징이기도 하며, 이를 통해서 우리가 경전에 보다 용이하고 보다 정확하게 접근할 수 있는 점에서, 참으로 다행스러운 것이기도 하다.

〔어구 해설〕

**大學(대학)** 어른의 학습장, 높은 수준의 교육장, 소학(小學)과 대조가 된다.

**之(지)** 명사 뒤에 쓰여서 그 명사로 하여금 다음 명사를 꾸미게 한다. 관형격 허사

**道(도)** 길, 방법, 도리, 이상, 진리

**在(재)** (~이 ~에) 있다는 의미의 자동사이다. 뒤에 반드시 처소를 나타내는 보충어가 따른다.

**明明德(명명덕)** 뒤의 明은 德을 꾸미는 형용사이고, 앞의 明은 明德을 목적어로 취하는 동사이다. 형용사로서의 의미는 '밝다'이고, 동사로서의 의미는 '밝히다'이다

**親民(친민)** 백성을 사랑하다, 親 : 친애하다, 民 : 백성

**新民(신민)** 백성을 새롭게 태어나게 하다, 新 : '새롭게 하다'라는 의미의 동사로서 民을 목적어로 취한다

**止(지)** 그치다, 여기서는 '어떤 상태에 이르러 물러서지 않고 계속 머물러 있음'을 의미한다

**於(어)** '~에'라는 의미의 허사

**至善(지선)** 최고의 경지

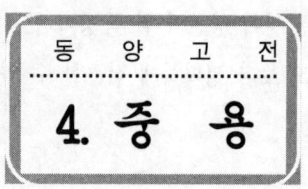

원문

**天命之謂性 率性之謂道 修道之謂敎**
천 명 지 위 성  솔 성 지 위 도   수 도 지 위 교

〔직역〕

하늘이 내려준 것을 본성이라 하고, 본성에 따라 사는 것을 바른 길이라 하고, 바로 사는 길을 열심히 갈고 닦는 것을 종교적 삶이라 한다.

〔의역〕

하늘은 우리가 살아갈 수 있게 기본적으로 필요한 것을 베풀어준다. 이 타고난 자질이 우리의 본성이다.

우리는 이 본성의 소리에 귀를 기울이고 그것이 인도하는 대로 따라야 한

다. 이렇게 사는 것이 한눈팔지 않고 제 길로 들어선 것이다. (그러나 우리
는 언제나 사회가, 국가가, 혹은 정치가 우리에게 강요하는 대로 순종하
면서 무의식적으로 살아간다. 이렇게 외부로부터 강요된 삶은 원본이 아니
고 모조품에 불과하여 진실한 삶이 못된다.)

　(진실한 삶은 나 스스로가 중심이 되고 바탕이 되는 삶이다. 이런 삶을
위해서는 사회의 도덕이나 관습보다 자신의 내적 인식을 통해 일어나는 규
율을 따라야 한다. 그럼으로써 깨달음을 얻게 되는 것이다.) 이렇게 함으로
써만 우리는 남과 다른 자신의 본성을 꽃피고 종국적으로 집에 이를 수 있
다. 이런 삶이야말로 진정한 종교적 삶이라고 일컬을 수 있을 것이다.

## [우리의 논의]

### 1. 인간의 수준은 세 단계로 나누어 볼 수 있다.

性, 道, 敎는 우리가 살아가는 모습의 세 단계를 돌아봄으로써 그 의미를
보다 구체적으로 이해할 수 있다. 性은 우리가 타고난 자질로, 어려서 우리가
이 상태로 자연스럽게 살아가는 것이 첫 번째 단계의 모습이다. 이 때는 따로
노력하지 않아도 필요한 모든 것은 이미 안에 갖추어져 있으며, 밖으로도 그
때그때 소용되는 것이 자연에 의해서 혹은 주위의 도움에 의하여 충당되는
것을 자연스럽게 받아들일 수 있다. 이 단계에서는 수동적으로 타고난 본성을
손상하지만 않고 본성이 요구하는 대로 살아가면 되는 것이다.

　그 다음은 좀더 성장하여 지각이 싹트기 시작하면서 타고난 본성을 더욱
풍성하게 꽃피우려고 노력하는 단계이다. 타고난 자질만으로는 원만한 사회
생활을 하기에 모자라고 수준 높은 문화생활을 하기에는 더욱 부족하게 느껴
지기도 한다. 그러나 어디까지나 자신의 본성을 중심으로 이를 세련되게 키우
는 것이며, 결코 이에 반하여 남과의 비교나 경쟁을 통해서 엉뚱한 것을 탐함

으로써 쓸데없이 정력을 낭비하고 본성을 해치는 것이 되어서는 안 된다. 이렇게 사는 것이 근본적으로 자신에 충실하고 세상에 대해서도 이바지하는 것이 된다. 그러나 오늘날 우리의 사회생활과 문화생활은 순수성을 잃고 극심할 정도로 왜곡되어 있는 것이 문제다.

마지막 단계는, 더욱 각성하면서는 세련된 사회적 활동이나 화려한 문화적 활동 등 외면적 삶만으로는 만족하지 않고, 자신의 내면적 삶을 충실히 하고 끝없이 삶의 본질적 가치와 의미를 추구하면서 의식의 향상을 도모하고 영혼이 살아 숨쉬게 하고자 한다. 이는 문자 그대로 가장 높은 차원의 추구인 종교적 삶이라 할 수 있다. 영혼이라 부르는 새로운 공간이 만개될 때까지는 우리는 인생의 여정 중에 있는 것이며 아직 집에 돌아오지 못한 것이다.

## 2. 인간 이하의 존재와 인간 이상의 존재

동물은 마음속으로 다른 무엇이 되고자 하는 생각을 가지고 있지 않다. 개는 다른 것이 되지 않아도 된다. 그러나 사람은 인간이 되어야 한다. 사람은 아직 인간이 아니다. 우리가 어떤 개에게 개 이하라고 말하지 않으며, 모든 개는 동등하게 개다. 그러나 사람의 경우에는 어떤 사람에게 인간 이하라고 말할 수 있다. 인간은 불완전한 상태로 태어난다. 그러나 다른 모든 동물은 완전하게 태어난다. 인간은 완전하지 않다. 인간은 완전해지기 위해서 무엇인가 해야 한다. 이것은 우리의 영광이기도 하고 부담이기도 하다.

성서에는 '사람의 아들'이라는 말이 나온다. 이 말은 유태 문학에서 특별한 의미를 지닌다. 우리는 사람이라고 생각하지만 엄밀히 따지면 처음에는 누구든 아직 사람이 아니다. 사람이 될 가능성을 갖고 있을 뿐이지 아직 그 가능성이 실현되지는 않았다. 단지 씨앗에 불과하다. 아직 싹이 트거나 꽃이 피지는 않았다. 이 인간 이하의 단계가 본성의 상태이다.

어떤 사람이 그 가능성을 완전히 꽃피웠을 때 유대인들은 그를 '사람의 아들'이라고 불렀다. 이제 그는 더 이상 잠재능력 상태에 머물러 있지 않다. 그는 이제 싹이 트고 개화한 것이다. 이 '사람의 아들'이라는 표현은 대단한 존칭이다. 이것이 두 번째 단계로 率性의 상태라 할 수 있다.

그 다음 단계는 '하느님의 아들'이다. 먼저 사람의 아들이 되지 않고서는 그는 하느님의 아들이 될 수 없다. 먼저 참되고 알짜배기인 인간 존재를 실현해야 한다. 그래야 그 다음 단계가 가능하다. 이제 그는 합리적인 세계뿐만 아니라 비합리적인 세계까지 이해하게 된다. 인간을 초월해 신의 아들이 될 수 있는 것이다. 이것이 진정한 종교적 단계이다.

예수는 자기 자신한테 '사람의 아들'이란 표현을 썼다. '하느님의 아들'이란 표현은 거의 쓰지 않았다. 그 까닭은 아직 사람도 되지 못한 사람들한테는 하느님의 아들이란 신화에 불과하기 때문이다. 그 말을 해야 사람들은 이해하지 못한다. 어떤 말을 들어도 우리는 자신 속에 있는 것만큼만 이해할 수가 있다. 그 이상은 이해하지 못한다. 우리는 부분적으로 사람이다. 예수가 '사람의 아들'이라고 말할 때 우리 내면에 있는 어떤 부분이 그럴 때 저 사람 말이 옳다고 반응할 것이다. 하지만 그가 '하느님의 아들'이라고 말하면 우리 존재의 어떤 부분도 그 말을 이해하지 못한다. 그것은 너무나 생소하고 낯선 얘기다. 생전 들어보지도 못한 얘기이기 때문에 아무런 감흥도 불러일으키지 못한다. 그래서 예수는 아주 드물게만 '하느님의 아들'이라는 표현을 쓴 것이다. 서서히 신성(神性)을 향해 성장해 가고 있는 아주 가까운 제자들에게만 그 말을 사용했다. 흘깃이나마 신성의 빛을 본 사람들, 이제 문 가까이 다가간 사람들, 서서히 열매가 익어 가고 있는 사람들한테만 '하느님의 아들'이라는 단어를 썼다. 그렇지 않으면 언제나 '사람의 아들'이라고 말했다.

## 3. 우리가 집착하는 많은 것이 우리의 본성이 아닌 장식품이다.

天命之謂性에서 命과 性은 대조적인 관계로, 창조자가 베푸는 것을 命, 피조물이 받는 것을 性으로 이해할 수 있다. 이는 사람이 만든 것과 대립적 관계로 표현하는 것이다. 가령 우리가 모은 재산은 우리의 본성(性)이라 할 수 없다. 그래서 도둑이 들어와 일부를 가져갈 수도 있으며, 어젠가는 죽음이 찾아와 모든 것을 앗아갈 것이다. 이는 이것이 우리의 본성이 아님을 입증한다. 그러나 가령 소크라테스를 해치려는 사람들이 소크라테스 고유의 본질인 내면의 다이아몬드를 빼앗을 수는 없다. 이는 죽음조차 앗아가지 못한다. 그렇기 때문에 소크라테스는 죽음을 두려워하지 않았다. 그것은 그와 분리될 수 없는 그의 본성이다.

우리가 입는 옷, 우리가 받은 교육, 우리의 도덕성 등 우리의 인격체를 형성하고 있는 이들 소위 문화적 요소들도 부모가 주고, 사회와 선생과 성직자들이 주입한 것으로, 이들은 우리의 참 모습이 아닌 '특정한 나'를 형성하고 있다. 그러나 이러한 사회적 존재는 비록 복잡하기는 하나 한없이 평범하며 생명이 없는 것으로, 우리의 본래 모습이 아니다.

어떤 사람은 자신의 아름다운 육체를 자랑한다. 어떤 사람은 자신의 지식에 자만한다. 그러나 이들 또한 우리의 본성이 아니며 에고의 속임수에 불과하다. 몸과 마음속에 사는 사람들은 몸과 마음의 언어밖에 이해하지 못한다. 우리가 보는 모든 것은 당연히 우리의 관점에 따라 채색된다. 우리가 어떤 위치에서 보느냐에 따라 달라지는 것이다.

## 4. 하늘(天)의 지성적 의미

하늘은 이 세상에서 가장 높은 곳이며, 하느님이 있는 곳 혹은 하느님과 동일시하는 입장이 있다. 우리는 이런 세속적인 해석보다 지성적인 차원에 주목하고자 한다. 하늘은 텅 빈 공간이며, 하늘의 뜻으로 점지된다는 것은 무(無)로부터 나오는 것을 의미한다. 자연스러운 것, 가치 있는 것은 모두 무(無)에서 나오는 것으로 이해된다. 수십 대의 마차가 쉬어갈 수 있는 거대한 나무도 한 알의 씨앗에서 나왔으며, 씨앗을 쪼개보면 거기에는 아무 것도 없다. 시인이 모처럼 위대한 시를 탄생시키는 것도 그 근원은 영감이며, 이 또한 무로부터 오는 것이다.

인간도 마찬가지다. 우리는 꽉 찬 육체와 달리 내면에 텅 빈 공간이 있음을 느낀다. 이를 내면의 하늘이라 할 수 있다. 하늘에 텅 빈 공간이 있기 때문에 구름이 지나갈 수 있듯이, 우리의 내면에도 텅 빈 공간이 있기 때문에 온갖 사념이 일 수 있다. 구름이 오고 가지만 하늘은 언제나 그 자리에 있듯이 사념은 떠오르고 사라지지만 내면의 하늘은 언제나 그곳에 있다. 그러나 이 공(空) 혹은 무(無)는 현존을 갖는다. 이 무는 단순히 사물의 부재(不在)가 아니다. 알려지지 않은 신비로운 것, 거대한 어떤 것의 현존이다. 의자가 하나 여기 있다가 치워지면 우리는 의자가 없다고 말한다. 이것은 단순히 부재를 뜻한다. 그러나 우리 내면의 깊은 곳, 그 핵심에 존재하는 무는 끊임없이 무엇인가 일어나게 하는 원천이며 공간이다.

내면의 하늘, 이는 스스로 존재하는 것이며 비합리적인 것으로 이것이 바로 우리 존재의 핵심일 터이다. 영혼 불멸설에서는 이를 영원히 꺼지지 않는 불 혹은 빛이라 본다. 이에 비하여 다른 모든 변화하고 소멸하는 것들은 부수적인 것이다. 그래서 이는 육체보다 더 실존적이라 할 수 있다. 이 빛은 우리의 감각으로 직접 접근하기는 어려우나, 때로는 영감을 떠올리고, 때로는 양심을 느끼고 양심을 가지고 살아가게 하며, 명상에 도달하게 하는 원동력과 관련되는 것으로 이해된다. 그러나 이런 내면의 하늘이 온갖 사념의 구름에 뒤

덮여 있을 때 우리는 괴로워하고 어리석어지기도 한다. 그러나 이 기운이 근저에 남아 있는 한, 인간의 존엄성은 유지되며, 이것은 독특하고 독창적인 것이어서 항상 홀로 서 있을 뿐, 어떤 울타리에도 소속되지 않으면서 모두가 똑같은 가치로 대접받을 만하다.

## 5. 본성을 따라 사는 것이 제대로 된 길(率性之謂道)이라면, 그렇지 않은 길은 무엇을 따라 사는 것인가?

민주 시민은 법에 따라 살고, 모범생은 선생의 지시에 순종한다. 사회생활에서는 지켜야 할 법규와 따라야 할 여러 제약이 있다. 그러나 이들은 절대적인 것도 본질적인 것도 그리고 자연스러운 것도 아님을 알아야 한다. 비근한 예로 우리는 거리의 신호등을 기계적으로 따르기 때문에 교통의 흐름이 방해를 받는 것을 자주 경험한다. 교통신호는 필요한 것이기는 하나 결코 절대적 가치를 지닌 것은 아니다. 지금 우리 사회에는 쓸데없는 규제가 많아 기업 경영이 비효율적이고 시민의 생활이 불편하기도 하다.

그러면 절대적인 차원, 숭고한 경지에서 우리가 따라야 할 궁극적인 기준은 무엇일까 생각해 볼 필요가 있다. 높은 경지일수록 법이나 규칙 혹은 충고 등은 도움이 되지 않을 뿐 아니라 도리어 걸림돌이 되기 일쑤다. 여기서 우리는 솔성(率性) 수도(修道)의 방식에 주목하게 된다. 이 관점에서는 법을 제정하고 강압적으로 따르게 하는 것은 사람들의 수준을 낮게 평가하고 그들의 자유를 제한하는 것이다. 자신의 각성된 의식에 따라서 살도록 전적인 자유가 허용된다면 그의 통찰력이 요구하는 것이 옳은 것이며, 온 세상이 그것에 반대한다 해도 용기를 가지고 행할 일이다. 이렇게 다른 사람의 요구나 체면에 얽매이지 않고 자기 자신의 빛에 따라서 소신껏 삶을 산 사람이 바로 예수, 소크라테스 등 성인들이다. 자신의 뜻에 따라 평생을 살아도 다른 사람이나 자신에 추호도 해를 끼치지 않는 삶이야말로 어떤 삶의 방식보다도 가장 자연스럽고 숭고한 길이 될 것이다.

성인들은 우리에게 본성에 따라 살 것을 요구한다. 이것이 궁극적으로 우리가 걸어가야 할 길이라고 한다. 여기서 본성에 따른다는 것은 본성을 받아들인다는 것이다. 하늘이 점지한 성품은 개인적으로 모두 다르다. 공장에서 만든 제품처럼 획일적이지 않다. 사람들은 자신이 예외인 것처럼 느낄 정도로 상이하여 인류라는 개념을 부정하고 싶을 정도이다. 큰 사람과 작은 사람, 건강한 사람과 허약한 사람, 잘난 사람과 못난 사람, 머리가 좋은 사람과 나쁜 사람, 이들은 다 구분되나 차별할 것은 아니다. 이것이 세상의 아름다움이고 창조의 신비이다. 모두가 자신의 특성을 기쁘게 수용하여 그에 따라 사는 것이 바른 길이다.

자신에게 주어진 개성에 거역하여 발버둥치지 말고, 자신의 본성에 순응하면서 편히 사는 것이 현명한 자세이다. 어떤 도덕률도 필요 없으며, 순간순간 자연스럽고 여유 있게 사는 것이 중요하다. 그러면 도덕은 그림자처럼 따라온다. 그리고 그것은 우리의 근원 그 자체에서 나오는 것이기 때문에 우리는 남에게서 명령받은 듯한 느낌을 전혀 갖지 않을 것이다. 노예가 되거나 한 마리 양이 되는 느낌을 전혀 갖지 않을 것이다. 양이 아니라, 한 마리의 사자로 살아갈 것이다. 그때 존재계에 대한 우리의 반응은 사자의 포효가 된다. 그 솟아오르는 힘은 해(害)가 없으며, 그때 우리의 몸짓은 장미꽃처럼 더없이 아름답고 더없이 향기롭고 더없이 중요한 것이 될 것이다.

## 6. 바른 길을 갈고 닦는 종교적 삶(修道之謂敎)이란 어떤 것인가?

모든 가르침(敎)이 바른 길을 제시하는 것은 아니다. 그와 반대로 잘못된 길로 유도하는 경우가 대부분이다. 사실 수세기 동안의 잘못된 교육이 진정한 도를 알지 못하도록 우리를 완전히 혼란시켜 놓았다. 그들은 우리로 하여금 진리의 반대편에서 비범한 것을 추구하여 특별한 사람이 되도록 유혹하고 혹은 강요해 왔다.

그러나 참된 가르침은 속된 허영을 극복하고 우리의 본성이 흐르는 대로 자연스럽게 사는 것이 바른 길임을 보여준다. 그리하여 평범하게 그리고 전체적으로 살면서 지금 여기서 삶을 즐기라고 한다. 이는 현재의 삶만이 유일하게 살 가치가 있다고 말하는 것이 아니며, 미래는 전적으로 현재에 의존한다는 강한 메시지의 표현으로 이해된다. 하늘은 땅에 의존한다. 우리가 높이 오르고자 한다면 땅에 깊이 뿌리를 내려야 한다. 미래는 현재의 자연스러운 개화이며, 현재가 미래를 위해 희생되거나 그 수단으로 전락해서는 안 된다는 것이다. 그러나 야망에 찬 사람은 미래만 바라보며, 현재 한가하게 쉴 수도 없고 진정으로 사랑할 수도 없으며 삶을 즐길 수도 없다. 야망은 절대로 멈추지 않는 특성이 있어 하나가 이루어지면 더 큰 야망에 불타게 될 것이기 때문이다.

진정한 삶의 길은 일하는 것이 아니고 쉬는 것이며, 괴로워하는 것이 아니고 즐거워하는 것이다. 그러나 즐거워하는 것만으로는 가치가 없으며, 또 즐거워할 수만도 없는 것이 인생이다. 이 세상에는 행복만 있는 것이 아니고 불행도 많기 때문이다. 하지만 깊이 생각해 보면 우리가 언제나 행복하지만 않고 불행하기도 하다는 것은 불평할 일이 아니라 다행한 일이다. 우리는 불행을 통해서 행복이 얼마나 좋은 것인지 이해할 수 있다. 병이 있어야만 건강이 무엇인지 알 수 있다. 그렇지 않으면 건강이 무엇인지 아는 것은 불가능하다. 우리는 속박이 무엇인지 알아야만 자유를 알 수 있다. 이들은 항상 한 쌍으로 붙어 다닌다. 이것은 배가 고프지 않으면 음식을 즐길 수 없는 이치와 같다. 배고픔은 고통과 욕구를 일으키고 우리는 음식을 먹음으로써 즐거움을 느낀다. 삶은 변증법적이다. 어둠과 빛, 삶과 죽음, 여름과 겨울, 젊음과 늙음 … 이들은 모두가 항상 붙어 다닌다. 우리가 단순히 쉬기만 하고 즐거워만 하면 항상 지복(至福)의 상태에 머물겠지만 지복이 무엇인지 모를 것이다. 그리고 지복이 무엇인지도 모르면서 지복의 상태에 머무는 것은 아무 가치가 없다. 앎은 오직 반대 극단을 통해서만 가능하다. 어둠은 초월하기 위해 필요하다. 세속적 삶은 초월하기 위해 필요하다. 초월할 때만 기쁨과 보람이 있기 때문이다.

물론 밝은 삶을 구가하는 것이 좋으나, 어두운 삶을 만나서도 이를 부정하는 대신 적극적으로 수용하고 극복하면서 삶의 전체적 가치를 깨닫는 계기로 삼는 것은 더욱 아름답다. 여기서 한 걸음 더 나아가 성인들은 불행이 닥칠 때 신에게 감사한다. 불행 속에서 전에는 전혀 느끼지 못했던 새로운 차원과 새로운 깊이를 느낄 수 있기 때문이다. 불행을 모르는 사람은 항상 얄팍한 상태에 머무르게 된다. 반면 불행을 경험한 사람은 깊이가 있다. 바른 삶은 어떤 삶을 사느냐보다 삶을 얼마나 깊이 이해하면서 그 가치를 누리느냐 하는 데 있다. 이런 삶이야말로 진정한 종교적 삶이라 할 만하다.

〔어구 해설〕

天命(천명)　하늘이 명하다, 하늘이 내리다, 나면서 받아가지고 오다
之謂(지위)　~을 ~이라고 일컫다
性(성)　본성
率性(솔성)　본성을 따르다
修道(수도)　도를 닦다
敎(교)　가르치다, 최고의 가르침, 종교

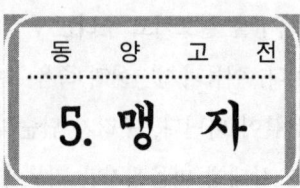

**원 문**

孟子見梁惠王 王曰 叟不遠千里而來 亦將有以利吾國乎
맹 자 견 양 혜 왕   왕 왈   수 불 원 천 리 이 래   역 장 유 이 리 오 국 호

孟子對曰 王何必曰利 亦有仁義而已 王曰 何以利吾國
맹 자 대 왈   왕 하 필 왈 리   역 유 인 의 이 이   왕 왈   하 이 리 오 국

大夫曰何以利吾家 士庶人曰何以利吾身 上下交征利
대 부 왈 하 이 리 오 가   사 서 인 왈 하 이 리 오 신   상 하 교 정 리

而國危矣 萬乘之國 弑其君者 必千乘之家 千乘之國
이 국 위 의   만 승 지 국   시 기 군 자   필 천 승 지 가   천 승 지 국

弑其君者 必百乘之家 萬取千焉千取百焉 不爲不多矣
시 기 군 자   필 백 승 지 가   만 취 천 언 천 취 백 언   불 위 부 다 의

苟爲後義而先利 不奪不饜 未有仁而遺其親者也
구 위 후 의 이 선 리   불 탈 불 염   미 유 인 이 유 기 친 자 야

未有義而後其君者也 王亦曰仁義而已矣 何必曰利
미 유 의 이 후 기 군 자 야   왕 역 왈 인 의 이 이 의   하 필 왈 리

☞ 이는 「맹자」의 첫 부분에 나오는 양혜왕(梁惠王) 편의 첫 부분이다. 문장은 앞에서
제시한 것들보다 좀 긴 편이나 의미는 평이하게 이해될 수 있을 듯하다. 특히 「맹
자」의 문장 구조는 한문의 문리(文理)를 터득하는 데 좋은 자료가 되는 것으로
간주되어 왔다. 그리고 맹자의 논리정연하고 활달한 말솜씨는 젊은이들의 언어 구
사에 귀감이 될 만하다.
이 구절의 내용은 이 시대의 가치관과도 상통하여 왕에 대한 맹자의 일갈(一喝)은
한여름에 시원한 소나기를 만난 듯이 후련하기까지 하고, 이 사회 병리의 근본적인
처방이 무엇인가 생각해 보게 된다.

## [해석]

맹자가 양혜왕을 만나니, 왕이 말하였다. "어르신네께서 천리를 멀다 하지
않고 찾아오시니, 역시 앞날에 우리나라를 이롭게 해 주실 일이 있습니까?"
맹자가 대답해 말하였다. "임금님은 하필이면 이익에 대해서만 말씀하십
니까? 또한 인의(仁義)와 같은 것도 있습니다.

임금님께서 어떻게 해야 우리나라를 이롭게 할 수 있나 하고 말씀하시면,
대부들은 어떻게 해야 우리 집안을 이롭게 할 수 있을까 생각하고, 그 아래
선비와 서민들은 어떻게 해야 내 몸을 이롭게 하나 생각하여, 윗사람과 아랫
사람이 번갈아 가며 이익만 챙기면 나라가 위태로워질 것입니다.

만승의 나라에서 그 임금을 시해할 사람은 반드시 천승의 집 사람이요,
천승의 나라에서 그 임금을 시해할 사람은 반드시 백승의 집 사람이니, 만에
서 천을 취하며 천에서 백을 취하는 것이 많지 않은 것이 아니거니와, 만일
의(義)를 뒤로하고 이익만 앞세운다면 빼앗지 아니하고는 만족하지 못할
것입니다.

인(仁)하면서 그 부모를 저버리는 이는 없으며, 의로우면서 그 임금을 뒤
로하는 이는 없습니다. 임금님께서는 역시 인의를 말씀하실 것이거늘, 어찌
꼭 이익만 따지십니까?"

孟子見梁惠王 王曰 叟不遠千里而來 亦將有以利吾國乎
孟子對曰 王何必曰利 亦有仁義而已

## [우리의 논의]

국왕과 현자의 만남은 참으로 아름다운 것이다. 최고 권력가와 지혜의 제1
인자의 만남이 아름답게 꽃필 수 있다면, 이는 국가와 국민에게 큰 축복이
아닐 수 없다. 그러나 이런 일은 좀처럼 일어나지 않는다. 이들의 관심은 근본
적으로 반대 방향으로 치닫기 때문이다.

이 구절에서 제기된 이해관계는 속인에게는 최대의 관심사이나 지혜로운
이로서는 가장 꺼리는 것 중의 하나다. 왕은 사리사욕이 아니라 국익(國益)
임을 빙자해 자신 있게 묻지만, 맹자에게는 국익도 궁극적으로는 이익 이상
의 것이 아님에 실망스럽기는 마찬가지다. 오늘날 우리 사회는 대통령을 위
시하여 온 국민이 국익만 강조하는 것을 본다. 우리는 이 구절과 관련하여
조용히 되돌아보아야 할 듯하다.

## [어구 해설]

叟(수)   늙은이, 여기서는 상대방을 부르는 경칭으로 쓰였다.
遠(원)   멀다, 타동사로 쓰이면 뒤에 목적어를 취하고 '~를 멀게 여기다'
　　　　라는 뜻을 나타낸다. 여기서는 千里를 목적어로 취하였다.
將(장)   '장래'라는 뜻으로, 여기서는 미래 시제를 나타낸다.
以(이)   'A를 써서'라는 뜻으로, 여기서는 叟不遠千里而來가 A에 해당하
　　　　나 생략되었다.
利吾國(리오국)   우리나라를 이롭게 하다
有以利吾國(유이리오국)   有는 서술어이고 그 뒤의 以利吾國이 주어이다.

이 구문에 관해서는 오해가 있는 듯하여 뒤에 자세히 설명하려 한다.

乎(호)　의문문 종결사

有仁義(유인의)　仁義가 있다

而已矣(이이의)　평서문 종결사

王曰何以利吾國 大夫曰何以利吾家 士庶人曰何以利吾身
上下交征利而國危矣

〔우리의 논의〕

모든 사람이 자기의 입장에서 이익을 추구한다. 그리고 이는 그들이 사회적 책임을 다하는 것처럼 보이기도 한다. 사회적 책임도 중요하며, 사회적 책임을 다하는 이도 흔치 않은 세상에 이들을 탓할 수만도 없을 듯하다. 그러나 현자의 눈으로 들여다 볼 때 여기에는 문제가 없지 않을 뿐 아니라 문제가 있어도 보통 심각한 문제가 가로놓여 있는 것이 아니다. 모든 이해관계는 궁극적으로는 서로 충돌하게 되어 있으며, 이익을 추구하는 욕구가 클수록 사회는 싸움으로 편안한 날이 없을 것이기 때문이다. 이것이 맹자의 입장이다.

한 걸음 더 나아가 성인의 눈으로 볼 때 모든 사람은 비정상이다. 만일 누군가가 돈에 사로잡혀 있다면 그는 비정상이다. 그것은 그에게 삶을 줄 수 없다. 언젠가 그 비정상적인 것이 만족되면 그때 다른 비정상적인 일이 일어난다. 그는 결코 넉넉함에 있을 수 없다. 권위를, 권력을, 이익을 쫓아서 열광하는 사람은 비정상적이다. 높은 의자에 앉아 있는 것이 그의 행복을 만들어 주지 않는다. 그는 힘이 있으면 있을수록 불행하게 된다. 그럴수록 비정상적인 문제에 빠져든다.

이지적으로 성장한 사람은 매우 드물다. 우리는 우리가 자신에게 행한 것에 대해서 참으로 자각하게 되어야만 이지적이 될 수 있다. 우리는 우리의 이성이 파괴되어야 했던 혹은 숨겨져야 했던 까닭에 대해서 거듭 돌아보아야 할 것이다. 우리의 야심은 우리의 지성을 파괴한다. 경쟁하기와 일류 되기. 그러나 삶은 일류일 것조차도 없는 것이다. 우리는 우리가 있는 어디서든지 즐길 수 있다. 우리는 말한다. 〈나는 내일 살 것이다.〉 그러므로 우리는 내일 이지적일 것이다. 지성은 오직 우리가 살고 있을 때에만 온다. 지성은 살기의 기능이다. 우리가 삶을 연기할 때 우리 존재의 거울에 먼지가 쌓인다. 만일 우리가 오늘 우둔하면 바로 거기에 내일이 오늘과 다르지 않으리라는 모든 까닭이 있다. 내일은 지금의 연장이기 때문이다.

## [어구 해설]

何以(하이)  무엇으로써, 以는 事親以孝처럼 일반 명사를 뒤에 취하는 반면에 의문사는 그 앞에 취한다.

利吾家(리오가)  우리 집안을 이롭게 하다

利吾身(리오신)  내 자신을 이롭게 하다

交(교)  교대로, 번갈아

征利(정리)  이익을 취하다

而(이)  앞뒤의 두 말을 중간에서 이어주는 접사

國危(국위)  나라가 위험하다

矣(의)  평서문 종결사

萬乘之國弒其君者 必千乘之家 千乘之國弒其君者 必百乘之家 萬取千焉 千取百焉 不爲不多矣 苟爲後義而先利 不奪不饜

## [우리의 논의]

우리는 단순히 삶을 되풀이하지 않고 조금씩 개선하고 발전하기를 바란다. 비약은 쉽게 기대할 수 없다. 그러나 개선은 누구나 기대할 수 있을 뿐 아니라 시도해야 한다. 서인(庶人)이 선비를 꿈꾸고 선비가 대부를 꿈꾸며 대부가 정승을 꿈꾸는 것은 자연스러운 욕망이나, 선비가 한번에 정승의 자리를 탐하는 것은 비약적인 생각이다. 비약은 간혹 우연히 찾아오는 수는 있으나, 이를 도모하는 것은 위험하고 불행한 것이다. 인생의 사다리도 한 단계 한 단계 밟아 올라가야 한다. 그러나 모든 개선이 반드시 좋은 것만은 아니며, 더구나 삶의 최선의 길은 결코 아니다.

개선이 정당한 것이 되기 위해서는 농부의 마음으로 추구해야 한다. 그래서 꽃이 자연스럽게 핀 결과로 맞는 것이어야 아름답다. 그러나 예나 이제나 개선을 서두르면 수단 방법을 가리지 않게 되고 그러면 땀을 흘리는 데 그치지 않고 피를 보게 되는 것이다. 이렇게 되면 개선은 비약과 별 차이가 없는 것이 된다. 비약은 아주 드물게 신의 선물로 찾아오는 것이며, 결코 농부가 평소에 생각할 수 있는 것은 못 된다. 자연스러운 개선에 만족하고 비약을 꿈꾸지 않기 위해서는 어느 위치에서나 농부의 마음을 갖는 것이 필요하다. 농부는 하늘과 땅의 이치를 알고 이에 순응하며, 결코 세상 욕심을 앞세워 이를 거스르지 않는다.

萬乘(만승)  군용 수레 일만 대. 일승(一乘)에는 네 필의 말과 세 명의 갑
    사(완전 무장한 군인), 그리고 72명의 졸병과 25명의 잡부가 따르
    는 것으로 되어 있다. 따라서 만승의 군대는 대략 백만에 육박하는
    것으로 이는 대단한 규모의 군대다. 千乘(천승), 百乘(백승)도 이
    에 준하여 그 규모를 짐작할 수 있다.

弑君者(시군자)  임금을 죽이는 사람. 弑는 '죽인다'는 뜻이나, 높은 사람
    특히 임금을 죽이는 경우에 쓰인다.

萬取千(만취천)  만에서 천을 취하다

不爲(불위)  ~가 아니다

不多(부다)  많지 않다

苟(구)  만일, 가정문에서 조건을 나타내다

後義(후의)  정의를 뒤로하다

先利(선리)  이익을 앞세우다

不饜(불염)  만족하지 않다

未有仁而遺其親者也 未有義而後其君者也 王亦曰仁義而已
矣 何必曰利

〔우리의 논의〕

이 구절은 논리의 당연한 귀결이나, 이를 가슴으로 받아들이기는 참으로
어렵다. 위의 이야기는 굳이 맹자 시대 한 임금에 한한 일이 아니며, 예나
이제나 사람 사는 사회의 모습이며 보편적 병폐다. 우리는 모두 이런 병을
앓고 있으며, 맹자는 이를 치유할 처방을 제시하고 있는 것이다. 그러나 이는

우리의 손이 닿기에 너무 멀리 놓여 있으며, 우리가 먹기에 너무 쓴 약을 적어 놓고 있다.

이런 폐단에 대해서 성인들은 보다 근본적으로 우리에게 개선이 아니라 변혁을 도모할 것을 강조한다. 변혁과 개선은 완전히 상반되는 관계에 있다. 개선이란 우리 자신은 여전히 전과 같은 상태에 있지만 전보다 더욱 부유해지고, 우리의 에고는 더욱 요란하게 장식됨을 의미한다. 우리 자신은 여전히 그대로이다. 만일 바탕이 계속 잘못되어 있다면, 이 모든 개선들이 우리를 곤경에 빠뜨리고 말 것은 너무도 분명한 사실이다. 그러한 바탕이 변형되어야 한다. 잘못은 뿌리부터 뽑아버려야 한다.

끝으로 우리 사회에서 뜨거운 논란의 대상이 되었던 이라크 파병 문제에 대해 이 구절과 관련해 생각해 보고자 한다. 파병 찬성론자나 반대론자나 공히 국익(國益)을 내세워 자신들의 주장을 편 사실에 주목해볼 필요가 있다. 이때 국익이란 이라크 재건에 참여하는 등의 경제적인 것임은 의심할 여지도 없다. 우리는 결코 경제적 고려가 중요하지 않다는 것이 아니며, 반대로 이는 중요한 고려 사항 중의 하나일 것이라 생각한다. 그러나 사회적 분위기가 지나치게 경제적 문제에 경도된 상태에서, 맹자가 양혜왕에게 한 말의 취지는 결코 공감할 수 없을 것이라는 생각이 든다. 이는 참으로 격세지감을 느끼게 하는 변화가 아닐 수 없다. 우리의 전통적 가치관은 사농공상(士農工商)으로 상징되고, 이익만 챙기는 것을 장사꾼의 행투로 천시했다. 우리는 항상 우리가 처한 상황은 특별한 것으로 간주하는 경향이 있으나, 양혜왕의 말을 통해서 그때도 못지않게 위급한 상황이었음을 이해할 수 있으며, 이런 상황에서 맹자처럼 말할 수 있는 것이 성현들의 특징이라 할 수 있다.

소크라테스도 다음과 같이 국가의 이익에 대하여 비슷한 말을 하고 있다.

"사람은 자기 자신을 돌보아야 하며, 개인적 이익을 구하기에 앞서 덕과 지혜를 추구해야 하고, 국가의 이익을 고려하기에 앞서 국가 자체를 돌보아야 한다." 개인이나 국가나 생존하기 위해서는 이익을 추구하지 않을 수 없기 때문에 그 자체를 나쁘다고 할 수는 없으나, 이것은 그 특성상 근본적인 가치는 아니며 지엽말단적인 것에 해당하는 이치를 아는 것이 중요하며, 이에 따라 일의 선후를 가릴 수 있어야 한다는 것이다.

여기서 우리는 대조적인 두 인간형에 대하여 생각해 본다. 하나는 무인형이고, 다른 하나는 사업가형이다. 여기서 무인이란 군인의 직책을 맡는 것을 의미하지 않으며, 마음의 한 특질을 가리킨다. 사업가이면서 무인일 수 있고, 무인이면서 사업가일 수도 있다. 사업가란 항상 흥정하며 덜 주고 더 얻으려는 마음의 특질을 의미한다. 그리고 무인이란 도박꾼과 같이 이것이 아니면 저것에 모든 것을 걸 수 있는 특질, 비타산적인 마음의 특질을 의미한다. 사업가는 항상 타산적이다. 뭔가 얻으려고 기부를 하며 뭔가 얻으려고 선심을 베푼다. 그들의 기부는 결코 기부가 아니며 일종의 투자다. 그러나 무인이 된다는 것은 모든 것을 걸 수 있는 도박꾼이 된다는 뜻이다. 칼을 빼들고 서로 마주 보고 있는 두 사람을 상상해 보라. 계획을 세우려 하면 그 순간 상대방이 내리칠 것이다. 그들은 순간적으로 움직인다. 우선 피하고 나서 생각한다. 이것이 바로 무인의 특질이다. 오직 무인만이 점프를 할 수 있다. 이 점프는 매우 큰 점프여서 이익을 생각하는 사람들은 할 수 없다. 그것은 모험, 가장 위대한 모험이다. 우리는 잃어버릴지도 모르며 아무 것도 얻지 못할지도 모른다. 우리는 모험할 수가 없다. 그런데 모든 아름다운 것은 모험적이다. 사랑은 모험이다. 삶은 모험이다. 신은 모험이다. 신은 가장 위대한 모험이며 계산을 통해서는 신에 이를 수 없다.

未有(미유)~  ~는 아직 한번도 없었다, ~는 절대로 없다, ~부분이 有의
     주어이다

遺(유)  버리다

親(친)  어버이

遺其親(유기친)  그 어버이를 버리다, 자기 어버이를 저버리다

仁而遺其親者(인이유기친자)  어질고서 어버이를 저버리는 사람

後(후)  뒤로 하다, 동사로 쓰여 뒤에 목적어를 취한다.

後其君(후기군)  임금을 뒤로하다, 임금의 권위를 우습게 알다

義而後其君者(의이후기군자)  의로우면서 임금을 뒤로 제쳐놓고서 돌보지
     않는 사람

# 제 2 부

1 · 도덕경

道可道非常道 名可名非常名 無名天地之始 有名萬物之母
도가도비상도 명가명비상명 무명천지지시 유명만물지모

故常無欲以觀其妙 常有欲以觀其徼 此兩者同出而異名
고상무욕이관기묘 상유욕이관기요 차양자동출이이명

同謂之玄 玄之又玄 衆妙之門 (1장)
동위지현 현지우현 중묘지문

사람들은 진리를 표현하려고 수없이 시도해 왔다. 하지만 모두 쓸데없는 짓이 되고 말았다. 일상생활의 경험보다 조금이라도 깊이 들어갔을 때 이를 말로써 표현하는 일은 결코 쉽지 않음을 깨닫게 된다.

어떤 사람에게 좋은 이름을 붙이는 것도 문제이나, 나쁜 명칭을 부여해서도 안 된다. 사람에게는 결코 어떤 딱지가 붙여질 수 없다. 사람은 참으로 무한하고 영광된 존재이다. 그리고 사물에 함부로 명칭을 붙이는 것도 문제다.

최초에 누가 세상을 창조하였는가는 논리적으로 해명될 수 없다. 그것은 시인보다 시가 중요하듯이 창조자의 문제이기보다 창조성의 문제이다. 그러나 사물의 직접 원인으로서의 모체(母體)는 충분히 해명될 수 있는 합리적인 영역에 속한다.

우리는 머리를 통해 세상을 바라본다. 그러면 세상을 중심에서 바라보지 못하고 주변에서 바라본다. 세상을 보는 데는 다른 방법이 있다. 가슴 속으로 들어가 내면의 눈으로 세상을 바라보면 모든 것이 달라지기 시작한다. 먼저는 사물만이 보였지만 지금은 신이 보이는 것이다. 어제까지는 죽음만이 보였지만 오늘은 엑스터시로 통하는 문이 보이기 시작한다. 이제 우리의 삶을 완전히 새로운 중심에서 바라보기 시작한다.

깨달은 이의 눈으로 보면 만물의 차별 구분이 사라져 이들 상반된 두 가지도 이름만 다를 뿐 같은 근원에서 나오는 것으로 이해한다. 그래서 다 한가지로 신비의 세계에 속한다고 일컫는 것이다. 온갖 미묘한 현상은 다 합리적인 이해를 초월한 것으로 받아들인다.

## 〔어구 해석〕

**道**(도)  길, 진리, 도, 우주 형성의 근본 원리

**可**(가)  할 수 있다

**可道**(가도)  도라 할 수 있다, 道는 동사로 '도로 여기다'란 뜻이다.

**非**(비)  아니다

**常道**(상도)  영원불멸의 도, 참다운 도

**名**(명)  이름, 명칭, 명명하다

**可名**(가명)  이름 부를 수 있다, 이름 부를 만하다

**常名**(상명)  영원불변의 이름, 참다운 이름

**無名**(무명)  어떤 이름도 개념도 없는 상태

**有名**(유명)  만물을 창조할 명분이 처음으로 생긴 상태

**始**(시)  시초, 만물 발생의 제일차적 원인

**母**(모)  창조의 실질적 도구

**故**(고)  (그런) 까닭에

**無欲**(무욕)  아무 의도도 없이 무심한 순수 직관

妙(묘)  미묘하고 심원한 사물의 근원

有欲(유욕)  특별한 의도를 가지고 무엇을 하려는 마음

徼(요)  가장자리, 현상, 현실적 결과

兩者(양자)  두 가지

玄(현)  검은 색, 까마득하게 오묘한 것

玄之又玄(현지우현)  오묘하고 또 오묘한 것, 반복해서 뜻을 강조한다.

衆妙之門(중묘지문)  여러 오묘한 것이 나오는 문, 만물의 근원

## 〔구문 해설〕

可~  뒤에 동사를 취하여 '~할 수 있다', '~할 만하다' 등의 뜻을 나타낸
다

可變(가변)  변할 수 있다, 可視(가시)  볼 수 있다

可恐(가공)  두려워할 만하다, 可觀(가관)  볼 만하다

可道의 道와 可名의 名은 다 동사로서 가각 '도라고 여기다', '명칭으로
삼다'의 뜻이다

道可道  앞의 道는 명사, 뒤의 道는 동사이며, 명사로서는 '도라는 것은'
정도의 주제를 나타낸다

無名天地之始  名은 명사로 이해할 수도 있고, 동사로 이해할 수도 있다.
명사일 경우 〈無名＋天地之始〉로 분석되어 '주어＋서술어' 구문이
된다. 동사일 경우 〈無＋名＋天地之始〉로 분석되며, '名'은 '~라
고 명명한다'는 뜻을 나타낸다

無欲以觀其妙 有欲以觀其徼  以無欲觀其妙 以有欲觀其徼처럼 以가 앞
에 위치하는 것이 일반적이다

天下皆知美之爲美斯惡已 皆知善之爲善斯不善已 故有無
천 하 개 지 미 지 위 미 사 악 이  개 지 선 지 위 선 사 불 선 이   고 유 무

相生 難易相成 長短相形 高下相傾 聲音相和 前後相隨
상 생  난 이 상 성  장 단 상 형  고 하 상 경  성 음 상 화  전 후 상 수

是以聖人處無爲之事 行不言之敎 萬物作焉而不辭
시 이 성 인 처 무 위 지 사  행 불 언 지 교   만 물 작 언 이 불 사

生而不有 爲而不恃 功成而不居 夫唯不居 是以不去 (2장)
생 이 불 유  위 이 불 시  공 성 이 불 거  부 유 불 거  시 이 불 거

온 세상이 다 사물을 제대로 보지 못하고, 양분해서 좋아하는 것과 싫어하는 것으로 구분한다. 그러나 좋아하는 것은 싫어하는 것 때문에 그렇게 생각될 뿐이며, 이는 틀린 생각이다. 가운데 서서 양쪽을 바라보라. 그러면 있다고 생각되는 것과 없다고 생각되는 것도 단지 상대적 관계에서 생기는 것이며, 어렵게 생각되는 것과 쉽게 생각되는 것도 상대적 관계에서 이루어지는 것이며, 길게 혹은 짧게 생각되는 것도 상대적 관계에서 모양이 결정되는 것이며, 높게 혹은 낮게 생각되는 것도 상대적 관계에서 높이가 결정되는 것이며, 여러 소리도 상호 구분되어 조화를 이루며, 진도에서 혹은 앞서고 혹은 뒤진다고 생각되는 것도 고정된 것이 아니며 수시로 그 관계가 바뀔 수 있는 것이다. 이런 까닭으로 성인은 부질없는 분별심으로 억지로 행동하

는 법 없이 자연스러운 흐름에 따를 뿐이다. 우리가 하는 모든 행동은 행위자를 창조하고 강화하며 어떤 행위를 하든 그 행위는 함정을 만들 것이기 때문이다. 성인은 또한 진리를 묵묵히 실천할 뿐 말로 가르치려 하지 않는다.

그는 모든 것이 저절로 돌아가는 자연스러운 삶 속에서 아무 것도 부정하지 않는다. 초연함(non-grabbing)이 진정한 삶의 방식이다. 집착과 소유가 없어야 한다. 만사가 저절로 일어나게 하고, 삶이 저절로 일어나는 해프닝이 되게 한다. 지금 이 순간에 충실하게 사는 데 힘쓰고 후일을 대비해서 소유하려고 하지 않는다. 지금 하고 싶은 것은 무엇이든지 하되, 그것이 미래에 도움이 될 것으로 기대하지 않는다. 혹 어떤 일이 이루어지더라도 그것이 자기의 공으로 이루어진 것처럼 자만하지 않는다. 공치사하면 공은 없어지고, 공을 전연 내세우지 않으면 그 공은 영원히 인정된다.

〔어구 해석〕

**天下**(천하)  세상, 세상 사람들

**美之爲美**(미지위미)  (통속적인) 아름다움이 (참으로) 아름다운 것임

**斯**(사)  이것

**惡**(악)  아름답지 않은 것, 美의 반대 개념

**已**(이)  서술 종지사

**善之爲善**(선지위선)  (통속적인) 착함이 정말 착한 것임

**有無相生**(유무상생)  有와 無가 서로 (상대방을) 낳는다

**難易相成**(난이상성)  더 어려운 것에 비하면 쉽게 생각되고, 그 반대도 마찬가지다

**長短相形**(장단상형)  더 긴 것에 비하면 짧게 생각되고, 그 반대도 마찬가지다

**高下相傾**(고하상경)  더 높은 것에 비하면 낮게 생각되고, 그 반대도 마찬가지다

**聲音相和**(성음상화)  소리들이 어울려서 조화를 이룬다

**前後相隨**(전후상수)  더 앞선 것 때문에 뒤진 것이 되고, 그 반대도 마찬가지다

**是以**(시이)  이 때문에

**處**(처)  ~에 처하다, ~를 처리하다

**無爲之事**(무위지사)  함이 없는 일, 의식적 혹은 인위적으로 하지 않아도 저절로 되는 일

**不言之教**(불언지교)  말로 하지 않는 가르침, 침묵을 통하여 이심전심으로 깨닫게 하는 가르침

**萬物作焉**(만물작언)  온갖 일이 저절로 일어나다

**不辭**(불사)  외면하지 않는다, 간섭하지 않는다

**生而不有**(생이불유)  살기만 하고 소유하지 않는다

**爲而不恃**(위이불시)  자신이 하되 그 공을 믿지 않는다

**功成而不居**(공성이 불거)  공이 이루어져도 그 공에 머물지 않는다

**不去**  가지 않는다, 사라지지 않는다

## 〔구문 해설〕

**美之爲美**  知의 목적부로 앞의 美는 주어이고, 뒤의 美는 보어이다. 앞의 美와 뒤의 美가 같은 글자이나, 의미마저 같다면 동어반복으로 무의미한 것이 된다. 그러므로 두 美의 문맥상 의미를 구분함으로써 의미 있는 진술이 되게 해야 한다. 앞의 美는 외형적으로 그렇게 보이는 것이고, 뒤의 美는 진실로 그러한 것을 나타낸다.

**有無相生**　有生無와 無生有를 한번에 가리키는 포괄적 표현이다.

**處無爲之事**　處는 자동사로도 타동사로도 이해된다. 자동사의 경우, '無爲之事에 처한다', 타동사의 경우, '無爲之事를 처리한다'로 이해된다.

**원문**

不尚賢使民不爭 不貴難得之貨使民不爲盜 不見可欲使心
불 상 현 사 민 부 쟁　불 귀 난 득 지 화 사 민 불 위 도　불 현 가 욕 사 심

不亂 是以聖人之治 虛其心實其腹 弱其志强其骨 常使民
불 란　시 이 성 인 지 치　허 기 심 실 기 복　약 기 지 강 기 골　상 사 민

無知無欲 使夫智者不敢爲也 爲無爲則無不治 (3장)
무 지 무 욕　사 부 지 자 불 감 위 야　위 무 위 즉 무 불 치

우리 사회에는 많은 벽들이 존재한다. 이 때문에 많은 사람들이 고통 받고 있으며 성장에 장애가 되고 있다. 나무가 벽 바로 옆에 서 있다면, 그 가지들은 자랄 수 없을 것이다. 우리의 벽은 우리의 마음이 지닌 태도들 때문에 우리가 만들어 온 것이다.

공부를 많이 한 사람을 숭상하고, 재산을 많이 모은 사람을 부러워하는 사회적 분위기 혹은 우리의 가치관은 노자의 시대뿐 아니라 오늘날도 가장 넘기 어려운 높은 벽 중의 하나다. 만일 이 벽을 무너뜨릴 수 있다면, 이 벽을 뛰어넘을 수 있다면, 많은 사람들이 다투어 굳이 학덕을 쌓으려 하지 않을 것이며, 건강을 잃어가면서까지 많은 재산을 축적하려 하지 않을 것이다. 이들은 본질적인 것이 아니며, 따라서 모든 사람에게 필요한 것도 아니다. 그러나 오랜 동안 이에 물든 상황에서 이를 깨닫기는 지극히 어렵고 이런 벽을 극복하는 것은 매우 어려운 일이다. 그리하여 차선책은 우리가 숭상

하고 부러워할 만한 것들을 되도록 멀리하면서 조용한 곳에서 평화로운 마음으로 사는 것이다.

그러므로 성인이 세상을 다스리는 방식은 허영으로 가득한 마음을 비우고 식생활 등 기본적인 삶에 부족함이 없게 하며, 허황된 꿈을 이루려는 의지를 약하게 하고 육신은 강한 힘을 발휘하도록 한다. 언제나 사람들로 하여금 쓸데없는 지식을 쌓으려고 하는 고민과 허욕을 채우려고 하는 수고에서 벗어나게 하고, 앞서가는 이들도 함부로 부질없는 일거리를 만들며 설치지 못하게 한다. 매사 자업자득이니, 공연히 쓸데없는 일을 벌이지 않으면 세상은 저절로 다 잘 다스려지는 것이다.

〔어구 해석〕

尙(상)  높인다, 숭상한다

賢(현)  여기서는 세속적인 학식이나 능력을 뜻한다

尙賢(상현)  재주 있는 사람만 선호하고 등용시킨다

使民不爭(사민부쟁)  사람들이 다투어 재주를 기르려 하지 않게 한다

貴(귀)  귀하게 여긴다

難得之貨(난득지화)  얻기 어려운 재화, 벌기 어려운 돈

使民不爲盜(사민불위도)  사람들이 도둑질하지 않게 한다

見(현)  보인다

可欲(가욕)  탐낼 만한 것

使心不亂(사심불란)  마음이 산란하지 않게 한다

聖人之治(성인지치)  성인이 세상을 다스리는 방식

虛其心(허기심)  잡념을 없애 마음을 비운다

實其腹(실기복)  배를 채운다

**弱其志**(약기지)  품은 뜻을 쉽게 굽힐 정도로 약하게 한다

**强其骨**(강기골)  뼈대를 튼튼하게 한다

**無知**(무지)  지적 유희를 모르는 순박한 상태에 머문다

**無欲**(무욕)  마음의 바다에 욕구의 파도가 일지 않고 잔잔하다

**知者**(지자)  배운 것이 많아 잘난 체하는 사람들

**不敢爲**(불감위)  감히 (쓸데없는) 일을 하지 못한다

**爲不爲**(위불위)  일을 하지 않는 입장을 취한다

**則**(즉)  ~하면 곧

**無不治**(무불치)  다스려지지 않는 것이 없다, 모든 일이 잘 이루어진다

## 〔구문 해설〕

**使民不爭**  使는 '~로 하여금 ~하게 한다'는 의미의 사역동사이다. 使民
   爭은 '백성으로 하여금 다투게 한다'는 뜻이며, 使民不爭은 '백성
   으로 하여금 다투지 않게 한다'는 뜻이다.

**不貴難得之貨**  기본 구조는 〈貴貨〉로서 이들에 각각 꾸밈말이 붙은 것이
   다. 貴는 타동사로서 貨를 목적어로 취하였다.

**不見可欲**  見은 견(보다), 현(보이다) 어느 쪽으로 읽어도 다 통하나,
   의미는 다르다. 不見(불견)은 '보지 않는다'는 뜻이고, 不見(불현)
   은 '보이지 않는다'는 뜻이다.

**爲無爲則無不治**  爲無爲에서는 爲가 동사, 無爲가 목적어로 '無爲를 한
   다'는 뜻이다. 無不治는 이중 부정으로 강한 긍정을 나타내어, '다
   스려지지 않는 것이 없다' 즉 '모든 것이 반드시 다스려진다'는 뜻이
   다.

---

**원문**

道沖而用之久不盈 淵兮似萬物之宗 挫其銳 解其紛 和其
도 충 이 용 지 구 불 영 연 혜 사 만 물 지 종  좌 기 예  해 기 분  화 기

光 同其塵 湛兮似或存 吾不知其誰之子 象帝之先 (4장)
광  공 기 진  담 혜 사 혹 존  오 부 지 기 수 지 자  상 제 지 선

---

내면의 비전에 대해 전체적으로 깨어나는 순간 우리는 완전히 비게 된다. 마음도 없고 기억도 없다. 다만 이를 지켜보는 의식만이 존재한다. 무(無)의 의식, 공(空)의 의식인 것이다. 이 각성이 지속되면 그것은 점점 더 깊어져 가장 고귀한 것이 된다. 그 속에 참 지식이 존재한다. 그러나 그것은 완전히 다른 의미에서의 지식이다. 이제 거기에는 아는 자도 알려진 것도 없다. 오직 앎만이 있을 뿐이다.

그러면 우리의 전체 삶의 방식이 바뀔 것이다. 날카로운 것을 무디게 하고, 얽힌 것을 풀어주고, 빛을 부드럽게 하고, 티끌과 하나가 된다. 이는 무언가가 우리 안으로 깊이 들어온 것이다. 언제 그것이 일어날지, 어떻게 일어나는지 말할 수 없다. 이는 연습되어서는 안 된다. 연습하는 순간 그 속에 있는 중요한 것을 모두 잃게 된다. 이는 저절로 일어나야만 한다. 그러므로 그 아득한 근원은 알 수 없으나, 가장 근본적인 것은 가장 먼저 생겨났을 것이다.

## [어구 해석]

**沖**(충)  비어 있다, 그릇의 텅 빈 상태

**用之**(용지)  그것을 사용한다, 도의 그릇에 담는다

**久不盈**(구불영)  오래 써도 차지 않는다

**淵兮**(연혜)  깊도다, 심원하구나

**似**(사)  같다

**萬物之宗**(만물지종)  온갖 사물 중에서 제일 높은 존재

**挫其銳**(좌기예)  날카로운 것을 무디게 한다

**解其紛**(해기분)  뒤엉킨 것을 푼다, 갈등을 해소한다

**和其光**(화기광)  눈 부시게 밝은 기운을 좀 줄여 알맞게 한다

**同其塵**(동기진)  세속의 진애와 동화된다

**湛兮**(담혜)  맑기도 하구나

**似或存**(사혹존)  혹 있을 것 같다

**吾不知**(오부지)  나는 모른다

**其誰之子**(기수지자)  그것이 누구의 자손인지

**象**(상)  ~인 것 같다

**帝之先**(제지선)  조물주의 선조

## [구문 해설]

**道沖**  도의 특성은 그릇의 공간과 같다고 비유적으로 말한 것이다. 여기서 그릇은 음식을 담는 그릇뿐만 아니라, 집, 신발, 사람 등 그릇의 원리로 된 모든 사물을 의미한다.

**似萬物之宗, 似或存, 象帝之先**  여기서 似와 象은 단정을 피해 여운을 풍기는 것으로, '~같다'고 새긴다.

# 5

天長地久 天地所以能長且久者 以其不自生 故能長生
천 장 지 구   천 지 소 이 능 장 차 구 자   이 기 불 자 생   고 능 장 생

是以聖人後其身而身先 外其身而身存 非以其無私耶
시 이 성 인 후 기 신 이 신 선   외 기 신 이 신 존   비 이 기 무 사 야

故能成其私 (7장)
고 능 성 기 사

천지는 참으로 장구하기도 하구나. 천지가 그렇게 장구할 수 있는 까닭은
그 자신을 위해 살지 않기 때문이다. 그러므로 영원히 살 수 있다. 이런 이치
로 성인은 뒤에 서지만 앞서게 되며, 그 자신을 도외시하지만 건재하게 되는
것이다. 이는 사심이 없기 때문이 아닌가? 이렇게 함으로써 개인적 목표도
자연스럽게 이룰 수 있는 것이다.

〔어구 해석〕

**天長地久**(천장지구)  天地 長久의 강조적 표현이다.

**長久**(장구)  길고 오래다, 영원하다

**所以**(소이)  까닭, 원인

**長且久**(장차구)  長久를 강조한 표현이다.

**者**(자)  ~한 것

**以~**(이)  ~하기 때문이다

**自生**(자생)  자신을 살린다

**能**(능)  할 수 있다

**長生**(장생)  오래 산다

**是以**(시이)  이런 까닭으로

**後其身**(후기신)  자기 자신을 뒤에 둔다

**而**(이)  ~하되

**身先**(신선)  자기 자신이 앞이 된다.

**外其身**(외기신)  자기 자신을 도외시한다, 자기 자신을 마음에 두지 않는다

**身存**(신존)  자기 자신이 살아 남는다

**無私**(무사)  사심이 없다

**耶**(야)  의문 허사

**故**(고)  그런 까닭에

**成其私**(성기사)  개인의 목표를 이룬다

## 〔구문 해설〕

**天地所以能長且久者**  〈所以~者〉는 '~써 ~한 바의 것' 즉 '하는 까닭'
의 뜻이다. 長且久는 '長하고도 久하다'는 뜻으로 長久의 강조형이
다.

**以其不自生**  以는 '~함으로써이다' 즉 '~ 하기 때문이다'의 뜻이다. 自
生은 '자기 자신을 살린다'는 뜻으로, 自는 生의 목적어인데, 한문
에서 '동사＋목적어'의 일반 구문과 달리 이 글자는 예외로 반드시
동사 앞에 오는 것이 특징이다. 殺人에 대하여 自殺이라 하는 것이
참고될 만하다. 자성(自省), 자존(自尊), 자학(自虐), 자해(自
害) 등 참조.

6

上善若水 水善利萬物而不爭 處衆人之所惡 故幾於道
상 선 약 수  수 선 리 만 물 이 부 쟁  처 중 인 지 소 오  고 기 어 도

居善地 心善淵 與善仁 言善信 政善治 事善能 動善時
거 선 지  심 선 연  여 선 인  언 선 신  정 선 치  사 선 능  동 선 시

夫唯不爭故無尤 (8장)
부 유 부 쟁 고 무 우

　　가장 위대한 일은 물처럼 사는 것이다. 물은 모든 것을 위해 섬길 뿐 가타
부타 다투는 법이 없으며, 모든 사람이 싫어하는 낮은 곳으로 흘러가 머문
다. 이야말로 도의 경지에 가깝다고 할 수 있다. 이런 자세로 사는 이는,
어떤 처지에서든 편안히 머물고, 마음은 깊은 연못처럼 고요하고, 쌓아두지
않고 인자하게 나누어주며, 때로는 잔잔한 시냇물처럼 조용히 말하고, 때로
는 파도처럼 씩씩하게 말하여 진솔하고 믿음직하며, 물처럼 모든 생명을 잘
보살피며, 일솜씨는 물이 사물을 윤택하게 하듯 능숙하며, 철따라 비가 내리
듯 때맞춰 시정을 베푼다. 시비곡직을 다투는 법 없이 물 흐르듯 하니 허물
이 있을 수가 없다.

[어구 해석]

　上善(상선)　높은 수준의 선

**若水**(약수)  물과 같다, 물의 특성과 비슷하다

**善利**(선리)  잘 이롭게 해 준다

**不爭**(부쟁)  (공이 있고 없음, 많고 적음 등을 따지며) 다투지 않는다

**處**-(처)  ~에 처한다, ~을 처리한다

**衆人**(중인)  여러 사람, 모든 사람

**所惡**(소오)  싫어 하는 것, 싫어 하는 곳

**幾於**-(기어)  ~에 가깝다, ~과 비슷하다

**居**-(거)  ~에 머문다, 머무는 자세

**善地**(선지)  地에 善하다, 땅의 모양에 잘 맞게 한다

**淵**(연)  연못 (연못의 특성은 맑고 깊어 아무것도 없는 것 같은 것이다)

**善淵**(선연)  淵에 善하다, 맑고 깊게 잘하여 텅빈 것처럼 한다

**善仁**(선인)  仁을 잘 한다, 만물에 은혜를 베풀기를 잘 한다

**善信**(선신)  信에 善하다, 물이 흐를 때 나는 소리는 절대로 경우에 어긋남 없이 상황에 맞게, 혹은 크고 작게 혹은 길게 짧게 되어 더 없이 믿음직스럽다

**言善信**(언선신)  言은 信에 善하다, 물의 (말) 소리는 경우에 꼭 맞아 가장 믿음직스럽다

**善治**(선치)  治에 善하다, 다스림을 잘 한다. 물은 더러운 것을 씻어 주고 차별을 없애 공평하게 해주므로 최고의 다스림이 된다

**善能**(선능)  能에 善하다, 물의 능수능난함은 그 모양을 일정하게 굳히지 않고 담긴 그릇에 따라 변하는 등 대단하다

**善時**(선시)  時에 善하다. 물은 겨울이면 얼고 봄이면 녹는데 그 절후를 추호도 어기는 일이 없을 만큼 때에 맞게 잘한다

**動善時**(동선시)  動은 時에 善하다. 물의 활동은 무엇보다도 때에 맞게 잘 한다

**夫**(부)  발어사, 주의를 환기하기 위하여 내는 별 의미 없는 말

**唯**(유)  오직, 다만

**無尤**(무우)  허물이 없다. 말썽이 안 생긴다

## 〔구문 해설〕

**水善利萬物而不爭**  〈水 + 善 + 利 + 萬物〉은 '주어 + 부사어 + 서술어 + 목적어' 구문으로, '물은 모든 사물을 잘 이롭게 한다'는 뜻이다. 爭은 利와 대조적으로 '다툰다' 혹은 '해롭게 한다'는 뜻으로 보는데, '害'자를 안 쓰고 '爭'자를 쓴 것으로 미루어, 善利萬物하는 사실에 대하여 利萬物하는 다른 것들과 누가 더 많이 이롭게 하는가 다투지 않는다는 해석도 가능하다.

**居善地**  〈居 + 善 + 地〉는 '주제어 + 서술어 + 목적어' 구문으로 '(물이)거처하는 것은 지리 혹은 지형에 맞게 잘한다'는 뜻이다.

持而盈之不如其已 揣而銳之不可長保 金玉滿堂莫之能守
지이영지불여기이 췌이예지불가장보 금옥만당막지능수

富貴而驕自遺其咎 功成名遂身退 天之道 (9장)
부귀이교자유기구 공성명수신퇴 천지도

그릇에 넘치도록 가득 채우고 조심하는 것보다 애초에 덜 채우는 것이
좋다. 칼날을 갈고 또 갈아 더 없이 날카롭게 만들면, 쉬 무디어진다. 금은
보화가 집안에 그득하면 지킬 수가 없다. 부귀영화를 누리며 교만해지면
재앙이 따르는 법이다. 공을 이루고 명예를 얻으면 지체 없이 물러나는 것
이 하늘의 뜻이다.

〔어구 해석〕

**持**(지)　(그릇을) 손으로 잘 잡는다

**盈之**(영지)　거기에 물을 가득 붓는다

**不如~**(불여)　~만 같지 못하다, ~이 더 좋다

**已**(이)　말다, 그만 두다

**持而盈之**(지이영지)　의미상으로는 盈而持之 (물을 가득 부은 뒤에 엎질러
　　　지지 않도록 물그릇을 잘 잡는다)라 볼 수 있는데, 시의 형식에 맞
　　　추기 위하여 盈과 持의 위치가 서로 바뀐 것으로 이해한다.

揣(췌)　재다, 헤아리다, 얼마나 날카로운가 손으로 만져 살핀다

銳之(예지)　(연장의 날을) 날카롭게 하다, 여기서 之는 날카롭게 하는 대
　　　상으로 칼 등의 연모를 암시한다

揣而銳之(췌이예지)　의미상으로는 銳而揣之(연모의 날을 뾰족하게 만들
　　　어 가면서 더 날카롭게 해야 할까 눈으로 살피고 손으로 만져 보며
　　　더 없이 날카롭게 한다)로 볼 수 있는데 시의 형식에 따라 揣와
　　　銳의 위치가 서로 바뀐 것으로 이해된다

不可(불가)　할 수 없다

長保(장보)　오래 보존한다

金玉(금옥)　금과 옥, 귀한 물품들

滿堂(만당)　집에 가득 찬다

莫之~(막지)　~할 수 없다, 여기서 之는 별 기능이 없다. 之가 없는 것
　　　이 일반적인 구조이나, 之가 쓰이면 경우에 따라 강조된 혹은 유
　　　장한 느낌이 들기도 한다.

能守(능수)　능히 지킨다, 지킬 수 있다

富貴(부귀)　재산이 많고 지체가 높다

驕(교)　교만하다

自遺(자유)　저절로 끼치게 되다, 남길 수밖에 없다

咎(구)　허물, 재앙

功成(공성)　공이 이루어진다

名遂(명수)　명예가 이루어진다, 이름이 날린다

身退(신퇴)　자신이 물러난다

天之道(천지도)　하늘의 도, 근본적인 이치

## 〔구문 해설〕

**不如其已** 〈不如~〉는 '~만 같지 못하다'로 직역되며, '~이 더 좋다'의 뜻이 된다. '已'는 종지사이다.

**莫之能守** 莫은 강한 부정을 나타내며, 之 없이 莫能守라 하는 것이 일반적이다. 여기서 之는 그 자체로 아무 뜻 없이 어조를 고르는 기능을 하며, 굳이 새길 필요가 없다.

> **원문**
>
> 三十輻共一轂 當其無有車之用 埏埴以爲器 當其無有器之
> 삼십복공일곡 당기무유거지용 연식이위기 당기무유기지
>
> 用 鑿戶牖以爲室 當其無有室之用 故有之以爲利 無之以
> 용 착호유이위실 당기무유실지용 고유지이위리 무지이
>
> 爲用 (11장)
> 위용

　서른 개나 되는 바퀴살이 모두 하나의 바퀴통에 모여 있지만, 바퀴통에 틈이 있기 때문에 수레가 움직이는 것이다. 흙을 빚어 그릇을 만드는데, 흙이 채워지지 않은 공간이 있기 때문에 그릇에 음식을 담을 수 있는 것이다. 문과 창을 뚫어 방을 만들지만, 방이 벽으로만 되었다면 그것은 죽은 공간이다. 문과 창 때문에 안과 밖은 하나가 된다. 문과 창은 연결고리다. 그러므로 수단으로 사물이 이롭게 쓰이는 것은 아무것도 없는 틈들이 활용됨으로써이다.

## 〔어구 해석〕

　**輻**(복)　바퀴살

　**轂**(곡)　속바퀴

　**三十輻共一轂**(삼십복공일곡)　서른 개의 수레바퀴살이 한 개의 수레바퀴통

으로 한결같이 모인다

**當其無**(당기무)  그 없는 데를 맞아

**有車之用**(유거지용)  수레의 쓰임 (혹은 작용)이 있다

**埏**(연)  흙을 이긴다

**埴**(식)  찰 진흙

**埏埴以爲器**(연식이위기)  진흙을 이겨서 그릇을 만든다

**有器之用**(유기지용)  그릇의 쓰임 (혹은 작용)이 있다

**鑿**(착)  판다

**戶**(호)  지게(외짝문), 문

**牖**(유)  들창

**鑿戶牖以爲室**(착호유이위실)  문과 창을 내어 방을 만든다

**有室之用**(유실지용)  방의 작용이 있게 된다

**有之以爲利**(유지이위리)  (재료, 수단 등의) 있음이 도움이 되는 까닭

**無之以爲用**(무지이위용)  없음으로서의 공간이 작용하기 때문이다


〔구문 해설〕

　**當其無有車之用**  〈當其無 + 有車之用〉은 '조건절 + 결과절'의 구문으로
　　'無(빈 틈)를 만나야 수레의 작용이 있게 된다'는 뜻이다. 〈當 +
　　其無〉는 '서술어 + 목적어' 구문이고, 〈有 + 車之用〉은 '서술어
　　+ 주어' 구문이다.

　**有之以爲利 無之以爲用**  〈以爲~ 以爲~〉는 '써 ~되는 것은 ~함으로
　　써이다' 즉 '~되는 까닭은 ~하기 때문이다'라는 뜻이다.

五色令人目盲 五音令人耳聾 五味令人口爽 馳騁畋獵令人
오색영인목맹 오음영인이농 오미영인구상 치빙전렵영인

心發狂 難得之貨令人行妨 是以聖人爲腹不爲目 故去彼取
심발광 난득지화영인행방 시이성인위복불위목 고거피취

此 (12장)
차

　　화려한 것을 보면 눈 버리고, 화려한 것을 들으면 귀 버리며, 맛있는 것을
먹으면 입 버리며, 말 타고 달리며 사냥하는 데 열중하다 보면 마음은 흥분
하여 어쩔 줄 모르고, 벌기 어려운 돈에 맛들이면 행실을 그르치게 된다.
이런 까닭으로 성인은 배부르게 먹을 뿐 눈요기를 하지 않는다. 후자를 물리
치고 전자를 취하는 것은 이 때문이다.

〔어구 해석〕

　五色(오색)　다섯 가지 색 (청·적·황·백·흑), 현란한 색

　盲(맹)　눈 먼다

　令人目盲(영인목맹)　사람으로 하여금 눈 멀게 한다

　五音(오음)　다섯 가지 소리 (궁·상·각·치·우), 난잡한 가락

　聾(농)　귀 먹는다

**令人耳聾**(영인이농)  사람으로 하여금 귀 먹게 한다

**五味**(오미)  다섯 가지 맛 (단맛·쓴맛·신맛·매운맛·짠맛), 좋은 맛

**爽**(상)  입 버린다

**令人口爽**(영인구상)  사람으로 하여금 입맛 버리게 한다

**馳騁**(치빙)  말타고 달린다

**畋獵**(전렵)  사냥

**令人心發狂**(영인심발광)  사람으로 하여금 마음이 미치게 한다

**令人行妨**(영인행방)  사람으로 하여금 행실이 나쁘게 한다

**爲腹不爲目**(위복불위목)  배를 위하고 눈을 위하지 않는다, 배가 고픈 것을 해결하고 눈에 띄는 탐나는 것들을 얻으려 하지 않는다

**去彼取此**(거피취차)  저것을 버리고 이것을 취한다, 사치스러운 욕심을 버리고 실질의 검소함을 취한다

〔구문 해설〕

**令人目盲 令人耳聾 令人口爽 令人心發狂 令人行妨**  모두 사동구문으로, 盲 聾 爽 發狂 妨은 각 경우의 고장난 비정상적인 상태를 나타낸다.

**馳騁畋獵令人心發狂**  〈馳騁畋獵 + 令 + 人心 + 發狂〉으로 분석되며, '말 타고 달리며 하는 사냥은 사람의 마음으로 하여금 미치게 한다'는 뜻이다.

## 10

> **원 문**
>
> 太上不知有之 其次親之譽之 其次畏之 其次侮之 信不足
> 태 상 부 지 유 지  기 차 친 지 예 지  기 차 외 지  기 차 모 지  신 부 족
>
> 有不信 猶兮其貴言 功成事遂 百姓皆謂我自然 (17장)
> 유 불 신  유 혜 기 귀 언  공 성 사 수  백 성 개 위 아 자 연

　　위대한 지도자는 백성들이 그가 있는지 없는지도 느끼지 못할 정도다. 그
다음 급 지도자는 백성들이 사랑하고 칭찬한다. 다시 그 아래 급 지도자는
백성들이 두려워하고, 최하급 지도자는 백성들이 업신여긴다. 신의가 모자
라면 불신이 생기게 마련이라, 훌륭한 지도자는 어눌한 듯 되도록 말을 삼간
다. 그래서 어떤 일이 완성되면, 백성들은 모두가 자신들에게 당연한 일이
일어난 것으로 생각한다.

## 〔어구 해석〕

　**太上**(태상)　가장 훌륭한 지도자

　**有之**(유지)　그(지도자)가 있다

　**其次**(기차)　다음으로 훌륭한 지도자

　**親之**(친지)　그를 친하게 여긴다, 어버이로 여긴다

　**譽之**(예지)　그를 기린다

　**畏之**(외지)　그를 두려워한다, 무서워한다

**侮之**(모지)  그를 업신여긴다, 그를 욕한다

**信不足**(신부족)  신의가 부족하다. 미더움이 모자란다

**有不信**(유불신)  믿지 아니함이 있다. 못 믿어함이 있다

**猶兮**(유혜)  머뭇머뭇 하는구나

**貴**(귀)  어려워한다

**貴言**(귀언)  말을 어려워하고 삼간다

**功成**(공성)  공이 이루어진다

**事遂**(사수)  일이 완수된다

**皆謂**~(개위)  다 ~라고 일컫는다

**我自然**(아자연)  내가 저절로 그렇다

## 〔구문 해설〕

**太上不知有之**  1972년에 중국 호남성 장사(長沙)에 있는 마왕퇴(馬王堆)의 한 묘에서 발굴된 백서 도덕경에는 이 대목이 〈大上下知有之〉라 되어 있다. 大와 太는 유사한 의미이나 下와 不은 모양만 비슷할 뿐 의미는 전연 다르다. 下를 신하 즉 백성으로 이해하면, '위대한 지도자는 백성들이 단지 그가 있는 사실을 알 뿐이다'라는 해석이 가능하여 역시 문맥이 통한다.

大道廢有仁義 智慧出有大僞 六親不和有孝慈 國家昏亂有
대 도 폐 유 인 의  지 혜 출 유 대 위  육 친 불 화 유 효 자  국 가 혼 란 유

忠臣 (18장)
충 신

위대한 도가 사라지면, 그 속에서 빛을 잃고 있던 인의가 드러난다. 지혜
로운 척 머리를 잘 굴리는 이가 설쳐대면, 엄청난 위선이 만연하게 된다.
일가친척들이 화목하지 않으면, 특히 누가 어른을 잘 모시느니, 아랫사람을
끔찍이 사랑하느니 하고 들먹이게 된다. 나라가 어지러워지면, 특히 아무개
가 나라를 위해 좋은 일 했다고 칭송하는 일이 생긴다.

## [어구 해석]

**大道**(대도)  위대한 도, 무위자연의 도를 가리킨다

**廢**(폐)  쇠퇴한다, 폐지된다

**有仁義**(유인의)  仁과 義가 있다, 仁義의 가치나 필요가 있다

**智慧**(지혜)  세속적 슬기로움

**出**(출)  나온다, 판친다

**大僞**(대위)  큰 거짓, 큰 사기꾼

**六親**(육친)  부모, 형제, 부부 등 가장 친밀한 사람들

**不和**(불화)  화목하지 못하다

**孝**(효)  자식의 어버이에 대한 사랑

**慈**(자)  어버이의 자식에 대한 사랑

**昏亂**(혼란)  잘 다스려지지 않고 어지럽다

**忠臣**(충신)  왕에게 직언하는 신하

## 〔구문 해설〕

**大道廢有仁義**  〈大道 +廢〉는 '주어 + 서술어' 구문이고 〈有 + 仁義〉는 '서술어 +주어' 구문이다. 한문에서 有 無 多 少 등 일부 한자는 서술어로 쓰일 때 도치되어 주어 앞에 오는 예외적인 구문을 이루는 것이 관례다. 〈有 + 大僞〉〈有 + 孝慈〉〈有 + 忠臣〉도 같은 구조이다.

**智慧出 有大僞**  의미상으로 두 구절은 '전제 + 결과'의 관계이다. 여기서 지혜는 진정한 지혜가 아니라 사이비 지혜를 의미하는 것이며, 이런 지혜가 난무할 때 온갖 거짓이 판침을 뜻한다.

**國家昏亂 有忠臣**  여기서도 두 구절은 '전제 + 결과'의 관계를 나타낸다. 특정인을 충신이라 하여 기리는 것은 논리적으로 더 많은 사람들이 충신이 아님을 전제로 하는 것이다. 이는 나라가 혼란스러움을 암시하는 것이다. 이 장의 논리는 다 이런 방식으로 이해할 수 있다.

# 12

曲則全 枉則直 窪則盈 敝則新 少則得 多則惑 是以聖人抱
곡즉전 왕즉직 와즉영 폐즉신 소즉득 다즉혹 시이성인포

一爲天下式 不自見故明 不自是故彰 不自伐故有功 不自
일위천하식 부자현고명 부자시고창 부자벌고유공 부자

矜故長 夫唯不爭 故天下莫能與之爭 古之所謂曲則全者
긍고장 부유부쟁 고천하막능여지쟁 고지소위곡즉전자

豈虛言哉 誠全而歸之 (22장)
기허언재 성전이귀지

　　굽히면 온전하다. 세상 변화의 이치는, 휘면 곧게 펴지고, 움푹하면 가득
차며, 헐면 새 것으로 교체되고, 적으면 더 얻게 되며, 많으면 미혹에 빠져
괴롭다. 이런 까닭으로 성인은 도를 지켜 이상적으로 사는 방식을 보여준다.
자신을 드러내려 하지 않으므로 환히 드러나고, 스스로 옳다 하지 않으므로
세상에 옳게 보이며, 스스로 공을 내세우지 않으므로 공을 인정받게 된다.
잘난 체 하지 않으면 두고두고 손상될 일이 없다. 오직 누구와도 다투지 않
으므로 이 세상 누구도 그와는 다툴 수가 없다. 굽은 나무라야 화를 면하여
온전하다는 옛말이 어찌 헛말이겠는가? 그러므로 성인은 참으로 안전하게
제 몫을 다하고 집으로 돌아가는 것이다.

## [어구 해석]

曲(곡)　굽다, 굽힌다

全(전)　온전하다, 안전하다

枉(왕)　나뭇가지가 휘다

直(직)　곧다

窪(와)　웅덩이, 움푹 패인다

敝(폐)　헤어진다

惑(혹)　홀린다, 미혹하다

抱一(포일)　근원적인 하나(도)를 품는다

天下式(천하식)　세상의 모범

自見(자현)　자신을 내 보인다

自是(자시)　자신을 옳게 여긴다

彰(창)　드러난다

自伐(자벌)　자기 자신을 자랑한다

自矜(자긍)　스스로 잘난 체한다

長(장)　오래 간다

莫能(막능)　할 수 없다

與之爭(여지쟁)　이와 더불어 싸운다

所謂 ~者(소위 자)　이른바 ~라고 하는 것

豈(기)　어찌

虛言(허언)　빈말

誠全(성전)　참으로 온전하다

歸之(귀지)　제 자리로 돌아간다

## 〔구문 해설〕

**曲則全** 〈~則~〉은 '~하면 곧 ~한다'는 뜻으로 논리의 당연한 결과를
나타낸다.

**少則得 多則惑** 〈~則~〉는 논리의 당연한 귀결을 나타낸다. 그러나 '적
은 것이 좋고 많은 것이 나쁘다'는 것은 표면적으로는 모순 같이
들린다. 이것이 도덕경은 한문 지식만 가지고는 이해하기 어려운
부분이다. 삶에서 이런 예들을 찾아 보면서 깊이 생각해 보면 속뜻
이 점차로 이해될 것이다.

**不自見故明** 〈~故~〉는 '~하는 까닭에 ~하다'는 뜻으로 원인과 결과의
관계를 나타낸다.

**天下莫能與之爭** 爭은 '다툰다'는 뜻이고, 能爭은 '다툴 수 있다', 莫能爭
은 '다툴 수 없다'는 뜻이다. '~와 다툰다'는 〈爭與~〉이며, 따라서
〈天下莫能爭與之〉가 원형이며, 〈天下莫能與之爭〉은 도치 구문이
다. 여기서 之는 성인을 가리키는 대명사이다.

跂者不立 跨者不行 自見者不明 自是者不彰 自伐者無功
기 자 불 립  과 자 불 행  자 현 자 불 명  자 시 자 불 창  자 벌 자 무 공

自矜者不長 其在道曰餘食贅行 物或惡之 故有道者不處
자 긍 자 부 장  기 재 도 왈 여 사 췌 행  물 혹 오 지  고 유 도 자 불 처

(24장)

커 보이려고 발돋움하는 사람은 잘 서지 못하며, 빨리 가려고 다리를 크게
벌리는 사람은 잘 갈 수 없다. 스스로 내보이는 사람은 밝게 드러나지 못하
며, 스스로 옳다고 우기는 사람은 옳은 것이 널리 드러나지 않고, 스스로
자랑하는 사람은 공이 없어지며, 자만하는 사람은 명성이 오래 가지 못한다.
도의 입장에서 보면, 이런 것은 밥찌꺼기와 같고, 몸에 붙은 혹과 같은 것으
로, 사람들이 싫어하는 것이다. 그러므로 도를 닦는 사람은 이런 짓을 하지
않는다.

〔어구 해석〕

跂者(기자)  (키가 크게 보이려고) 발꿈치를 드는 사람

跨者(과자)  (빨리 걸어가려고) 다리를 크게 벌리는 사람

自見者(자현자)  자기 자신을 드러내 보이는 사람

自是者(자시자)  자기 자신만 옳다고 생각하는 사람

**自伐者**(자벌자)  자기 자신을 자랑하는 사람

**自矜者**(자긍자)  자기 자신을 높이는 사람

**立**(입)  정상적으로 서 있다

**行**(행)  정상적으로 걸어간다

**明**(명)  밝다, 현명하다

**彰**(창)  드러난다

**餘食**(여사)  밥찌꺼기

**贅行**(췌행)  혹처럼 우리 몸에서 군더더기로 붙은 살

**物**(물)  사람들 (인물)

**惡之**(오지)  이것을 싫어한다

**有道者**(유도자)  도가 있는 사람, 도를 닦는 사람

**處**(처)  처하다, 처리하다

## [구문 해설]

**自見**  ⟨自 + 見⟩은 '목적어 + 서술어' 구문으로, '자신을 보인다'는 뜻이다. 한문에서 목적어는 국어와 달리 서술어 뒤에 오는 것이 원칙이나, 自는 예외로 반드시 서술어 앞에 놓인다. 殺人에 대해서 自殺이 그 좋은 예이다. 본문의 自是 自伐 自矜도 같은 예이다.

**物或惡之**  '사람들이 혹 이를 싫어할 것이다'라고 직역되나, 여기서 '혹'은 '항상, 반드시' 등과 대조적이기 보다 비슷한 경우를 성현들이 겸손하게 표현하는 방식으로 이해하는 것이 좋다.

원문

善行無轍迹 善言無瑕謫 善計不用籌策 善閉無關楗而不可
선 행 무 철 적  선 언 무 하 적  선 계 불 용 주 책  선 폐 무 관 건 이 불 가

開 善結無繩約而不可解 是以聖人常善救人故無棄人 常善
개  선 결 무 승 약 이 불 가 해  시 이 성 인 상 선 구 인 고 무 기 인  상 선

救物故無棄物 是謂襲明 故善人不善人之師 不善人善人之
구 물 고 무 기 물  시 위 습 명  고 선 인 불 선 인 지 사  불 선 인 선 인 지

資 不貴其師 不愛其資 雖智大迷 是謂要妙 (27장)
자  불 귀 기 사  불 애 기 자  수 지 대 미  시 위 요 묘

차를 잘 몰면 바퀴 자국이 없고, 말을 잘 하면 책잡힐 일이 없으며, 셈을 정말 잘 하려면 계산기를 쓰지 않는다. 문을 잘 닫는 것은 빗장을 걸지 않아도 남들이 열지 못하는 것이며, 정말 잘 묶는 것은 밧줄을 쓰지 않아도 사람들이 풀지 못하는 것이다. 이런 까닭으로 성인의 자세는 항상 어려운 사람은 누구나 살려주고 쓸모없다고 버리는 이가 없으며, 물건들도 알뜰히 챙겨 쓰고 내다버리는 것이 없다. 이를 일러 밝은 지혜를 타고난 대로 지키는 것이라 한다. 그래서 선한 사람은 선하지 못한 사람의 스승이 되며, 선하지 못한 사람은 선한 사람이 되게 하는 일거리가 된다. 배울 만한 이를 귀하게 여기지 못하고, 돌봐주어야 할 이를 사랑할 줄 모르면 비록 머리로는 안다고 해도 크게 어리석은 것이니, 이런 관계는 참으로 오묘한 것이다.

## 〔어구 해석〕

**善行**(선행)  잘 가다, 잘 행하다

**轍迹**(철적)  바퀴 자국

**善言**(선언)  말을 잘 한다

**瑕謫**(하적)  옥에 티, 흠

**善計**(선계)  계산을 잘 한다

**籌策**(주책)  계산할 때 쓰던 산가지, 주판

**善閉**(선폐)  문을 잘 닫는다

**關楗**(관건)  빗장, 자물쇠

**不可開**(불가개)  열 수 없다

**善結**(선결)  잘 맺는다, 잘 묶는다

**繩約**(승약)  밧줄, 노끈

**不可解**(불가해)  풀 수 없다

**善救人**(선구인)  사람을 잘 구해낸다. 사람의 가치를 잘 살려낸다

**無棄人**(무기인)  어떤 사람도 버리지 않는다

**善救物**(선구물)  모든 물건에 대해서 그 기능을 잘 살린다

**無棄物**(무기물)  물건을 함부로 버리지 않는다

**襲明**(습명)  밝은 기운을 이어가다

**師**(사)  귀감, 스승

**資**(자)  도움, 일거리

**不貴**(불귀)  귀하게 여기지 아니한다

**不愛**(불애)  사랑하지 못한다

**大迷**(대미)  매우 어리석다

**雖**(수)  비록

**要妙**(요묘)  오묘한 이치

〔구문 해설〕

**善行 善言 善計 善閉 善結 善救人 善救物**  '善'은 이들 동사 앞에서 '잘'
이란 의미의 부사로 쓰였다.

**善人 不善人**  여기서 '善'은 명사 앞에서 '착한, 좋은'이란 의미의 형용사
로 쓰였다.

**不貴其師**  '貴'는 형용사로서 '귀하다'는 뜻이나, 뒤에 목적어가 오면 동사
로서 '귀하게 여긴다'는 뜻이 된다. 여기서는 〈其師〉가 '貴'의 목적
어이다.

# 15

## 원문

將欲取天下而爲之 吾見其不得已 天下神器不可爲也 爲者
장 욕 취 천 하 이 위 지  오 견 기 부 득 이  천 하 신 기 불 가 위 야  위 자

敗之 執者失之 故物或行或隨 或呴或吹 或强或羸 或載或
패 지  집 자 실 지  고 물 혹 행 혹 수  혹 구 혹 취  혹 강 혹 리  혹 재 혹

隳 是以聖人去甚去奢去泰 (29장)
휴   시 이 성 인 거 심 거 사 거 태

　　장차 천하를 차지하려고 하여 계략을 꾸미지만, 나는 그런 식으로는 성공
하지 못함을 본다. 이 세상은 불가사의한 것이라 인력으로는 어떻게 해볼
수 없는 것이다. 인위적으로 도모하는 이는 실패하고, 억지로 잡는다 해도
잃고 만다. 그러므로 세상만사 앞서 가는 것도 있고 뒤 따라 가는 것도 있으
며, 호 하고 따뜻한 숨을 쉬기도 하고 후 하고 찬 숨을 쉬기도 한다. 어떤
것은 힘이 세고 어떤 것은 힘이 약하기도 하며, 어떤 것은 쓸모 있어 실려가
고 어떤 것은 쓸모없어 버려지기도 한다. 이런 까닭으로 성인은 너무 심한
것, 너무 좋은 것, 너무 편안한 것을 취하지 않는다.

〔어구 해석〕

　將(장) ~　장차 ~을 하려고 한다

　取天下(취천하)　세상을 차지한다, 세상의 우두머리가 된다

爲之(위지)  이것(세상을 차지하는 일)을 실행한다

吾見(오견)  나는 ~함을 본다

不得(부득)  얻을 수 없다, 할 수 없다

已(이)  문장 종지사

神器(신기)  신비한 기물, 불가사의한 것

不可爲(불가위)  (함부로) 할 수 없다

爲者(위자)  인위적으로 하는 이

敗之(패지)  (그 일에) 실패한다

執者(집자)  어떤 사물을 잡는 이

隨(수)  뒤 따라 간다

呴(구)  호 하고 따뜻하게 분다

吹(취)  후 하고 차갑게 분다

羸(리)  약하다

載(재)  싣는다

墮(휴)  쓸모없다

去(거)  제거하다, 버리다

甚(심)  너무 심한 것, 극단적인 것

奢(사)  사치한 것, 너무 좋은 것

泰(태)  편안하다, 여기서는 지나치게 편안한 것을 암시한다

〔구문 해설〕

**將欲取天下而爲之**  取天下는 직역하면 '천하를 취한다'는 뜻으로, 의역하면 '천하에 군림하는 최고 권력자가 된다'는 것이다. 將은 미래 시제를 나타내는 말이며, 將欲取天下는 장차 천하를 차지하려고 한다는 뜻이다.

**吾見其不得已** 〈吾 + 見 + 其不得已〉로 분석되며, '주어 + 동사 + 목적절〉 구문으로 되어 있다. '已'는 평서문 뒤에 붙는 종결사이다.

**天下神器 不可爲也** 〈天下 + 神器〉는 '주어 + 서술어'의 명사문이며, 이런 구문에서는 동사가 안 온다. '爲'의 목적어는 '天下' 혹은 '神器'로서 그것을 인위적으로 다룰 수 없다는 말이다.

**執者失之** '之'는 대명사로서 失의 목적어이며, 문맥을 통하여 그 뜻은 충분히 추론할 수 있다.

**物或行或隨** '或'은 〈或者〉로도 볼 수 있고, 〈或時〉로도 볼 수 있다. 或者로 볼 경우 이는 '行'의 주체가 된다. 그러나 〈或時〉로 볼 경우에는 주어는 '物'이 된다. 이들은 새기면 '만물은 어떤 것은 앞서 가고 어떤 것은 뒤따라 간다', '만물은 어떤 때는 앞서 가고 어떤 때는 뒤 따라 간다' 등으로 되어 문맥에 따라 이 중 한 각지를 택해야 한다.

**或行或隨……或載或隳** 이 세상 만물은 자연의 이치에 따라 상반된 길로 나아가기도 하여, 인지로 섣불리 판단하거나 인위로 함부로 다스려서는 안 된다는 것이다.

## 16

知人者智 自知者明 勝人者有力 自勝者强 知足者富 强行
지인자지 자지자명 승인자유력 자승자강 지족자부 강행

者有志 不失其所者久 死而不忘者壽 (33장)
자유지 부실기소자구 사이불망자수

남을 아는 이는 슬기롭지만, 자신을 아는 이는 참으로 명철하다. 남을 이기는 이는 힘이 있지만, 자신을 이기는 이는 참으로 굳세다. 만족할 줄 아는 이가 참으로 부유하며, 굳세게 구도의 길로 나아가는 삶은 뜻이 있다. 본래 자리를 잃지 않고 사는 것이 길게 사는 것이고, 죽어서도 잊히지 않는 것이 오래 오래 사는 것이다.

[어구 해석]

知人者(지인자)　남을 아는 사람

智(지)　슬기롭다

自知者(자지자)　자신을 아는 사람

明(명)　밝다, 명철하다

勝人者(승인자)　남을 이기는 사람

有力(유력)　힘이 있다

自勝者(자승자)　자신을 이기는 사람

**强**(강)  굳세다

**知足者**(지족자)  만족할 줄 아는 사람

**强行者**(강행자)  굳세게 나아가는 사람

**有志**(유지)  뜻이 있다

**其所**(기소)  본래의 자리, 제 자리

**不失其所者**(부실기소자)  본래 자리를 잃지 않는 것

**不忘**(불망)  잊지 않는다

## 〔구문 해설〕

**勝人 自勝**  〈勝 + 人〉은 '서술어 + 목적어'의 원칙적 구문이며, 〈自 + 勝〉은 '목적어 + 서술어'의 도치 구문이다. 이는 自의 특성에 말미암은 것이다. 〈知人〉과 〈自知〉도 같은 예이다.

**不失其所者**  이 구조를 분석해 보면 첫째 '其'가 '所'를 수식하는 관계의 〈其所〉가 이루어지고, 그 다음으로 이것이 '失'의 목적어로 결합하는 〈失其所〉가 이루어지며, 다음으로 이것이 '不'과 결합하여 〈不失其所〉의 부정형이 되고, 끝으로 이것이 '者'를 수식하는 〈不失其所者〉가 이루어지다. 이러한 구조를 [[不[失[其所]]]者]처럼 나타낼 수 있다.

將欲歙之必固張之 將欲弱之必固强之 將欲廢之必固興之
장 욕 흡 지 필 고 장 지 　장 욕 약 지 필 고 강 지 　　장 욕 폐 지 필 고 흥 지

將欲奪之必固與之 是謂微明 柔勝剛弱勝强 魚不可脫於淵
장 욕 탈 지 필 고 여 지 　시 위 미 명 　유 승 강 약 승 강 　 어 불 가 탈 어 연

邦之利器不可以示人 (36장)
방 지 이 기 불 가 이 시 인

　장차 어떤 것을 접으려고 하면 반드시 잠시나마 펴야 하며, 약하게 하려면
강하게 해주어야 한다. 장차 어떤 것을 철폐하려면 반드시 잠시 세워 주어야
하고, 빼앗으려면 주어야 한다. 이를 미명(어렴풋해 알기 어려운 이치)이라
한다. 부드럽고 약한 것이 딱딱하고 굳센 것을 이기는 것도 이런 이치다.
물고기가 깊은 연못에서 나와서는 안 되듯이 한 나라에서도 중요로운 것일
수록 깊이 감추어 두고 사람들에게 함부로 보여서는 안 된다.

〔어구 해석〕

**將欲**(장욕)~　장차 ~하고자 한다

**歙**(흡)　접는다, 움츠린다

**固**(고)　姑(잠시)와 통한다

**張**(장)　편다

**弱**(약)  약하게 한다

**强**(강)  강하게 한다

**廢**(폐)  폐한다, 버린다

**興**(흥)  일으킨다

**奪**(탈)  빼앗는다

**與**(여)  준다

**微明**(미명)  어렴풋한 밝음, 미묘한 지혜

**柔**(유)  부드럽다

**勝**(승)  이긴다

**剛**(강)  딱딱하다

**强**(강)  굳세다

**脫**(탈)  벗어난다, 뛰쳐나온다

**深淵**(심연)  깊은 연못

**邦**(방)  나라

**利器**(이기)  이로운 기물, 치국의 요체

**不可**(불가)  할 수 없다, 해서는 안 된다

**示人**(시인)  사람들에게 보인다


〔**구문 해설**〕

**將欲~**  '장차 ~하고자 한다'는 의미로, 미래의 욕심 혹은 의지를 나타낸다.

**邦之利器 不可以示人**  以는 '~으로써'라 해석되며, 그 구체적인 수단은 생략되는 경우가 많다. 여기서는 邦之利器가 그 수단의 내용에 해당한다.

## *18*

反者道之動 弱者道之用 天下萬物生於有 有生於無 (40장)
반 자 도 지 동   약 자 도 지 용   천 하 만 물 생 어 유   유 생 어 무

　제 자리로 돌아가는 것이 도의 움직임이며, 유약한 것이 도의 작용이다.
세상의 모든 것은 모체에 해당하는 어떤 존재에서 생겨나고, 그 존재는 궁극
적으로 아무것도 없는 데(無 혹은 空)서 생겨난다.

〔어구 해석〕

反(반)　돌아간다

道之動(도지동)　도의 활동

弱(약)　약하다

道之用(도지용)　도의 작용

生於有(생어유)　유에서 생긴다

生於無(생어무)　무에서 생긴다

〔구문 해설〕

反者道之動 弱者道之用　者는 '~라는 것'이라는 뜻으로 보통 주제를 나
　　타낼 때 쓰인다. 이런 문장은 보통 명사문을 이루며, 서술어는 생
　　략된 채 보어만 오는 것이 일반적인 현상이다. 道之動과 道之用은
　　각각 反者와 弱者의 보어이다.

## 19

**원문**

上士聞道勤而行之 中士聞道若存若亡 下士聞道大笑之
상사문도근이행지 중사문도약존약무 하사문도대소지

不笑不足以爲道 故建言有之 明道若昧 進道若退 夷道若
불소부족이위도 고건언유지 명도약매 진도약퇴 이도약

纇 上德若谷 大白若辱 廣德若不足 建德若偸 質眞若渝
뢰 상덕약곡 대백약욕 광덕약부족 건덕약투 질진약투

大方無隅 大器晩成 大音希聲 大象無形 道隱無名 夫唯道
대방무우 대기만성 대음희성 대상무형 도은무명 부유도

善貸且成　(41장)
선 대 차 성

　상급 선비는 도에 관하여 들으면 부지런히 실천하고, 중급 선비는 도에 관하여 들으면 그런 것이 있는 것 같기도 하고 없는 것 같기도 하다. 그러나 하급의 선비는 도에 관하여 들으면 크게 비웃으니, 이들이 비웃지 않을 정도면 족히 도라 할 수 없다. 그러므로 금언에 다음과 같은 말이 있다. 밝은 도는 어두운 듯하고, 진취적인 도는 후퇴하는 것 같고, 평탄한 도는 험난한 것 같고, 높은 덕은 낮은 계곡처럼 보이고, 너무 흰 것은 더러운 것 같고, 광대한 덕은 모자라는 듯이 보이고, 견고한 덕은 여린 듯하고, 질박한 덕은 한결같지 않은 듯이 보인다. 거대한 사각형은 모서리가 없고, 큰 그릇은 늦게 완성되고, 큰 소리는 안 들리고, 큰 형상은 형체가 없다. 도는 숨겨져 있어서 보이지 않으므로 정확한 명칭이 없으며, 그저 잘 베풀고 잘 이룰 뿐이다.

〔어구 해석〕

**上士**(상사)  위 단계의 선비들

**聞道**(문도)  도에 대하여 듣는다

**勤而行之**(근이행지)  부지런히 이를 실천한다

**中士**(중사)  중간 단계의 선비들

**若存若亡**(약존약무)  있는 것도 같고 없는 것도 같다

**下士**(하사)  아래 단계의 선비들

**大笑之**(대소지)  이에 대하여 크게 비웃는다

**不笑**(불소)  웃지 않는다

**不足以爲道**(부족이위도)  도로 여기기에 충분치 못하다

**建言**(건언)  써서 세워놓은 말이란 뜻으로, 금언을 가리킨다

**明道**(명도)  밝은 도

**若昧**(약매)  어두운 것 같다

**進道**(진도)  진취적인 도

**若退**(약퇴)  퇴보하는 것 같다

**夷道**(이도)  평탄한 도

**若纇**(약뢰)  험난한 것 같다

**大白**(대백)  매우 희다

**若辱**(약욕)  더러운 것 같다

**廣德**(광덕)  넓은 덕

**若不足**(약부족)  넉넉지 못한 것 같다

**建德**(건덕) 확실하게 선 덕

**若偸**(약투) 여린 것 같다

**質眞**(질진) 질박하고 참되다, 眞을 悳(德의 옛글자)의 잘못으로 보면, 질
박한 덕으로 해석된다

**若渝**(약투) 한결같지 않은 것 같다

**大方**(대방) 광대한 사각형

**無隅**(무우) 모서리가 없다

**大器**(대기) 큰 그릇

**晩成**(만성) 늦게 이루어진다

**大音**(대음) 큰 소리

**希聲**(희성) 들리지 않는 소리

**大象**(대상) 큰 형상

**無形**(무형) 형체가 없다

**道隱**(도은) 도는 숨어 있다

**夫唯**(부유) 대저 오직, 강조하기 위한 발어사

**善貸**(선대) 잘 빌려 준다, 잘 베풀어 준다

**且**(차) 또, 그리고

**成**(성) 이룬다

〔구문 해설〕

**若存若亡** 亡는 無로 통하며, 存과 대조적으로 쓰인 것이다.

**不足以爲道** 분석적으로는 '족히 (그런 것으로)써는 도가 되지 못한다'란
뜻으로, 도로서의 조건이 부족함을 의미한다.

## 20

원 문

天下之至柔馳騁天下之至堅 無有入無間 吾是以知無爲之
천 하 지 지 유 치 빙 천 하 지 지 견 　무 유 입 무 간　오 시 이 지 무 위 지

有益 不言之教 無爲之益 天下希及之 (43장)
유 익　불 언 지 교　무 위 지 익　천 하 희 급 지

　세상에서 가장 부드러운 것이 세상에서 가장 단단한 것을 뚫고 들어간다.
형체도 없는 것이 틈도 없는 것 속으로 들어간다. 나는 이런 까닭으로 억지
로 하지 않는 것이 유익한 것을 안다. 말 없는 가르침과 무위의 유익함은,
세상에서 이를 따를 만한 것이 없다.

## 〔어구 해석〕

**至柔**(지유)　가장 부드러운 것

**馳騁**(치빙)　말 타고 달린다, 마음대로 부린다

**至堅**(지견)　가장 단단한 것

**無有**(무유)　실체가 없다

**入於**(입어)~　~에 들어간다

**無間**(무간)　틈새가 없다

**是以**(시이)　이런 까닭으로

**知無爲之有益**(지무위지유익)　아무것도 하지 않는 것이 이익이 있음을 안다

**無爲之益**(무위지익)  하지 않음의 이익

**希**(희)  드물다, 稀와 같다

**及之**(급지)  이에 미친다

## 〔구문 해설〕

**知無爲之有益**  〈知 + 無爲之有益〉은 '동사 + 목절절' 구문이다. 〈無爲之有益〉은 '無爲가 有益하다'는 사실을 명사절로 만들기 위해서 주어와 서술어 사이에'之'를 삽입한 것이다.

**不言之教**  '之'는 不言이 '教'를 꾸미게 하기 위하여 삽입된 것이다. '之'를 빼고 그냥 〈不言教〉라 하면 '가르침을 말하지 않는다'는 의미를 나타내며, 〈不言之教〉와는 판이한 구문이 된다. '말로 하지 못하는 가르침'이란 말할 수 있는 가르침이 일상적이고 현실적인 데 대해서 인생의 근본적이로 높은 차원의 가르침을 의미한다.

**無爲之益**  無爲에 관형격 표시인 '之'를 붙여 '益'을 꾸미게 하였다. 보통 유익한 것은 노력을 해서 얻는 것이나, 이러한 이익은 다시 불리한 것이 될 수 있는데 대해서, 억지로 노력해서 얻은 것이 아니고, 신이 부여한 것을 내가 수용했을 뿐이며, 내가 억지로 거머쥔 것이 아닌 이익은 영원하고 근본적이 것이다.

**不言之教無爲之益**  〈不言之教 + 無爲之益〉은 나열 구문으로 두 명사구가 연결되어 더 큰 명사구를 이룬다

**不言之教 無爲之益 天下希及之**  天下希及之의 之는 대명사로서 不言之教 無爲之益를 가리킨다. 〈不言之教 無爲之益〉이 처음에 나온 것은 주제어로 쓰인 것이다.

---

## 21

원 문

名與身孰親 身與貨孰多 得與亡孰病 是故甚愛必大費
명 여 신 숙 친　신 여 화 숙 다　득 여 망 숙 병　시 고 심 애 필 대 비

多藏必厚亡 知足不辱 知止不殆 可以長久 (44장)
다 장 필 후 망　지 족 불 욕　지 지 불 태　가 이 장 구

---

　　명예와 육신 중 어느 것이 내 자신과 더 가까운 관계인가? 육신과 재산
중 어느 것이 내게 더 많은 가치를 지니는가? 주위에서 우리를 유혹하는
것들은 깨달은이의 눈으로 보면 쓰레기 같은 것들이니, 이들을 얻는 것과
잃는 것 중 어느 것이 근심거리인가? 이런 까닭으로 이들을 너무 좋아하면
반드시 크게 대가를 치르게 되고, 지나치게 축적하면 반드시 큰 손실을 초래
하게 된다. 분수에 만족할 줄 알면 욕을 보지 않고, 그 상태에서 머물러 살
줄 알면 위험한 꼴을 당하지 않는다. 이렇게 함으로써 오래 오래 지탱할 수
있는 것이다.

〔어구 해석〕

　**名與身**(명여신)　명예와 육신

　**孰親**(숙친)　어느 것이 더 가까운가

　**身與貨**(신여화)　육신과 재물

　**孰多**(숙다)　어느 것이 더 가치가 많은가

**得與亡**(득여망)  획득함과 상실함

**孰病**(숙병)  어느 것이 더 걱정거리인가

**甚愛**(심애)  너무 사랑한다

**大費**(대비)  크게 허비한다

**多藏**(다장)  많이 간직한다

**厚亡**(후망)  크게 잃는다

**知足**(지족)  만족할 줄 안다

**不辱**(불욕)  욕되지 아니한다

**知止**(지지)  멈출 줄 안다

**不殆**(불태)  위태롭지 않다

**長久**(장구)  오래 오래 지탱한다


## 〔구문 해설〕

**名與身, 身與貨, 得與亡**  이들은 대등 관계로 이어진 접속 구문인데, 이 때 與가 접속 기능을 한다.

**多藏必厚亡**  기본구조는〈藏 + 亡〉이다. 그 뜻은 '저장하면 잃는다'이다. 이들에 꾸밈말이 와서 각각〈多藏〉〈厚亡〉〈必亡〉이 되고, 결합하여〈多藏必厚亡〉이 된 것이다.

**知足不辱**  〈知 + 足〉은 '동사 + 목적어' 구문으로 그 뜻은 '만족할 줄 안다'이다. 〈知足 + 不辱〉은 '조건 + 결과'의 관계로 이를 분명히 하려면 사이에 則을 삽입하여〈知足則不辱〉이라 할 수 있다.

**可以長久**  여기서 문맥상 '以'가 지배하는 말은〈知足, 知止〉이다.

**22**

**원문**

天下有道卻走馬以糞 天下無道戎馬生於郊 罪莫大於可欲
천 하 유 도 각 주 마 이 분 천 하 무 도 융 마 생 어 교 죄 막 대 어 가 욕

禍莫大於不知足 咎莫大於欲得 故知足之足常足矣 (46장)
화 막 대 어 부 지 족 구 막 대 어 욕 득 고 지 족 지 족 상 족 의

　　세상에 도가 행해지면, 전쟁터에서 달리던 군마도 빼내 거름 마차를 끌게
하지만, 세상에 도가 사라지면, 모든 말들이 군마로 동원되어 국경의 들판에
서 살 수밖에 없다. 왜들 다투고 세상이 어지러운가? 모든 죄와 화근과 허물
은 무엇보다 욕심이 들끓고, 만족할 줄 모르며, 나만 움켜쥐려는 데서 비롯
되는 것이다. 그러므로 만족할 줄 아는 마음의 여유야말로 영원히 만족할
수 있는 근원이다.

〔어구 해석〕

**有道**(유도)　도가 있다, 도가 지켜져 세상이 태평하다

**卻**(각)　물리친다

**走馬**(주마)　전장에서 달리는 파발말

**糞**(분)　거름을 주며 경작하게 한다

**無道**(무도)　도가 없다, 도가 지켜지지 않아 세상이 어지럽다

**戎馬**(융마)　군마

**生於郊**(생어교)  전쟁터에서 산다

**莫大於**(막대어)  ~보다 큰 것은 없다, ~이 가장 크다

**禍**(화)  재앙

**不知足**(부지족)  만족할 줄 모른다

**咎**(구)  허물

**欲得**(욕득)  얻고자 한다

**知足之足**(지족지족)  만족할 줄 아는 마음의 넉넉함

**常足**(상족)  항상 만족한다

## 〔구문 해설〕

**天下有道, 天下無道** 〈天下〉는 부사어이며, 〈有, 無〉가 서술어이고, '道'가 주어이다. 주술구조가 有와 無의 특성에 의해 도치되었다.

**却走馬以糞** 〈却 + 走馬〉는 '동사 + 목적어' 구문이다. 〈以糞〉은 '~함으로써 똥마차를 끈다'는 뜻이며, 〈糞以却走馬〉로 표현할 수 있는 것을 〈却走馬〉가 앞에 나와서 생략한 것이다.

**罪莫大於可欲** 〈莫大於~〉는 '~보다 크지 않다'는 뜻으로, '~이 가장 크다'는 것을 강조한 것이다. 〈禍莫大於不知足 咎莫大於欲得〉도 마찬가지다. 오늘날 국어에서 쓰이는 '莫重하다, 莫大하다' 등도 이러한 구조에서 뒤 부분이 생략된 것이다.

## 23

**원문**

爲學日益 爲道日損 損之又損之 以至於無爲 無爲而無不
위 학 일 익  위 도 일 손  손 지 우 손 지  이 지 어 무 위  무 위 이 무 불

爲矣 故取天下常以無事 及其有事 不足以取天下 (48장)
위 의  고 취 천 하 상 이 무 사  급 기 유 사  부 족 이 취 천 하

학문을 연마하면 하루하루 쌓여가는 것이 있고, 도를 닦으면 하루하루 덜어내는 것이 있다. 행위를 덜어내고 또 덜어내고 하면 아무것도 하지 않는 경지에 이르게 된다. 사적으로 아무것도 간섭하지 않으면 세상은 자연히 홀러 이루어지지 않는 것이 없다. 그러므로 이 세상에 우두머리가 되어 제대로 다스리려면 항상 사심으로 일을 벌이는 것이 없어야 한다. 사리사욕으로 일을 도모하면 세상을 다스릴 자질이 모자라는 것이다.

### 〔어구 해석〕

**爲學**(위학)  학문을 연마한다

**日益**(일익)  날로 (지식이) 더해진다

**爲道**(위도)  도를 닦는다

**日損**(일손)  날마다 (잡념이) 줄어든다

**損之**(손지)  이것을 덜어낸다

**又**(우)  또

**以至於無爲**(이지어무위)  이렇게 함으로써 아무것도 하지 않음에 이른다

**無不爲**(무불위)  되지 않는 것이 없다

**取天下**(취천하)  세상을 얻는다, 세상의 통치자가 된다

**以無事**(이무사)  아무 일도 벌이지 않는 것으로써 한다

**及其有事**(급기유사)  인위적으로 일을 벌임이 있는 데 미친다

**不足以**(부족이) ~  이로써 족히 ~하지는 못한다

〔구문 해설〕

**爲學**  '학문을 한다'고 이해할 수도 있고, '학문을 위해서는'이라는 의미로 생각할 수도 있다.

**爲道**  '도를 행한다'로 새길 수도 있고, '도를 위하여는'이라고 이해할 수도 있다.

**日益, 日損**  '日'은 부사로서 '날마다, 날로'등의 뜻을 나타낸다. 한자는 품사가 고정되어 있지 않고 문맥에 따라 자유스럽게 쓰이는 것이 특징이다.

**損之又損之**  〈損之〉는 '동사 + 목적어' 구문이며, '之'는 대명사로 막연히 덜어낼 대상을 가리킨다. '又'는 두 구절을 연결하여 두 번뿐만 아니라 꾸준히 반복해서 덜어내는 것을 말한다.

**以至於無爲**  〈以 +至於無爲〉는 '수단 + 결과'의 관계를 나타낸다. '以'는 수단이 되는 내용이 그 뒤에 오는 것이 원칙이나 직전에 나왔으므로 생략된 것이다.

## 24

**원문**

爲無爲事無事味無味 大小多少 報怨以德 圖難於其易 爲
위무위사무사미무미  대소다소  보원이덕  도난어기이  위

大於其細 天下難事必作於易 天下大事必作於細 是以聖人
대어기세  천하난사필작어이  천하대사필작어세  시이성인

終不爲大 故能成其大 夫輕諾必寡信 多易必多難 是以聖
종불위대  고능성기대  부경낙필과신  다이필다난  시이성

人猶難之 故終無難 (63장)
인유난지  고종무난

인위적인 행위가 없는 자세로 하고, 인위적으로 꾸민 일을 안 하는 것을 일로 삼으며, 인위적으로 맛을 내지 않은 것을 맛있게 여긴다. 작은 일도 큰 의미가 있는 것으로 여기고, 적은 일도 많은 일처럼 생각한다. 원한은 덕으로 갚고, 어려운 일을 쉬운 단계에서부터 손을 쓰고, 커질 일을 아직 커지기 전 작을 때 처리한다. 세상의 어려운 일은 반드시 처음 쉬웠던 데서 일어나고, 세상의 큰 일은 반드시 처음에 조그맣던 데서 일어난다. 이런 까닭으로 성인은 끝에 가서 커진 일을 하지 않으므로, 위대한 일을 이룰 수 있는 것이다. 대체로 가볍게 허락하면 반드시 신뢰성이 적고, 쉽게 여기는 것이 많은 만큼 반드시 어려운 일이 많아지게 마련이다. 이런 까닭으로 성인도 오히려 어렵게 여기며 살기 때문에 끝내 어려운 일을 당하지 않는 것이다.

## 〔어구 해석〕

**爲無爲**(위무위)  인위적으로 함이 없는 자세로 한다

**事無事**(사무사)  인위적인 일을 벌이지 않음을 일삼는다

**味無味**(미무미)  인위적인 맛이 없음을 좋은 맛으로 느낀다

**大**(대)  小를 목적어로 취하는 동사로, '크게 여긴다'는 뜻이다

**大小**(대소)  작은 것을 크게 여긴다

**多**(다)  少를 목적어로 취하는 동사로, '많게 여긴다'는 뜻이다

**多少**(다소)  적은 것을 많게 여긴다

**報怨以德**(보원이덕)  원한을 갚기를 덕으로써 한다

**圖難於其易**(도난어기이)  어려운 것을 그 쉬운 때 도모한다

**爲大於其細**(위대어기세)  큰 것을 그것이 작을 때 처리한다

**天下難事**(천하난사)  세상의 어려운 일들

**作於易**(작어이)  쉬운 데서 일어난다

**天下大事**(천하대사)  세상의 큰 일들

**作於細**(작어세)  조그만 데서 일어난다

**能成其大**(능성기대)  큰 일을 이룰 수 있다

**輕諾**(경낙)  가볍게 수락한다

**寡信**(과신)  신의가 적다

**多易**(다이)  쉬운 것이 많다

**多難**(다난)  어려운 것이 많다

**猶難之**(유난지)  (쉬운 것도) 오히려 어렵게 여긴다

**終無難**(종무난)  끝내 어려운 것이 없다

## 〔구문 해설〕

**爲無爲**  〈爲 ＋無爲〉는 '동사 ＋ 목적어' 구문이다. '함이 없음을 한다'는 것은 결과적으로는 〈無爲〉와 같으나, 이보다 강조적인 표현이라 할 수 있다. 〈事無事, 味無味〉도 마찬가지다.

**大小 多少**  보통 大小라 하면 '크고 작다'는 의미로, 그리고 多少라 하면 '많고 적다'는 의미로 쓰이며, 이는 대조적인 의미의 형용사들이 접속구조로 쓰인 것이다. 그러나 여기서는 이와 전연 다르게 쓰인 것에 주목할 필요가 있다. 〈大小〉에서는 大는 동사로 쓰이고 小는 명사로 스여 '작은 것을 크게 생각한다'는 의미의 '서술어 ＋ 목적어'구문을 이룬다. 〈多少〉도 같은 방식으로 쓰여 '적은 것을 많게 생각한다'는 의미의 '서술어 ＋ 목적어'구문을 이룬다.

한문은 고립어로서, 이렇게 형태 변화 없이 품사를 바꿀 수 있는 것이 고립어의 특징이다.

## 25

원문

江海所以能爲百谷王者以其善下之 故能爲百谷王 是以聖
강 해 소 이 능 위 백 곡 왕 자 이 기 선 하 지  고 능 위 백 곡 왕  시 이 성

人欲上人以其言下之 欲先人以身後之 是以處上而人不重
인 욕 상 인 이 기 언 하 지  욕 선 인 이 신 후 지  시 이 처 상 이 인 부 중

處前而人不能害 是以天下樂推而不厭 以其不爭故天下莫
처 전 이 인 불 능 해  시 이 천 하 낙 추 이 불 염  이 기 불 쟁 고 천 하 막

能與之爭 (66장)
능 여 지 쟁

　강과 바다가 모든 계곡물의 왕이 될 수 있는 까닭은 낮은 데 위치하면서
그들을 잘 받아들이기 때문이다. 그러므로 모든 계곡물의 왕이 될 수 있다.
이런 까닭으로 성인은 만백성의 위에 서고자 하면 언사를 낮추어 겸허한
태도를 보이고, 그들을 앞에서 이끌고자 하면 반드시 자신을 뒤로한다. 이런
까닭으로 성인이 사람들의 윗자리에 있어도 그들은 중압감을 느끼지 않고,
앞에 있어도 그들은 마음 상하지 않을 수 있는 것이다. 이런 까닭으로 세상
사람들은 그를 기꺼이 추대하고 싫어하지 않는다. 성인은 사람들과 다투는
법이 없으므로 누구도 그와 다툴 수 없는 것이다.

〔어구 해석〕

江海(강해)　강과 바다

所以~者(소이자)　~하는 까닭

爲百谷王(위백곡왕)　온갖 계곡 물의 왕이 된다

以~(이)　~하기 때문이다

善下之(선하지)　잘 낮춘다

欲上人(욕상인)　남의 위에 서고자 한다

以其言下之(이기언하지)　그 말로써 낮춘다

欲先人(욕선인)　남보다 앞서려 한다

以其身後之(이기신후지)　자기 자신이 그 뒤에 선다

是以(시이)　이런 까닭으로

處上(처상)　위에 처한다

人不重(인부중)　남들이 무거워 하지 않는다

處前(처전)　앞자리에 처한다

不能害(불능해)　손해 보는 것으로 여길 수 없다

樂推(낙추)　기꺼이 추대한다

不厭(불염)　염증을 느끼지 않는다

以其不爭(이기부쟁)　다투지 않기 때문이다

莫能與之爭(막능여지쟁)　그와 더불어 다툴 수 없다

〔구문 해설〕

江海所以能爲百谷王者 以其善下之　〈所以~者 以~〉는 '~한 까닭은
　　　~하기 때문이다'라는 뜻이다.

處前而人不能害　〈處前〉의 주어는 성인이며, 아래 구의 '人'과 대립되는

것으로 두 구가 而로 연결되어 있다. '害'는 '해롭게 한다'는 능동적
의미로 쓰이는 것이 보통이나, 여기서는 '피해(被害)'처럼 피동적
인 의미로 이해된다. 한문은 문맥에 의해 의미가 구분되는 경우가
많음에 유의해야 한다.

**以其不爭 故天下莫能與之爭** 〈莫能與之爭〉의 之는 앞 구 不爭의 주체
인 성인을 가리킨다. 이는 한 손으로는 소리가 안 난다는 이치로
싸움도 한 쪽이 응하지 않으면 일어날 수 없음을 성인이 보여주는
것을 의미한다.

**欲上人 以其言下之** 〈上人〉은 '타인보다 높아진다'는 의미이고, 〈下人〉
은 '타인보다 낮아진다'는 의미이다. 여기서 上과 下는 동사로 쓰였
다. 下人에서는 人의 반복을 피해 之란 대명사가 쓰였다. 높아지
려면 낮추어야 한다는 것이 노자의 역설의 논리이다.

〈欲先人 以身後之〉도 마찬가지로 先과 後의 역설적 기술이다.

## 26

원 문

天下皆謂我道大似不肖 夫唯大故似不肖 若肖久矣其細夫
천하개위아도대사불초  부유대고사불초  약초구의기세부

我有三寶 寶而持之 一曰慈 二曰儉 三曰不敢爲天下先 夫
아유삼보  보이지지  일왈자  이왈검  삼왈불감위천하선 부

慈故能勇 儉故能廣 不敢爲天下先故能成器長 今舍其慈且
자고능용  검고능광  불감위천하선고능성기장  금사기자차

勇舍其儉且廣 舍其後且先死矣 夫慈以戰則勝 以守則固
용사기검차광  사기후차선사의  부자이전즉승  이수즉고

天將救之 以慈衛之 (67장)
천장구지  이자위지

세상 사람들이 다 일컫기를 내가 말하는 도는 광대하기는 해도 위대하지
는 못한 것 같다고 한다. 오직 너무 광대하기 때문에 위대한 것 같지 않은
것이다. 만약 위대한 것처럼 보였다면 오래 전에 잔소리 같은 것이 되고 말
았을 것이다. 나에게는 세 가지 보배가 있어 귀하게 간직한다. 첫째는 자애
이며, 둘째는 검약이며, 셋째는 세상일에 감히 선두 급 인물이 되지 않는
것이다. 자애로운 까닭에 용감할 수 있고, 검약하기 때문에 폭넓게 수용하고
베풀며 살 수 있으며, 감히 세상에 앞서려 하지 않기 때문에 뭇 인재들의
우두머리가 될 수 있는 것이다.

오늘날은 자애 없이 장차 만용을 부리려 하고, 검약하지 않으면서 장차 널리 은혜를 베풀려 하며, 뒤에 머물려는 자세 없이 장차 앞서려고만 하면 죽음을 맞을 것이다. 대저 자애로운 마음으로 싸우면 이기고, 이로써 방어하면 굳게 지킬 수 있다. 하늘도 장차 사람을 구하고자 하면 자애로써 그들을 호위한다.

〔어구 해석〕

**我道**(아도)　나의 도

**似~**(사)　~같다

**不肖**(불초)　같잖다, 훌륭하지 않다, 도답지 않다

**若肖**(약초)　만약 (도) 같다면, 만약 위대하다면

**久**(구)　오래다

**細**(세)　작다, 옹졸하다

**也夫**(야부)　~할진저, 감탄 허사

**三寶**(삼보)　세 가지 보배

**寶而持之**(보이지지)　귀하게 여겨 간직한다

**慈**(자)　자애로움

**儉**(검)　검약함

**不敢爲**(불감위)　감히 ~하지 못한다

**天下先**(천하선)　세상에서 앞 섬

**能勇**(능용)　굳세게 할 수 있다

**能廣**(능광)　널리 베풀 수 있다

**能成**(능성)　이룰 수 있다

**器長**(기장)　인재들의 우두머리

舍(사)　버린다

且(차)　장차 ~하려 한다

慈以戰(자이전)　자애로운 마음으로 싸운다

以守(이수)　자애로운 마음으로 지킨다(앞의 慈가 여기에도 걸린다)

將救之(장구지)　장차 이를 구원하려 한다

衛之(위지)　자신을 지킨다

## 〔구문 해설〕

天下皆謂 我道大似不肖　'謂'는 '일컫는다, 생각한다'는 뜻으로 〈我道大
似不肖〉가 그 목적절이다. 〈我道大 + 似不肖〉는 '이유 + 결과'의
관계로 '내 도가 크므로 (그것은) 도 같지 않은 것 같다'는 뜻이 된
다. 〈不肖〉는 '~답지 않다'는 뜻으로 여기서는 '도답지 않다'는 뜻
이며, 요즘 '불초 소생'을 겸손하게 '못난 자식'이라는 뜻으로 자신
을 지칭하여 사용하는 것도 본래는 사람으로서의 도리를 다하지
못하여 '사람답지 않고', 혹은 자식으로서의 도리를 다하지 못하여
'자식답지 않다'는 뜻에서 발전한 것이다.

久矣其細也夫　〈細久〉의 감탄 변형이다. 먼저 도치 현상이 이어났고, 다
음에 각각에 '矣'와 〈其~也夫〉의 허사가 첨가되었다.

我有三寶 寶而持之　〈我有三寶〉의 '寶'는 '보배'란 의미의 명사이며, 〈寶
而持之〉의 '寶'는 '귀하게 여긴다'는 의미의 형용사이다.

慈以戰則勝 以守則固　〈慈以戰則勝〉은 〈以慈戰則勝〉의 변형이며, 〈以
守則固〉도 첫 부분의 '慈'에 걸리며, 따라서 〈以慈守則固〉로 해석
된다.

---

## 27

**원문**

吾言甚易知甚易行 天下莫能知莫能行 言有宗事有君 夫唯
오 언 심 이 지 심 이 행　천 하 막 능 지 막 능 행　언 유 종 사 유 군　부 유

無知 是以不我知也 知我者希則我者貴矣 是以聖人被褐懷
무 지　시 이 불 아 지 야　지 아 자 희 즉 아 자 귀 의　시 이 성 인 피 갈 회

玉 (70장)
옥

---

　　내 말은 정신만 차리면 매우 알기 쉽고 행하기 쉬운데, 세상에서 아무도
알아듣지 못하고 행하지 못한다. 내가 말하는 것은 달을 가리키기 위한 것일
뿐이며, 사는 일도 내면의 달빛을 보자는 것인데, 사람들은 오직 말에 얽매
이고 구름에 가려 혼미 속에 있구나. 그래서는 내 뜻을 알지 못한다. 나와
벗할 이는 어디에 숨어서, 나 혼자만 휘영청 밝은 달을 감상하며 기뻐하네.
그래서 성인이란 입은 옷은 남루하지만, 내면의 희열을 누리는 맛으로 산다
고 하는구나.

### [어구 해석]

**甚易知**(심이지)　매우 알기 쉽다

**甚易行**(심이행)　매우 행하기 쉽다

**莫能知**(막능지)　아무도 알 수 없다

莫能行(막능행)  아무도 행할 수 없다

宗(종)  최고의 가치, 가장 높은 가르침

君(군)  임금, 뭇사람이 우러러보는 최고의 가치

不我知(불아지)  나를 알지 못한다

知我者(지아자)  나를 아는 사람

希(희)  드물다, 稀와 통한다

被褐(피갈)  칡베 옷을 입는다

懷玉(회옥)  귀한 보배를 품는다


## 〔구문 해설〕

**吾言甚易知甚易行**  〈吾言〉은 주제어로서, 〈知, 行〉의 의미상 목적어이
　　　　다. 이렇게 주제어를 첫머리에 제시한 뒤에는 이를 나타내는 성분
　　　　들을 생략하는 것이 한문 구조의 특성이다.

**是以不我知也 知我者希**  〈是以不我知也〉에서 '我知'는 '목적어 + 동사'
　　　　의 어순으로 되었고, 〈知我者希〉에서 '知我'는 '동사 + 목적어'의
　　　　어순으로 되어 서로 대조적이다. 한문의 일반적 어순은 '동사 +
　　　　목적어'이다. 〈是以不我知也〉에서 목적어가 앞에 온 것은 '我' 앞
　　　　에 온 '不'자에 이끌리어 도치가 된 것으로 이해된다.

## 28

**원 문**

人之生也柔弱 其死也堅强 草木之生也柔脆 其死也枯槁
인지생야유약   기사야견강   초목지생야유취 기사야고고

故堅强者死之徒 柔弱者生之徒 是以兵强則不勝 木强則折
고견강자사지도 유약자생지도 시이병강즉불승 목강즉절

强大處下柔弱處上 (76장)
강대처하유약처상

　　사람이 살아서는 부드럽고 약하지만, 죽으면 뻣뻣하고 굳세다. 풀과 나무도 살아 있을 때는 부드럽고 여리지만, 죽고 나서는 말라 뻣뻣해진다. 그러므로 굳센 것은 죽은 무리이고, 부드럽고 약한 것은 살아 있는 무리이다. 이런 이치로 군사는 굳세면 이기지 못하고, 나무는 굳세면 꺾인다. 모든 것이 강하고 큰 것은 밑에 놓이고, 부드럽고 약한 것이 위에 놓이는 법이다.

〔어구 해석〕

　　柔弱(유약)　부드럽고 약하다

　　堅强(견강)　딱딱하고 강하다

　　柔脆(유취)　부드럽고 연하다

　　枯槁(고고)　말라서 뻣뻣하다

　　徒(도)　무리

**兵强**(병강)  군사가 강하다

**木强**(목강)  나무가 강하다

**折**(절)  꺾인다

**强大**(강대)  강하고 크다

**處下**(처하)  아래 놓인다

**處上**(처상)  위에 놓인다

## 〔구문 해설〕

**人之生也柔弱**  '也'는 문장이 끝날 때 쓰이는 것이 일반적이나, 여기서는
한 구절의 뒤에 쓰였다. 그래서 〈柔弱人之生也〉의 도치형으로 이
해하고자 한다. 그 아래 문장들도 마찬가지다.

**堅强者死之徒**  〈堅强者 + 死之徒〉는 '주어 + 서술어' 구문으로 명사문
이다. 사람들은 굳고 강해지려고 노려가나, 굳고 강한 것은 죽은
것의 특성이라는 것이다.

**强大處下**  〈强大 + 處 + 下〉는 '주어 + 서술어 + 부사어' 구문이다.
〈强大〉는 '强大者'로 표현되는 것이 더 정확할 듯하나, 시적 형식
을 취하는 과정에서 者가 생략된 것으로 이해된다.

## 29

小國寡民 使有什佰之器而不用 使民重死而不遠徙 雖有舟
소국 과 민　사유십 백 지 기 이 불 용　사 민 중 사 이 불 원 사　수 유 주

車無所乘之 雖有甲兵無所陳之 使人復結繩而用之 甘其食
차 무 소 승 지　수 유 갑 병 무 소 진 지　사 인 부 결 승 이 용 지　감 기 식

美其服 安其居 樂其俗 隣國相望 雞犬之音相聞 民至老
미 기 복　안 기 거　락 기 속　인 국 상 망　계 견 지 음 상 문　민 지 로

死不相往來 (80장)
사 불 상 왕 래

　　강제로 통폐합하지 않고 원래대로, 작은 나라에서 적은 백성이 옹기종기 모여 사는 것이 자연스럽고 이상적이다. 설사 한 떼거리 혹은 온 백성이 먹을 그릇이 있더라도 나라 부역이나 전쟁 등 큰 일이 없으면, 여간해서 쓸 일이 없다. 사람들은 객사하는 것을 두려워하여 먼 길을 나서지 않도록 한다. 비록 배와 수레가 있어도 특별히 부족하게 느끼는 것이 없는 터에 수고롭게 타고 나설 일 없고, 비록 갑옷과 병기를 챙겨두기는 했어도 평화가 유지되는 한 이를 꺼내 쓸 일도 없다. 지능이 발달하면 지능적인 죄악을 저지르게 마련이니, 사람들이 옛날 매듭 매어 하던 셈법 정도로 소박하게 살 수 있다면 얼마나 좋은가? 큰 욕심 없이 마음만 편하면, 나물만 있어도 고기보다 달게 먹을 수 있고, 비록 삼베라도 몸 가릴 것만 있으면 비단 부럽지

않으며, 초가삼간에서도 부자 못지않게 단잠 잘 수 있으며, 미풍양속 따라 희희낙락 지내면 에서 무얼 더 바라랴. 이웃나라는 그리 멀리 떨어져 있지 않아 빤히 보이며, 닭 우는 소리, 개 짖는 소리마저 들릴 정도이나, 늙어 죽도록 서로 왕래할 필요도 없다.

〔어구 해석〕

小國(소국)  작은 나라
寡民(과민)  적은 백성
使有(사유)  설사 있더라도
什伯(십백)  열 혹은 백
不用(불용)  쓰지 않는다
重死(중사)  죽음을 중난하게 여긴다
遠徙(원사)  멀리 옮겨 간다
舟車(주거)  배와 수레
所乘之(소승지)  이것을 탈 일
甲兵(갑병)  갑옷과 병기
所陳之(소진지)  이것을 풀어놓을 일
復(부)  다시
結繩(결승)  노끈을 매듭 지어 기호로 삼는다
甘其食(감기식)  음식을 달게 여긴다
美其服(미기복)  옷을 아름답게 여긴다
安其居(안기거)  거처를 편안하게 여긴다
樂其俗(낙기속)  풍속을 즐긴다
隣國(인국)  이웃 나라

相望(상망)　서로 바라본다

鷄犬(계견)　닭과 개

相聞(상문)　소리가 서로 들린다

至老死(지노사)　늙어 죽음에 이른다

相往來(상왕래)　서로 오가며 지낸다

## [구문 해설]

使有什佰之器而不用 使民重死而不遠徙　〈使有什佰之器而不用〉의 '使'
는 '설사'라는 의미의 가정 구문을 이루며, 〈使民重死而不遠徙〉의
'使'는 '~로 하여금 ~하게 한다'는 의미의 사동 구문을 이룬다.

雖有舟車無所乘之 雖有甲兵無所陳之　〈無所乘之〉는 〈無 + 所乘之〉의
'서술어 + 주어' 구문이며, 〈所乘之〉는 〈所 + 乘之〉의 수식 구문
이다. 그리고 〈乘之〉의 '之'는 舟車를 가리키는 대명사이다. 〈無所
陳之〉도 똑같은 방식으로 분석된다.

甘其食 美其服 安其居 樂其俗　〈甘, 美, 安, 樂〉은 모두 동사로 쓰여
목적어를 취하고 있으며, '~게 여긴다'는 의미를 지닌다.

## 30

信言不美 美言不信 善者不辯 辯者不善 知者不博 博者不
신 언 불 미  미 언 불 신  선 자 불 변  변 자 불 선  지 자 불 박  박 자 부

知 聖人不積 旣以爲人己愈有 旣以與人己愈多 天之道利
지  성 인 부 적  기 이 위 인 기 유 유  기 이 여 인 기 유 다  천 지 도 이

而不害 聖人之道爲而不爭 (81장)
이 불 해  성 인 지 도 위 이 부 쟁

믿음직스러운 말은 아름답지 않고, 아름다운 말은 믿음직스럽지 못하다. 선량한 말은 매끄럽지 못하고, 매끄러운 말은 선량하지 못하다. 참으로 아는 이는 박식하지 않고, 박식한 자는 참으로 알지 못한다. 성인은 쌓아두는 법 없이 남에게 봉사함으로써 자신은 더욱 뿌듯하고, 남에게 주면 줄수록 자기는 더욱 풍족해짐을 느낀다. 하늘의 도는 이롭기만 하고 해로운 법은 없으며, 성인의 도는 스스로 우러나서 하며 경쟁심에서 하는 것이 아니다.

〔어구 해석〕

**信言**(신언)  믿을 만한 말

**不美**(불미)  아름답지 않다

**美言**(미언)  아름다운 말

**不信**(불신)  미덥지 않다

善言(선언)  선량한 말

不辯(불변)  논리가 서지 못하는 등 형식을 잘 갖추지 못한다

辯言(변언)  매끄럽게 잘 하는 말

不善(불선)  선량하지 않다

知者(지자)  아는 사람

不博(불박)  넓지 못하다

博者(박자)  아는 범위가 넓은 사람

不知(부지)  알지 못한다

不積(부적)  쌓아두지 않는다

旣(기)   이미

以爲人(이위인)  ~으로써 남을 위하여 한다

己愈有(기유유)  자기는 더욱 많이 소유한다

以與人(이여인)  ~으로써 남에게 준다

己愈多(기유다)  자기는 더욱 많아진다

不害(불해)  해롭지 않다

不爭(부쟁)  다투지 않는다

〔구문 해설〕

**旣以爲人 己愈有**  '旣'는 이미 이루어진 것을 나타낸다. 〈以爲人〉은 '~
로써' 남을 위하는, 즉 남을 위하여 베풀어 주는 것을 의미한다.
人과 己는 대립적 개념으로 人은 타인을 가리키고, 己는 자기를
나타낸다. 〈愈~〉는 '(~할수록) 더욱더 (~한다)'는 뜻의 부사이
다. 〈旣以與人 己愈多〉도 같은 구조다.

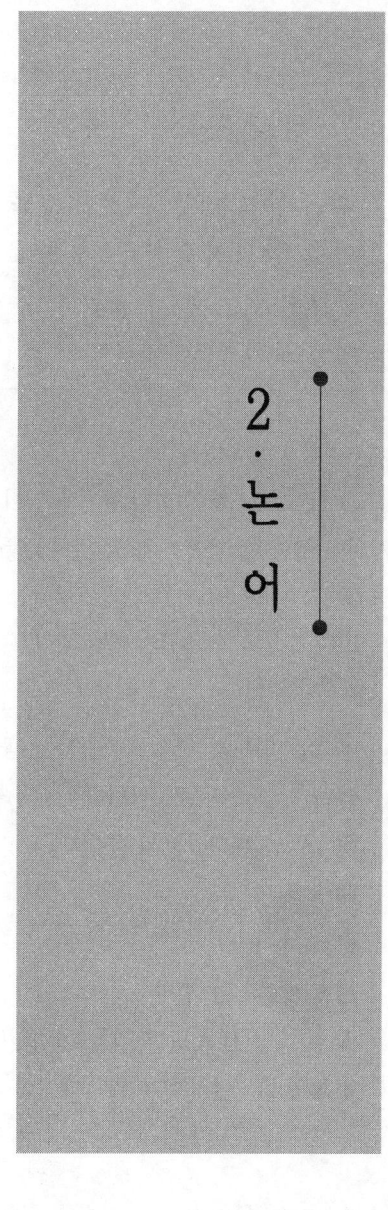

2 · 논어

**1**

子曰 學而時習之 不亦說乎 有朋自遠方來 不亦樂乎
자 왈 학 이 시 습 지 불 역 열 호 유 붕 자 원 방 래 불 역 락 호

人不知而不慍 不亦君子乎
인 부 지 이 불 온 불 역 군 자 호

공자가 말하였다.

배우고 수시로 익히니 즐거운 일이 아닌가! 벗이 멀리서 찾아오니 즐거운 일이 아닌가! 남이 나를 알아주지 않더라도 속상해하지 않으니 군자가 아닌가!

## [어구 해석]

子(자)  남자의 존칭, 여기서는 공자(孔子)를 가리킨다

**時習**(시습)  수시로 익힌다

**說**(열)  기쁘다, 悅과 통한다

**朋**(붕)  벗

**自**~(자)  ~부터

**遠方**(원방)  먼 지방

**人**(인)  남(他人), 자기와 대립되는 말이다

**不知**(부지)  알아주지 않는다

溫(온)  노여워하다

## 〔구문 해설〕

**學而時習之**  '之'는 대명사로서 習의 목적어이다. 그 의미는 문맥으로 미
루어 '배운 것(所學)'으로 생각할 수 있다.

**不亦說乎**  〈不亦~乎〉는 '또한 ~이 아닌가'라 해서 부정의 반어법으로
강한 긍정을 나타낸다.

**有朋自遠方來**  '有'는 '있다'의 의미로 보아도 말이 안 통하는 것은 아니
나, '벗이 있어 멀리서 온다'고 하면 자연스럽지는 않다. 이런 경우
'有'는 준허사로 간주하여 굳이 새기지 않아도 된다.

**學而時習之 有朋自遠方來 不亦樂乎**  배우고 열심히 익히면, 소문이 퍼
져서 사람들이 멀리서도 찾아와 함께 공부하려 한다면 얼마나 즐
거운가? 이는 정상적인 현상이다.

**學而時習之 人不知而不慍 不亦君子乎**  배우고 열심히 익혀도 남들이 알
아주지 않을 때 마치 남에게 보이기 위해서 공부한 듯이 섭섭해 하
고 화를 내는 것은 소인배들의 할 짓이다. 군자는 爲己之學(자기
자신을 위한 학문)을 하므로 이런 경우에도 화를 내지 않는다.

有子曰 其爲人也孝弟 而好犯上者鮮矣 不好犯上 而好作
유자왈 기위인야효제 이호범상자선의 불호범상 이호작

亂者 未之有也 君子務本 本立而道生 孝弟也者 其爲仁
란자 미지유야 군자무본 본입이도생 효제야자 기위인

之本與
지본여

유자가 말하였다.

사람됨이 집에서 효성스럽고 공손하면서 밖에서 윗사람 거스르기를 좋아
하는 이는 없으며, 윗사람 거스르기를 좋아하지 않으면서 사회에서 소란을
피우기를 좋아하는 이는 일찍이 없었다.

군자는 근본에 투철한 법이니, 근본이 확립되면 매사 길이 열리는 법이다.
집안에서 효성스럽고 공손한 것이 사회에서 어질게 사는 근본이라 할 것이
다.

〔어구 해석〕

有子(유자) 공자의 뛰어난 제자로 성이 유씨라 그 제자들이 그 아래 존대
　　　　의 子자를 붙였다.

爲人(위인) 사람 노릇 하다, 사람이 되다

孝弟(효제)  효도하고 공경한다. 弟는 悌 대신 쓴 것이다.

犯上(범상)  윗사람에게 함부로 대하다

鮮(선)  드물다

作亂(작란)  소란을 피우다

未之有(미지유)  아직까지는 있어본 적이 없다

務本(무본)  근본에 힘쓰다


〔구문 해설〕

未之有  뜻을 강조하기 위하여, 未有之가 도치된 것이다.

本立而道生  〈本 + 立〉〈道 + 生〉은 '주어 + 술어' 구문으로, 각각 '근본이 서다', '도가 생기다'의 뜻이다.

爲仁之本  〈爲 + 仁之本〉으로 분석하면, '인의 근본이 된다'는 뜻이고, 〈爲仁 + 之本〉으로 분석하면, '인을 하는 근본이다'의 뜻이 된다.

矣, 也, 與  이들은 모두 문장 끝에 오는 어조사이나, 어감이 조금씩 다르다. 矣는 강한 단정을, 也는 평범한 단정을, 與는 약한 단정을 나타낸다.

# 3

## 子曰 巧言令色 鮮矣仁
자 왈  교 언 영 색  선 의 인

공자가 말하였다.

말을 재치 있게 꾸미고 얼굴빛을 부드럽게 꾸미는 것은 어진 경우가 거의
없다.

〔어구 해석〕

**巧言**(교언)  말을 듣기 좋게 교묘히 꾸미다

**令色**(영색)  얼굴 표정을 호감이 가게 꾸미다, 슈은 '아름답다'는 뜻이다.

〔구문 해설〕

**巧言令色**  〈巧 + 言〉〈令 + 色〉은 모두 '동사 + 목적어' 구문이다.

**鮮矣仁**  鮮을 강조하기 위해서 仁鮮矣를 도치한 것이다. 鮮은 원래 드물
다는 뜻이나, 여기서는 없다는 것을 점잖게 표현한 것으로 이해된
다.

증자가 말하였다.

나는 매일 세 가지로 나 자신을 반성한다. 남을 위해 무슨 일을 할 때 성의를 다하지 않은 것은 없는가? 친구와 교유할 때 신의를 저버린 적은 없는가? 그리고 제대로 알지도 못하는 것을 아는 것처럼 행세하면서 남들에게 가르치려고 한 적은 없는가?

〔어구 해석〕

三省(삼성)  세 가지로 반성한다. 이 자체로는 '세 번 반성한다'는 뜻도 가능하나, 세 가지 항목이 나열된 문맥으로 보아 전자가 자연스럽다.

謀(모)  도모하다

忠(충)  진심으로 최선을 다하다. 이것이 中과 心으로 이루어진 글자의 구조대로 원래의 뜻이고, '나라에 충성한다'는 의미는 여기서 발전한 것이다.

## 〔구문 해설〕

**吾日三省吾身** 〈吾 + 省 + 身〉이 기본형으로 '주어 + 동사 + 목적어' 구문이다. 동사 '省'과 목적어 '身'에 각각 '日'과 三, 吾 등의 수식어가 붙어서 복잡한 구조로 발전한 것이다.

**爲人謀而不忠乎** 〈吾 + 謀〉와 〈吾 + 忠〉의 두 문장이 접속어 而로 결합하여 〈吾謀〉而〈吾忠〉이 되었다. 그런데 한문에서는 주어가 자유롭게 생략될 수 있는데 따라서 여기서도 주어가 생략되어 〈__謀〉而〈__忠〉으로 바뀌었으며, 앞 문장에 부사구 爲人이 삽입되고 뒤 문장에 부정소 '不'이 첨가되어 爲人謀而不忠이 된 것이다. 끝으로 〈爲人謀而不忠〉에 '乎'가 첨가되어 의문문이 되었다.

**傳不習** 〈傳 + 不習〉을 '동사 + 목적어' 구문으로 보면, '익히지 않은 것을 가르친다'는 뜻이 되고, 〈不習 + 傳〉의 도치형으로 보면, '스승이 전해준 것을 익히지 않는다는 뜻이 된다.

## 5

원문

子曰 道千乘之國 敬事而信 節用而愛人 使民以時
자 왈 도 천 승 지 국 경 사 이 신 절 용 이 애 인 사 민 이 시

공자가 말하였다.

제후가 천승의 나라를 이끌어가는 데는 매사에 진지하고 신뢰하며, 씀씀이를 줄이고 인력을 낭비하지 않으며, 백성을 부리되 때에 맞게 조심한다.

〔어구 해석〕

**道**(도)　이끌어간다, 導의 뜻으로 본다.

**乘**(승)　병력의 단위, 一乘은 말 네 마리가 끄는 전투용 수레로, 여기에 장교 3명이 타고, 보병 72명과 군수병 25명이 합세한다

**敬**(경)　소중히 생각하고 전념하다

**節用**(절용)　비용을 절약한다

**愛人**(애인)　인력을 아낀다, '愛'는 사랑한다는 뜻과 별도로 '아낀다'는 뜻도 있다.

**使民**(사민)　백성을 동원하여 공적인 일에 투입하다

〔구문 해설〕

**道千乘之國**　〈道 + 千乘之國〉은 '동사 + 목적어' 구문이다.

# 6

> **원문**
>
> 子曰 弟子入則孝 出則弟 謹而信 汎愛衆 而親仁 行有餘
> 자 왈 제 자 입 즉 효  출 즉 제  근 이 신  범 애 중  이 친 인  행 유 여
>
> **力則以學文**
> 력 즉 이 학 문

공자가 말하였다.

　젊은이들은 집안에서는 부모에게 효도하고 밖에서는 사람들에게 공손할
것이며, 몸가짐을 조심하고 신뢰를 유지해야 한다. 그리고 두루 구분 없이
사랑하고 내면에서 어진 마음을 가꾸어야 한다. 이런 일들을 실천하는 데
게을리 하지 않으면서 혹 여유가 생기면 그때 글공부를 할 것이다.

## [어구 해석]

**弟子**(제자)  배우는 이, 배울 나이의 젊은이

**入**(입)  들어오다, 여기서는 집에 들어오는 것을 말한다

**弟**(제)  공손하다, 悌 대신 쓰인 것이다.

**謹**(근)  삼가다

**汎**(범)  널리

**愛衆**(애중)  뭇 사람을 두루 사랑한다

**餘力**(여력)  남은 힘

學文(학문)  글을 배운다, 글 공부를 한다

## [구문 해설]

**入則孝 出則弟** 〈~則~〉 구문은 '~하면 곧 ~한다'는 뜻으로 앞 구절은
조건, 뒤 구절은 결과를 나타낸다. 여기서 '入'과 '出'은 뒤에 家가
생략된 것으로 생각할 수 있으며, 孝弟(효제)는 수직관계의 전통
적 예절을 강조한 것이다.

**行有餘力則以學文** '行'은 앞에서 열거한 행위들을 가리키고, 〈有 + 餘
力〉은 '서술어 + 주어'의 특수 구문으로 '여력이 있다'는 뜻이다.
'以'는 '이런 여력 혹은 여가를 이용한다'는 뜻이며, 〈學文〉은 '글을
공부한다'는 뜻으로 '文'은 앞의 '行'과 대조적 의미로 쓰인 것이다.

---

┌─────────────┐
│ **원문** │
└─────────────┘

**子夏曰 賢賢易色 事父母 能竭其力 事君 能致其身**
자 하 왈  현 현 이 색  사 부 모  능 갈 기 력  사 군  능 치 기 신

**與朋友交 言而有信 雖曰未學 吾必謂之學矣**
여 붕 우 교  언 이 유 신  수 왈 미 학  오 필 위 지 학 의

---

　　자하가 말하였다. 훌륭한 사람을 진심으로 존경하며 여색을 경시하고, 부
모를 섬김에 힘을 다하고, 임금을 섬김에 몸을 다 바치며, 친구와 사귐에
약속을 지키면, 비록 아직 배우지 못했다고 하더라도 나는 그를 참으로 배운
사람답다고 할 것이다.

〔어구 해석〕

　**賢賢**(현현)　앞의 '賢'은 '현명하게 여겨 존경한다'는 뜻의 동사이고, 뒤의
　　　　　　'賢'은 '현명한 사람'을 나타내는 명사로 쓰였다.

　**易色**(이색)　여색을 쉽게(어렵지 않게) 여긴다, 이를 '역색'으로 읽고 '여색
　　　　　　을 좋아하는 마음과 바꾼다'는 해석도 있다.

　**竭**(갈)　다하다

　**致**(치)　극진히 하다

　**雖**(수)　비록

〔구문 해설〕

**賢賢易色**　事父母 能竭其力, 事君 能致其身, 與朋友交 言而有信의 세
구절은 모두 먼저 인간관계의 종류를 밝히고 다음에 그 이상적인
상태를 실현하기 위한 방법에 대해서 말하고 있다. 賢賢易色을 이
런 구조에 맞추어 보면, 賢賢은 인간관계를 말하는 것으로, 그리고
易色은 그 최선의 방법을 나타내는 것으로 이해할 수도 있다. 그러
나 賢賢과 易色을 두 구로 나누어 별개의 인간관계를 나타내는 것
으로 보면, 전체는 오륜에 관한 언급으로 이해된다.

子曰 君子不重則不威 學則不固 主忠信 無友不如己者
자왈 군자불중즉불위 학즉불고 주충신 무우불여기자

過則勿憚改
과 즉 물 탄 개

공자가 말하였다.

군자는 자중자애하지 않으면 체통이 서지 않는다. 또한 배우는 자세를 지
니면 자칫 완고하게 비치는 것을 면할 수 있으니, 무엇보다 안으로는 성실하
고 밖으로는 믿음이 가게 힘쓸 것이다. 벼가 익으면 숙이듯이 어울리는 사람
중에 자기만 못한 이가 없다고 생각하고, 혹 실수하는 일이 있으면 서둘러
고쳐야 할 것이다.

〔어구 해석〕

重(중)  무겁다, 자중하다

固(고)  굳다, 완고하다

**不如己者**(불여기자)  자기만 못한 이

**勿憚**(물탄)  꺼리지 않는다, 꺼리지 말라

## 〔구문 해설〕

**主忠信** 〈主 + 忠信〉은 '동사 + 목적어' 구문으로, '충신을 주로 하라'는 뜻이다.

**전체 구문** 여기서는 전체를 ① 君子不重則不威, ② 學則不固 主忠信, ③ 無友不如己者 過則勿憚改의 세 부분으로 나누어 본다. 이렇게 끊어 읽는 것이 형식적으로나 의미상으로나 무난할 듯하다.

**無友不如己者** 이는 일반적으로 자기보다 못한 자를 벗 삼지 말라고 해석하나, 이는 의미로나 형식으로나 문제가 있다. 이런 식으로 친구를 사귄다면 앞선 사람은 사귈 친구가 없고, 따라서 뒤진 사람도 사귈 친구가 없게 될 것이다. 이는 앞선 사람의 오만이며, 뒤진 사람의 불행이라 아니할 수 없다. 형식적인 측면에서도 無는 금지사로 쓰이지 못하며, 그런 용법으로 쓰려면 毋(무)자로 대치되어야 한다. 논어 전체를 통하여 毋意, 毋我처럼 '하지 말라'는 뜻으로는 毋만이 쓰이고 있다.

# 曾子曰 愼終追遠 民德歸厚矣
증 자 왈 신 종 추 원 민 덕 귀 후 의

증자가 말하였다.

일이 어떻게 끝맺을지 조심하면서 그 근본 원인을 진실하게 추구해 버릇하면, 민심이 점점 후하게 바뀌어 갈 것이다.

(이는 전통적 해석과는 사뭇 다르다. 그야말로 현대적 해석이라 할 만하다.)

〔어구 해석〕

**愼終**(신종)  일이 어떻게 끝맺을지 신중히 헤아리다

**追遠**(추원)  원인(遠因) 즉 근본 원인을 추구하다

**歸厚**(귀후)  후한 데로 돌아가다, 점차로 후하게 되다

〔구문 해설〕

**愼終追遠**  〈愼終〉은 '부모의 상사(喪事)를 신중히 하는 것'으로, 〈追遠〉은 '조상을 추모하는 것'으로 이해하기도 하나 이는 편견에 따른 특수한 해석이며, 결코 객관적이고 보편적인 접근이라 할 수 없다.

---

子禽問於子貢曰 夫子至於是邦也 必聞其政 求之與 抑與
자금문어자공왈　부자지어시방야　필문기정　구지여　억여

之與子貢曰 夫子溫良恭儉讓以得之 夫子之求之也 其諸異
지여자공왈　부자온량공검양이득지　부자지구지야　기저이

乎人之求之與
호인지구지여

---

자금이 자공에게 물었다.

선생님께서 이 나라에 이르시면 반드시 정사에 관하여 듣고 자문하시는데, 이것이 선생님께서 요구하시는 것인가, 그렇지 않으면 그쪽에서 청하는 것인가?

자공이 말하였다.

선생님께서는 온화하고, 어질고, 공손하고, 검소하고, 겸양의 덕이 있음으로 그런 결과를 얻게 되는 것이니, 선생님께서 추구하시는 것은 다른 사람들이 추구하는 것과는 다르다

[어구 해석]

邦(방)　나라

聞其政(문기정)　정사에 대해 묻는 것을 듣는다

**抑**(억)  그것이 아니면 (이야기의 방향을 바꿀 때 쓰는 말)

**與之與**(여지여)  앞의 '與'는 求와 반대로 '저쪽에서 질문을 해준 것'을 의미하며, 뒤의 '與'는 歟 대신으로 쓴 것으로, 의문을 나타내는 허사이다.

**夫子**(부자)  선생님(공자)를 높여 부른 말

**溫**(온)  온화하다

**良**(량)  선량하다

**恭**(공)  공손하다

**儉**(검)  검소하다

**讓**(양)  겸손하게 양보한다

**諸**(저)  허사

〔구문 해설〕

**溫良恭儉讓以得之**  〈以溫良恭儉讓 得之〉의 변형이다.

> **원 문**
>
> 子曰 父在觀其志 父沒觀其行 三年無改於父之道 可謂孝
> 자 왈 부 재 관 기 지  부 몰 관 기 행  삼 년 무 개 어 부 지 도  가 위 효
>
> 矣
> 의

공자가 말하였다.

아버지가 살아계실 때는 자식의 뜻을 살피고, 아버지가 돌아가셨을 때는
자식의 행한 일을 살핀다. 그러나 삼년 동안 아버지가 살아온 방식을 고침이
없어야 효라 할 만하다.

〔어구 해석〕

**觀**(관)  관찰하다

**沒**(몰)  없어지다, 돌아가 안 계시다

**改**(개)  고치다, 변경하다

**可謂**(가위)  일컬을 만하다

〔구문 해설〕

**父在觀其志**  '觀'의 주어는 일반 사람으로 생략되었으며, 〈父沒觀其行〉
　　　에서도 마찬가지다.

**其志**  '其'는 자식을 가리킨다. 〈其行〉도 마찬가지다.

> ### 원 문
>
> 有子曰 禮之用和爲貴 先王之道 斯爲美 小大由之 有所不
> 유자왈 예지용화위귀 선왕지도 사위미 소대유지 유소불
>
> 行 知和而和 不以禮節之 亦不可行也
> 행 지화이화 불이예절지 역불가행야

유자가 말씀하셨다.

엄숙한 예법을 따를 때는 온화한 자세를 곁들이는 것이 중요하다. 선왕의 도는 이 점에서 훌륭하였다. 중요한 경우뿐 아니라 사소한 경우에도 이 원리를 따르지 않은 것이 없었다. 그러나 결코 행해서는 안 될 것이 있으니, 온화한 것이 중요하다고 해서 온화한 데만 치중하고 예로써 적당히 절제하지 않는 것은 절대로 해서는 안 될 것이다.

〔어구 해석〕

用(용)　작용

和(화)　온화하다

斯(사)　이것

由(유)　말미암다, ~를 통하여 이루어진다

節(절)　조절하다

〔구문 해설〕

**和爲貴** 〈和 + 爲 + 貴〉는 '주어 + 서술어 + 보어' 구문으로 '온화한 것이 귀한 것이다'처럼 해석된다. 〈斯爲美〉도 마찬가지다.

**有所不行** 〈有 + 所不行〉은 '서술어 + 주어'의 특수 구문이다. 〈所不行〉은 〈所行〉의 부정형이다.

**전체 구조** 유자의 말은 小大由之까지의 전반부와 그 뒤의 후반부로 나뉜다. 앞부분은 깨달은 이들이 추구한 이상적인 삶의 자세이며, 뒷부분은 깨달음을 얻지 못한 속인들이 범하게 되는 세속적 상황을 나타낸다. 이 중에서 유자가 강조하는 것은 물론 뒷부분이다. 이를 형식적으로 확인할 수 있는 것이 有所不行과 亦不可行也의 반복적 표현이다. 앞부분은 이런 상황을 극복하는 데 도움이 되는 것으로, 이를 제시함으로써 경각심을 불러일으키고 있다고 할 수 있다.

有子曰 信近於義 言可復也 恭近於禮 遠恥辱也 因不失其
유 자 왈 신 근 어 의  언 가 복 야  공 근 어 예  원 치 욕 야  인 불 실 기

親 亦可宗也
친  역 가 종 야

유자가 말하였다.

어떤 일에 관해서 약속할 때 진실에서 크게 벗어나지 않으면 그 말을 실천
할 수 있으며, 남에게 공손한 태도를 보일 때 예법에서 크게 벗어나지 않으
면 비굴한 듯이 비쳐 난처한 입장에 처하는 일은 없을 것이다. 이렇게 대인
관계의 범절에 충실하면 자칫 인간관계가 형식적이 되기 쉬움에도 불구하고
주위의 가까운 이들과 소원해지지 않으면 이는 참으로 훌륭하다고 할 수
있을 것이다.

〔어구 해석〕

**可復**(가복)  돌아갈 수 있다, 실천할 수 있다

**遠恥辱**(원치욕)  치욕을 멀리하다, 치욕을 당하지 않는다

**因**(인)  ～을 통해서(도)

**可宗**(가종)  높일 만하다

## 〔구문 해설〕

이 문장은 일반적으로 信近於義 言可復과 恭近於禮 遠恥辱과 因不失其親 亦可宗의 세 부분이 대등하게 열거된 것으로 본다. 그러나 우리는 信近於義 言可復, 恭近於禮 遠恥辱과 因不失其親 亦可宗의 두 부분으로 이해하고 이런 틀에서 앞부분을 다시 둘로 나누어 보는 방식을 취한다. 이는 因의 기능이 앞뒤 구절을 인과관계로 잇는 것이며, 亦可宗也가 바로 앞의 구절뿐만 아니라 전체에 걸리는 것으로 보는 것이 자연스럽기 때문이다.

_14_

子曰 君子食無求飽 居無求安 敏於事而愼於言 就有道而
자 왈  군 자 식 무 구 포  거 무 구 안  민 어 사 이 신 어 언  취 유 도 이

正焉 可謂好學也已
정 언  가 위 호 학 야 이

　　공자가 말하였다.
　　군자는 절대로 포식하지 않고 지나치게 금식하지도 않으며, 호화스런 주
택을 피하여 검소한 데 거처한다. 그리고 처리할 일은 잠시도 미루지 않는
반면에 말은 되도록 삼가면서 늘 과묵을 즐긴다. 뿐만 아니라 이렇게 표면
세계에서 바르게 사는 데 만족하지 않고 구도의 길로 나서 내면의 깨달음을
추구한다면, 이는 참으로 배우는 자세로 사는 것이라 할 만하다.

### 〔어구 해석〕

　　**求飽**(구포)　배불리 먹기를 요구하다
　　**求安**(구안)　지나치게 편안하기를 요구하다
　　**敏**(민)　민첩하다, 부지런하다
　　**就**(취)　나아가다
　　**正**(정)　바르게 하다
　　**好學**(호학)　배우기를 좋아하다

192 | 동양고전의 이해

## 〔구문 해설〕

이 글은 세 단계로 나누어 볼 수 있다. 食無求飽 居無求安은 몸과 관련한 기본생활을 검소하게 하는 것이고, 敏於事而愼於言은 마음과 관련한 사회생활을 근면성실하게 하는 것이며, 就有道而正焉은 영혼과 관련한 구도생활을 진실하게 하는 것이다. (사회를 자기 인생의 전부라고 생각하면 그때 사회는 올가미가 되어 자신을 옥죄어 온다. 사회로 인해 그대는 노예로 전락한다.) 이렇게 사는 이를 군자라 할 만하며, 군자가 사는 자세는 한 마디로 즐겨 배우는 자세로 검소하게 사는 것이라 할 수 있다.

食無求飽와 居無求安의 배열 관계는 상반된 두 가지 관점에서 이해해 볼 수 있다. 먼저 중요한 것이 우선한다는 관점에서 보면, '먹는 것이 매우 중요하다'는 뜻의 이식위천(以食爲天)이란 표현도 있듯이, 식생활이 주거 생활보다 더 기본적이기 때문이라 볼 수 있으며, 점층법적 나열로 뒤에 온 것을 더 무게 있게 보는 관점에서는 좋은 음식을 먹는 것보다 좋은 집을 갖는 데서 더 큰 보람을 느끼듯이 주거생활이 식생활보다 높은 차원의 문명 생활에 해당되기 때문이라 할 수 있다.

여기서 의식주(衣食住) 중에서 의생활(衣生活)이 제외된 이유는 무엇일까도 생각해 볼 만하다. 이는 여러 각도에서 접근해 볼 수 있을 듯하다. 형식적인 관점에서 보면, 뒤의 敏於事而愼於言도 두 구로 이루어졌듯이 두 구절을 대구로 열거하는 한문의 통례에 따라 세 항목 중 어느 하나가 제외되어야 할 입장에 있으며, 이때 의생활이 제외된 것은 엄밀히 말하면 나머지 두 가지가 공히 몸을 위한 수단인 데 대해서 옷은 그보다 마음의 장난이라 볼 소지가 있기 때문이다. 최초에는 몸을 보호하기 위해서 옷이 발달했을 듯하나 문명이 발달하면서는 그보다는 체면을 지키고 멋을 부리기 위한 목적이 더 크게 작용하는 것으로 이해된다.

子貢曰 貧而無諂 富而無驕 何如 子曰 可也 未若貧而樂
자공왈 빈이무첨 부이무교 하여 자왈 가야 미약빈이락

富而好禮者也
부이호례자야

子貢曰 詩云 如切如磋 如琢如磨 其斯之謂與
자공왈 시운 여절여차 여탁여마 기사지위여

子曰 賜也 始可與言詩已矣 告諸往而知來者
자왈 사야 시가여언시이의 고저왕이지래자

　　자공이 말했다. "가난해도 아첨하는 일이 없고, 부유해도 교만하게 행동하는 법이 없으면 어떻습니까?" 공자가 말하였다. "좋지. 그러나 이상적인 것은 못되니, 가난하면서도 즐겁게 지내며 부유하면서도 흔연히 예를 따라 사는 것보다는 못하구나."

　　자공이 말했다. "시에 이르기를 '옥석을 다룰 때 먼저 자른 뒤에 다시 다듬고, 혹은 먼저 쫀 뒤에 다시 문지른다.'고 했는데, 바로 이를 두고 한 말이군요."

　　공자가 말하였다. "사랑하는 제자야, 마침내 너와 시를 논할 수 있게 되었구나! 한 가지를 알려주니 미루어 그 다음 것까지 아는구나."

〔어구 해석〕

貧(빈)　가난하다

諂(첨)　아첨하다

驕(교)　교만하다

未若(미약)　~만 같지 못하다

切(절)　자르다

磋(차)　다듬다

琢(탁)　쪼다

磨(마)　갈다

往(왕)　지나간 것

來(래)　돌아올 것

〔구문 해설〕

**其斯之謂與**　〈其 + 斯之謂〉는 '주어 + 서술어' 구문으로, 〈其 + 謂斯〉의 변형이다. '與'는 가벼운 감탄을 나타내는 허사이다.

**可與言詩**　〈可與言詩〉는 〈可言詩與汝〉에서 汝(너 여)가 생략되고, '與'가 도치된 것이다.

*16*

┌─────────────────────────────────────────────┐
│ **원 문** │
│                                               │
│ ## 子曰 不患人之不己知 患不知人也 |
│ 자 왈  불 환 인 지 불 기 지  환 부 지 인 야 |
└─────────────────────────────────────────────┘

공자가 말하였다.

남들이 내 입장을 알아주지 않는 것을 걱정하지 말고 내가 남의 입장을 알아주지 못하는 것을 걱정할 것이다.

## 〔어구 해석〕

**患**(환)  근심하다

## 〔구문 해설〕

**不患人之不己知** 〈不 + 患 + 人之不己知〉는 '부정사 + 동사 + 목적절'의 구문이다. 〈人之不己知〉는 〈人 + 不知 + 己〉의 변형이다. '人'과 '己'는 '남'과 '자기'를 대조적으로 나타내는 말이다.

子曰 吾十有五而志于學 三十而立 四十而不惑 五十而知
자왈 오십유오이지우학 삼십이입  사십이불혹 오십이지

天命 六十而耳順 七十而從心所欲不踰矩
천명 육십이이순  칠십이종심소욕불유구

공자가 말하였다.

나는 열다섯살에 학문에 뜻을 두었고, 서른살에 자립하게 되었고, 마흔에
미혹하지 않게 되고, 쉰살이 되어서 천명을 알았으며, 예순살에는 무엇을
듣든 사리에 잘 통하게 되었고, 일흔이 되어서는 마음이 하고자 하는 대로
따라도 법도에 벗어나지 않게 되었다.

[어구 해석]

吾(오)  나, 1인칭 대명사

十有五(십유오)  열 하고도 다섯 즉 '열다섯'을 강조한 표현이다. 여기에는
　　　나이를 표시하는 '年, 歲'등이 생략된 것으로 이해한다. 三十, 四
　　　十, 五十, 六十, 七十도 마찬가지이다.

志于學(지우학)  배움에 뜻을 둔다

立(입)  확고하게 선다

不惑(불혹)  미혹(迷惑)하지 않다

**知天命**(지천명)  하늘이 자신에게 부여한 사명을 알게 된다

**耳順**(이순)  귀가 순하다는 것은 무슨 말을 들어도 다 이해가 되고 수용이
되는 수준을 의미한다.

〔구문 해설〕

**吾十有五而志于學**  〈十有五〉는 '吾'의 서술어로서, '나는 열다섯이 되었
다.'는 뜻이다. '志'의 주어도 '吾'로서 앞에 보였으므로 여기서는 생
략되었다. '而'는 앞뒤의 두 절을 이어주는 연결사이다.

**四十而不惑**  〈四十〉과 〈不惑〉의 주어는 모두 '吾'이다. 여기서는 주어가
모두 생략되었다. 한문에서는 문맥상으로 이해할 수 있을 경우에
는 어떠한 성분도 그리고 얼마든지 생략될 수 있는 것이 특징이다.
따라서 한문은 형식위주라기보다 의미 위주라고 할 수 있다.

**從心所欲不踰矩**  〈從心所〉는 '마음이 하고자 하는 것'이란 뜻으로 '從'의
목적어이며, '矩'는 '踰'의 목적어이다.

子曰 里仁爲美 擇不處仁 焉得知
자왈 이인위미 택불처인 언득지

子曰 不仁者不可以久處約 不可以長處樂 仁者安仁
자왈 불인자불가이구처약 불가이장처락 인자안인

知者利仁
지자이인

子曰 惟仁者能好人 能惡人
자왈 유인자능호인 능오인

공자가 말하였다.

동네가 인한 것이 훌륭한 일이니, 가려서 인한 곳에서 살지 않으면 어찌 지혜롭다고 하겠는가.

어질지 못한 사람은 궁핍한 생활에 오래 견디지 못하며, 즐거운 생활도 오랫동안 바로 유지할 수 없다. 어진 사람은 인한 것을 편안히 여기고, 지혜로운 사람은 인한 것을 이롭게 생각할 줄 안다.

인한 사람만이 남을 사랑할 수도 있고 남을 미워할 수도 있다.

[어구 해석]

里仁(이인) 동네 인심과 풍습이 어질다

**爲美**(위미)  아름답게 여긴다

**焉得知**(언득지)  어찌 지혜로울 수 있는가 (知는 智로 통한다)

**不仁者**(불인자)  어질지 못한 사람

**不可**(불가)  할 수 없다

**處**(처)  처한다, 머문다, 견딘다

**約**(약)  곤궁한 생활

**樂**(락)  안락한 생활

**惡人**(오인)  사람을 미워한다

## 〔구문 해설〕

**里仁爲美 擇不處仁 焉得知**  〈擇不處仁〉은 직역하면 '택하여 인에 처하
지 않는다'처럼 되어 의미가 잘 통하지 않는다. 문맥상으로 보아
'擇'은 앞 구절에서 이해될 수 있는 '仁里'를 내용상의 목적어로 취
하는 것으로 생각해 볼 수 있다. 그래서 사람들은 어진 마을을 택
해야 할 것이니, 인한 데 있지 않으면 어찌 현명하다고 할 수 있는
가 하는 것이다. 이런 방식으로 이해하지 않으면, 〈擇不處仁〉은
〈不擇處仁〉으로 고쳐야 할 것이다.

**不仁者不可以久處約**  〈不仁者〉가 주어이고, 〈不可以久處約〉이 서술부
이다. 〈不可〉는 '할 수 없다'는 뜻이고, 〈以~〉는 '~함으로써'의 의
미로 여기서는 주어에서 의미를 취하여 '어질지 못함으로써'처럼
새겨진다. '久'는 '오래'란 의미의 부사로서 '處'를 꾸민다.

**惟仁者能好人**  '惟'는 여기서 '오직'이란 뜻의 부사이며, 唯와 통한다.
〈唯~〉는 '~만'이라는 의미다.

子曰 富與貴 是人之所欲也 不以其道得之 不處也 貧與賤
자왈 부여귀 시인지소욕야 불이기도득지 불처야 빈여천

是人之所惡也 不以其道得之 不去也 君子去仁 惡乎成名
시인지소오야 불이기도득지 불거야 군자거인 오호성명

君子無終食之間違仁 造次必於是 顚沛必於是
군자무종식지간위인 조차필어시 전패필어시

공자가 말하였다.

부귀는 사람들이 바라는 것이지만, 바른 방법으로 얻은 것이 아니면 그것을 누리지 아니하며, 빈천한 삶은 사람들이 싫어하는 것이지만 바른 방법으로 얻어진 것이 아니라도 그것을 버리지 않는다. 군자가 인(仁)을 버리면 무엇으로 군자의 명분에 맞게 될 수 있으랴. 군자는 밥을 먹는 동안에도 인에서 벗어나지 않는 법이니, 황급한 때에도 반드시 인에 따라 행동해야 하며, 위급한 때에도 반드시 인에 맞게 살아야 한다.

〔어구 해석〕

**富與貴**(부여귀)  재물이 많고 신분이 높은 것

**所欲**(소욕)  하고자 하는 것

**所惡**(소오)  싫어하는 것

**得**(득)  얻는다, 차지한다

**去**(거)  떠난다, 버린다, '得'의 반대말이다.

**終食之間**(종식지간)  식사를 마치는 사이

**違仁**(위인)  인에서 벗어난다

**造次**(조차)  시간적으로 황급한 때

**顚沛**(전패)  엎어지고 넘어짐, 위급한 상황

## 〔구문 해설〕

**惡乎成名**  '惡'는 의문사로 쓰였으며, 음은 '오'이다. 〈惡乎〉는 의문사의
　　　도치구조이다. 의문사는 앞에 위치하려는 경향이 있다.

**富與貴是人之所欲也**  〈富與貴〉가 주어이고 〈是人之所欲也〉가 서술부
　　　이다. '是'는 서술어가 명사일 때 서술의 형식을 갖추게 해 주는 '이
　　　다'에 해당하는 말이다. 이는 생략되기도 한다.

**不以其道得之不去也**  '不'은 〈以其道得之〉전체에 걸리는 것이나, 정확
　　　히는 '道'를 부정한다. '去'의 목적어는 '貧賤'이다.

子曰 父母之年 不可不知也 一則以喜 一則以懼
자 왈 부 모 지 년 불 가 부 지 야 일 즉 이 희 일 즉 이 구

子曰 君子欲訥於言 而敏於行
자 왈 군 자 욕 눌 어 언 이 민 어 행

子曰 德不孤 必有隣
자 왈 덕 불 고 필 유 인

공자가 말하였다.

부모의 연세는 기억하고 있어야만 한다. 한편으로는 그 장수하심을 기뻐
해야 하고, 한편으로는 그 노쇠하심이 두렵기 때문이다.

군자는 말은 더듬고 행동은 민첩하기를 바란다.

덕이 있는 사람은 결코 외롭지 않으니, 반드시 좋은 이웃이 있는 법이다.

〔어구 해석〕

**不可不知**(불가부지)  알지 않으면 안 된다

**訥於言**(눌어언)  말함에 있어서 더듬는다

〔구문 해설〕

**以喜, 以懼**  이들에서 '以'는 '까닭'을 나타낸다.

子張問曰 令尹子文三仕爲令尹 無喜色 三已之 無慍色
자장문왈 영윤자문삼사위영윤 무희색 삼이지 무온색

舊令尹之政 必以告新令尹 何如
구영윤지정 필이고신영윤 하여

子曰 忠矣 曰 仁矣乎 曰 未知 焉得仁 崔子弑齊君 陳文
자왈 충의 왈 인의호 왈 미지 언득인 최자시제군 진문

子有馬十乘 棄而違之 至於他邦 則曰 猶吾大夫崔子也
자유마십승 기이위지 지어타방 즉왈 유오대부최자야

違之 之一邦 則又曰 猶吾大夫崔子也 違之 何如 子曰
위지 지일방 즉우왈 유오대부최자야 위지 하여 자왈

淸矣 曰 仁矣乎 曰 未知 焉得仁
청의 왈 인의호 왈 미지 언득인

자장이 물어 말하였다.

영윤 자문이 세 번 영윤 벼슬을 지내면서도 기뻐하는 기색이 없었으며, 세 번 그를 그만두면서도 원망하는 기색이 없이 전임 영윤의 업무를 반드시 신임 영윤에게 보고하였으니, 어떻습니까?

공자가 말하였다.

충성스러운 사람이다.

인한 사람입니까?

잘 알지는 못하지만, 어떻게 인하다고 하겠는가?

최자가 제나라의 임금을 시해하거늘, 진문자가 말이 40필 있었는데 그것을 버리고 떠났습니다. 다른 나라에 이른 즉시 말하기를 여기도 우리나라 대부 최씨와 같다고 말하고 그곳을 떠나 또 다른 나라에 갔습니다만, 역시 우리 대부 최씨와 같다고 말하고 그곳을 떠났습니다. 이것은 어떻습니까?

공자가 말하였다.

청백한 사람이다.

인한 사람입니까?

잘 알지 못하지만, 어찌 인하다고 할 수 있겠는가?

## 〔어구 해석〕

**令尹**(영윤)  재상

**三仕**(삼사)  세 번 벼슬한다

**慍色**(온색)  원망하는 기색

**弑**(시)  신하가 임금을 죽이는 것을 말한다

**馬十乘**(마십승)  말 40마리, 부유함의 상징

**猶**(유)  같다

## 〔구문 해설〕

**三仕爲令尹**  세 번 벼슬하여 영윤이 된다고 직역하면, 원의미와 다르게 들린다. 이는 영윤 벼슬을 세 번 하는 것이다.

**焉得仁**  '焉'은 허사로 쓰이는 것이 일반적이나, 여기서는 '어찌'란 뜻의 부사로 사용되었다.

**之一邦**  '한 나라로 간다'는 뜻으로, '之'는 '간다'는 의미의 동사이다.

원 문

顔淵季路侍 子曰 盍各言爾志 子路曰 願車馬衣輕裘 與朋
안 연 계 로 시 자 왈 합 각 언 이 지 자 로 왈 원 거 마 의 경 구 여 붕

友共 敝之而無憾
우 공 폐 지 이 무 감

顔淵曰 願無伐善 無施勞 子路曰 願聞子之志 子曰 老者安
안 연 왈 원 무 벌 선 무 시 로 자 로 왈 원 문 자 지 지 자 왈 노 자 안

之 朋友信之 少者懷之
지 붕 우 신 지 소 자 회 지

안연과 계로가 곁에 모시고 있는데 공자가 말하였다.

각자 그대의 뜻을 이야기해 주지 않겠느냐?

자로가 말하였다.

수레 및 말과 가벼운 털옷 입는 것을 벗들과 함께하여 헐어 못쓰게 되더라도 섭섭하게 여기는 일이 없고자 원합니다.

안연이 말하였다.

나의 착한 일을 자랑하지 않고, 수고로운 일을 남에게 시키지 않으려 합니다.

자로가 말하였다.

선생님의 뜻을 듣고 싶습니다.

공자가 말하였다.

노인에는 편안하게 느끼게 하고, 벗들에게는 미덥게 하며, 어린 아이들에게는 나를 따르고 싶게 하고 싶다.

## [어구 해석]

**季路**(계로)  자로(子路)를 가리킨다. '季'는 백중계(伯仲季)의 '季'를 나타낸다.

**侍**(시)  모신다

**盍**(합)  '何不' 즉 '어찌 아니 하느냐'는 뜻이다.

**爾志**(이지)  너희 뜻, '爾'는 2인칭 대명사이다.

**衣裘**(의구)  털옷을 입는다

**敝**(폐)  낡아 헤어진다

**無憾**(무감)  유감스러운 생각이 없다

**伐善**(벌선)  좋은 점을 자랑한다

**施勞**(시로)  힘든 일을 남에게 시킨다

## [구문 해설]

**盍各言爾志**  何各不言爾志 (어찌 각자는 그대의 뜻을 말하지 않는가)로 풀어 볼 수 있다. '爾'는 2인칭 대명사이다.

**願車馬衣輕裘與朋友共敝之而無憾**  '願'은 뒤에 오는 구절 전체를 목적구로 취하나, 구체적으로는 '無'와 관련되어 '~이 없기를 원한다'가 된다.

哀公問 弟子孰爲好學 孔子對曰 有顔回者好學 不遷怒
애 공 문  제 자 숙 위 호 학  공 자 대 왈  유 안 회 자 호 학  불 천 노

不貳過 不幸短命死矣 今也則亡 未聞好學者也
불 이 과  불 행 단 명 사 의  금 야 즉 무  미 문 호 학 자 야

애공이 물었다.

제자 중에서 누가 배우기를 좋아합니까?

공자가 대답하여 말하였다.

안회라는 사람이 배우기를 좋아하여, 노여움을 옮기지 아니하며, 한 잘못
을 두 번 되풀이하지 않더니, 불행히도 단명하여 죽고, 지금은 없다. 그 후
아직은 배우기를 좋아하는 사람에 대하여 듣지 못하였다.

**〔어구 해석〕**

　孰(숙)　누구, 의문대명사이다

　好學(호학)　배우기를 좋아한다

　不遷怒(불천노)　노여움을 무관한 데로 옮기지 않는다

　不貳過(불이과)　같은 잘못을 두 번 하지 않는다

　亡(무)　없다, 無와 통한다

　未聞(미문)　아직 듣지 못하였다

[구문 해설]

**弟子孰爲好學** 〈弟子〉는 부사어로서 '제자들 중에'의 뜻을 나타낸다. '爲'
가 없어도 뜻은 잘 성립하나, 이 때는 동사문이고, '爲'가 쓰이면
〈孰爲好學〉은 명사문처럼 느껴져 '好學'이 강조된다.

**有顔回者好學** '有'를 새겨서 '안회라는 사람이 있어'라 이해할 수도 있으
나, '有'는 허사와 같이 쓰이기도 하므로 이를 새기지 않는 것이 자
연스러울 때가 많다.

**未聞好學者也** 〈好學者〉가 '聞'의 목적어이다. 〈未聞〉은 '아직까지는 들
어 보지 못하였다'는 뜻으로 〈不聞〉과는 의미가 구분된다. '也'는
평서문에 붙는 종결사이다.

원문

子曰 賢哉 回也 一簞食一瓢飮 在陋巷 人不堪其憂 回也不
자왈 현재 회야 일단식일표음 재누항 인불감기우 회야불

改其樂 賢哉 回也
개기락 현재 회야

공자가 말하였다.

어질구나 회여! 거친 밥을 소쿠리에 담아 먹고, 맹물을 바가지에 떠마시
며, 가난한 동네에서 사는 팔자를 다른 사람 같으면 시름을 견디지 못하거
늘, 회는 그 즐거움을 버리려 하지 않으니, 참으로 어질기도 하구나 회여!

〔어구 해석〕

一簞食(일단사)  한 소쿠리의 밥이란 뜻으로 거친 음식을 뜻한다. '食'은
        '밥'이란 의미의 명사로 쓰일 경우의 독음은 '사'이다.

一瓢飮(일표음)  한 바가지의 물이란 뜻으로 소박한 음료를 뜻한다.

陋巷(누항)  가난한 동네

〔구문 해설〕

回也 不改其樂  〈回也〉가 주어로 이해되나, 주어에 '也'를 쓰는 경우는
        거의 없다. 〈不改其樂 回也〉의 구문이 도치된 듯하다.

子曰 知者樂水 仁者樂山 知者動 仁者靜 知者樂 仁者壽
자 왈 지 자 요 수   인 자 요 산   지 자 동   인 자 정   지 자 낙   인 자 수

공자가 말하였다.

지혜로운 사람은 물을 좋아하고, 어진 사람은 산을 좋아하는 법이니, 지혜
로운 사람은 활동적이고 어진 사람은 고요하며, 지혜로운 사람은 삶을 즐기
고 어진 사람은 장수를 누린다.

〔어구 해석〕

**樂水**(요수)  물을 좋아한다, '樂'는 '좋아한다'는 뜻의 동사이다.

**樂山**(요산)  산을 좋아한다, 〈樂 + 山〉은 '동사 + 목적어'구문이다.

〔구문 해설〕

**知者樂水 知者樂**  '樂'는 동사로 쓰일 경우 그 뒤에 목적어를 취하고, 형
용사로 쓰일 경우는 그 자체로 끝맺는다.

원 문

子曰 篤信好學 守死善道 危邦不入 亂邦不居 天下有道則
자왈 독신호학 수사선도 위방불입 난방불거 천하유도즉

見 無道則隱 邦有道 貧且賤焉 恥也 邦無道 富且貴焉 恥
현 무도즉은 방유도 빈차천언 치야 방무도 부차귀언 치

也
야

공자가 말하였다.

굳은 신념으로 학문을 좋아하며, 죽기로 마음을 먹고 도에 정진할 것이다.
위태로운 나라에는 들어가지 아니하고, 어지러운 나라에서는 살지 않는다.
천하에 도가 있으면 나아가 벼슬하지만, 도가 없을 때에는 숨는다. 나라에
도가 행하여지고 있는데도 가난하고 지위가 낮은 것은 수치이며, 나라에 도
가 행하여지고 있지 않은데도 부유하고 높은 지위에 있는 것도 수치이다.

〔어구 해석〕

篤信(독신)   돈독하게 믿는다

好學(호학)   학문을 좋아한다, 여기서 학문은 선왕의 도를 뜻한다.

守死(수사)   죽기로 마음을 먹고 끝까지 한다

善道(선도)   도를 잘 발전시킨다

危邦(위방)　위험한 나라

亂邦(난방)　질서가 없이 어지러운 나라

不居(불거)　살지 않는다, 묵지 않는다

有道(유도)　도가 통하여 태평하다

見(현)　나타난다

無道(무도)　도가 사라져 혼란스럽다

隱(은)　세상에 나서서 벼슬하지 않고 조용히 숨어 지낸다

恥(치)　수치스럽다

〔구문 해설〕

篤信好學　〈篤信〉의 구조는 두 가지로 이해된다. 하나는 '篤'을 동사로
　　　　　보아 '신념을 돈독하게 한다'는 것으로, 다른 하나는 '篤'을 형용사
　　　　　로 보아 '돈독한 신념'으로 새길 수 있다. 결국 〈篤信〉과 〈好學〉을
　　　　　대등한 관계로 볼 수도 있고, 전자가 후자를 꾸미는 것으로 볼 수
　　　　　도 있다. 이럴 때는 뜻이 잘 통하는 쪽으로 볼 것이다.

貧且賤焉 富且貴焉　'且'는 '또'란 의미의 접속어이나, 여기서는 '貧賤, 富
　　　　　貴'를 강조하는 기능을 한다.

子曰 後生可畏 焉知來者之不如今也 四十五十而無聞焉
자 왈 후 생 가 외 언 지 내 자 지 불 여 금 야 사 십 오 십 이 무 문 언

斯亦不足畏也已
사 역 부 족 외 야 이

공자가 말하였다.

젊은 후배들은 두려워할 만하다. 어찌 뒤에 오는 자가 오늘의 우리만 같지
못하다고 하겠는가. 그러나 나이 사십 오십이 되도록 아무 소식이 없으면
이는 역시 두려워할 만한 것이 못 된다.

〔어구 해석〕

**後生**(후생) 후배, 先生의 반대말이다.

**無聞**(무문) 아무런 소문도 없다

〔구문 해설〕

**焉知來者之不如今也** 〈不如〉는 '~만 같지 못하다'는 뜻이며, '之'는 〈來
者不如今〉이 '知'의 목적절이 되어 삽입되었다.

# 28

원문

季路問事鬼神 子曰 未能事人 焉能事鬼 敢問死 曰未知生
계 로 문 사 귀 신   자 왈   미 능 사 인   언 능 사 귀   감 문 사   왈 미 지 생

焉知死
언 지 사

자로가 귀신을 섬기는 일에 대하여 물으니, 공자가 말하였다.

살아 있는 사람도 능히 섬길 수 없는데 어찌 귀신을 섬길 수 있겠는가?

감히 여쭙겠사온데, 죽음이란 무엇입니까?

공자가 말하였다.

아직 삶도 모르는데 어찌 죽음을 알 수 있겠느냐?

## [어구 해석]

**事鬼神**(사귀신)  귀신을 섬긴다

**敢問**(감문)  감히 여쭙는다

## [구문 해설]

**焉能事鬼**  '焉'은 허사로서 평서문의 끝에 오는 것이 일반적이나, 이와
같이 동사 앞에 쓰이면 '어찌'란 의미의 의문부사이다.

29

**원문**

子路問聞斯行諸 子曰 有父兄在 如之何其聞斯行之
자로문문사행저 자왈 유부형재 여지하기문사행지

冉有問 聞斯行諸 子曰 聞斯行之
염유문 문사행저 자왈 문사행지

公西華曰 由也問 聞斯行諸 子曰 有父兄在 求也問
공서화왈 유야문 문사행저 자왈 유부형재 구야문

聞斯行諸 子曰 聞斯行之 赤也惑敢問
문사행저 자왈 문사행지 적야혹감문

子曰 求也退 故進之 由也兼人 故退之
자왈 구야퇴 고진지 유야겸인 고퇴지

자로가 물었다.

무엇을 들으면 그대로 행해야 합니까?

공자가 말하였다.

아버지와 형이 계신데 어떻게 듣는 대로 행하겠느냐?

염유가 물었다.

들으면 그대로 행해야 합니까?

공자가 말하였다.

들으면 곧 그대로 행하라.

공서화가 말하였다.

유가, 들으면 곧 행해야 하느냐고 물었더니 부형이 계시다고 하였고, 구가, 들으면 곧 행해야 하느냐고 물으니 듣거든 즉시 행하라고 하니, 저는 어리둥절하여 감히 여쭙습니다.

공자가 말하였다.

구는 소극적이기에 더 나아가게 하고, 유는 남보다 앞서는 사람이기에 뒤로 물러서게 한 것이다.

## 〔어구 해석〕

**斯**(사)  이에, 곧
**諸**(저)  대명사로 쓰이는 '之'와 통한다.
**赤**(적)  공서화의 이름
**求**(구)  염유의 이름
**退**(퇴)  퇴영적이다, 적극성이 없다
**由**(유)  자로의 이름
**兼**(겸)  남보다 낫다

## 〔구문 해설〕

**聞斯行諸**  '聞'은 도(道)에 대하여 좋은 이야기를 듣는 것을 의미한다. '斯'는 '이것'이라는 뜻으로 여기서는 '이에, 이대로, 곧' 등으로 해석된다. '諸'는 '之(於)' 대신으로 쓰였다.

---

**원 문**

顏淵問仁 子曰 克己復禮爲仁 一日克己復禮 天下歸仁焉
안 연 문 인   자 왈   극 기 복 례 위 인   일 일 극 기 복 례   천 하 귀 인 언

爲仁由己 而由人乎哉
위 인 유 기   이 유 인 호 재

顏淵曰 請問其目 子曰 非禮勿視 非禮勿聽 非禮勿言 非禮
안 연 왈   청 문 기 목   자 왈   비 례 물 시   비 례 물 청   비 례 물 언   비 례

勿動 顏淵曰 回雖不敏 請事斯語矣
물 동   안 연 왈   회 수 불 민   청 사 사 어 의

---

안연이 인에 대하여 물으니, 공자가 말하였다.

사욕을 극복하고 예로 돌아가는 것이 인이다. 단 하루라도 사욕을 누르고 예로 돌아가면, 천하가 인으로 돌아갈 것이다. 인을 행하는 것이 자기 자신에 달린 것이지 남이 해주는 것이겠는가.

안연이 말하였다.

청컨대 그 항목을 말씀해 주십시오.

공자가 말하였다.

예가 아니면 보지도 말고, 예가 아니면 듣지도 말며, 예가 아니면 말하지도 말 것이며, 예가 아니면 움직이지도 말 것이다.

안연이 말하였다.

제가 비록 우둔하기는 합니다만 그 말씀을 실천해 보도록 하겠습니다.

## [어구 해석]

**克己復禮**(극기복례) 〈克己〉는 자기 자신의 사심(私心)을 물리치는 것이고, 〈復禮〉는 예를 회복하는 것을 의미한다

**歸仁**(귀인) '인한 데로 돌아간다'는 것은 인하게 된다는 뜻이다

**爲仁**(위인) 인을 행한다

**其目**(기목) 그 세부 항목

**非**(비) 아니다

**勿~**(물) ~하지 말아라

**事**(사) 동어구해석사로 쓰이면 '~을 일삼다'는 뜻이다

**斯語**(사어) 이 말

## [구문 해설]

**克己復禮爲仁** 여기서 〈爲仁〉은 주어인 〈克己復禮〉의 서술어로서, '인이다' 혹은 '인이 된다'처럼 새긴다. 이는 뒤에 나오는 〈爲仁由己〉의 '爲仁'과는 다른 말이다.

**非禮勿視** 〈非~勿~〉은 '~가 아니면 ~하지 말라'는 뜻으로 반드시 '~만 행할 것'을 강조한 표현이다.

**事斯語** '이 말을 일삼는다' 즉 이 말을 정신 차려 실천하겠다는 뜻이다.

## 31

---

**원 문**

子貢問政 子曰 足食足兵 民信之矣 子貢曰 必不得已而去
자공문정 자왈 족식족병 민신지의 자공왈 필부득이이거

於斯三者何先 曰 去兵
어사삼자하선 왈 거병

子貢曰 必不得已而去 於斯二者何先 曰 去食 自古皆有死
자공왈 필부득이이거 어사이자하선 왈 거식 자고개유사

民無信不立
민무신불립

---

자공이 정치에 대하여 물으니 공자가 말하였다.

식량을 넉넉하게 확보하고, 병력을 충분히 보유하고, 백성의 신용을 얻는 것이다.

자공이 말하였다.

반드시 부득이하여 버린다면, 이 셋 중에서 무엇을 먼저 버려야 합니까?

군대를 버려야 한다.

자공이 말하였다.

반드시 부득이하여 또 버린다면, 둘 중에서 무엇을 먼저 버려야 합니까?

식량을 버려야 한다. 예로부터 다 죽음이 있게 마련이니, 백성의 신용을 잃으면 입신출세할 수 없다.

## 〔어구 해석〕

**足食**(족식)   식량을 충분하게 한다

**足兵**(족병)   병력을 충분하게 한다

**信之**(신지)   이를 믿는다, '之'는 대명사로서 여기서는 문맥상으로 '임금'을 의미한다

**不得已**(부득이)   능히 말 수 없어서, 어쩔 수 없이

**去兵**(거병)   병력을 버린다

**去食**(거식)   식량을 버린다

**自古**(자고)   옛날부터

**不立**(불립)   입신(立身)하지 못한다

## 〔구문 해설〕

**何先**   '先'은 '먼저 한다'는 의미의 동사이다. '何'는 '先'의 목적어이나, 의문사가 목적어 자리에 올 경우에는 일반 어순과 달리 동사의 앞에 온다.

**民信之矣**   백성이 그것(임금)을 믿는다는 것은 바꿔 말하면 임금이 백성의 신임을 얻는 것이다. '之'는 대명사로 임금을 가리킨다.

葉公語孔子曰 吾黨有直躬者 其父攘羊 而子證之 孔子曰
섭공어공자왈  오당유직궁자  기부양양  이자증지  공자왈

吾黨之直者 異於是 父爲子隱 子爲父隱 直在其中矣
오당지직자  이어시  부위자은  자위부은  직재기중의

섭공이 공자에게 말하였다.

우리 고을에 고지식한 사람이 있으니, 자기 아버지가 양을 훔쳤는데 아들
이 그것을 고발하였습니다.

공자가 말하였다.

우리 고을의 정직한 사람은 이와 다르니, 아버지는 자식을 위하여 숨기고,
자식은 아버지를 위하여 숨긴다. 정직한 것이 그 가운데 있다.

〔어구 해석〕

葉(섭) '잎'의 의미일 때는 음이 '엽'이나, 이름으로 쓰이면 '섭'으로 읽는
다.

黨(당) 마을, 향당(鄕黨)

直躬者(직궁자) 자신의 몸을 똑바로 하고 있는 사람

攘羊(양양) 양을 훔친다

證之(증지) 이를 고발한다

**直者**(직자)  정직한 사람

**異於是**(이어시)  이와 다르다, 〈異於~〉는 '~와 다르다'는 뜻이다.

## 〔구문 해설〕

**葉公語孔子**  '語'는 보통 '말'이란 의미의 명사로 쓰이나, 여기서는 '말한 다'는 의미의 동사로 쓰였다. '語'의 주어는 〈葉公〉이고, 〈孔子〉는 여격어이다.

**吾黨有直躬者**  〈吾黨〉은 부사어이고, 〈直躬者〉가 '有'의 주어이다. '有' 는 주어를 뒤에 취하는 것이 특이한 점이다.

**其父攘羊**  '攘'은 타동사로서 앞에 주어, 뒤에 목적어를 취하였다. 한문 구조의 대표적인 특징은 '주어 + 동사 + 목적어'의 어순을 갖는 것 으로, 이는 국어의 구조와 대조적이다.

**父爲子隱**  아버지가 아들을 위하여 숨긴다는 뜻으로 〈父隱子〉와 같은 뜻 이다. 여기서 '隱'은 타동사로 쓰였다.

**直在其中**  '在'는 앞에 주어를 취하고 뒤에 위치어를 취하는 동사로서 '~ 이 ~에 있다'는 뜻이 된다. '在'는 '有'와 의미는 비슷한 듯하나, 구 문상 으로는 판이하다.

## 33

원문

子曰 君子易事而難說也 說之不以道 不說也 及其使人也
자왈 군자이사이난열야 열지불이도 불열야 급기사인야

器之 小人難事而易說也 說之雖不以道 說也 及其使人也
기지 소인난사이이열야 열지수불이도 열야 급기사인야

求備焉
구비언

공자가 말하였다.

군자는 섬기기는 쉬워도 기쁘게 하기는 어렵다. 기쁘게 하기를 올바른 도로써 하지 않으면 기뻐하지 않는다. 사람을 부리는 데는 그 사람이 무슨 재능이 있나 보아서 적재적소에 쓴다. 소인은 섬기기는 어려워도 기쁘게 하기는 쉽다. 기쁘게 하기를 올바른 도로써 하지 않아도 기뻐한다. 사람을 부리는 데에도 사람들이 모든 재주를 다 갖출 것을 요구한다.

〔어구 해석〕

**易事**(이사) 섬기기 쉽다. '易'는 주어를 뒤에 취하는 특수어이다.

**難說**(난열) 기쁘게 하기 어렵다. '難'도 주어를 뒤에 취하며, '說'은 '기쁘다, 기쁘게 한다'의 뜻일 때는 '열'로 읽는다.

**不以道**(불이도) 도로써 하지 않는다

及~(급)  ~에 미쳐서는, ~에 이르러서는

使人(사인)  사람을 부린다

器之(기지)  그릇에 각각 용도가 있듯이 능력에 따라서 부린다

求備(구비)  다 갖추기를 요구한다

## 〔구문 해설〕

**君子易事, 小人難事**  '임금을 섬긴다'를 〈事君〉이라 하는 것처럼 '군자를 섬긴다'는 〈事君子〉이며, '소인을 섬긴다'는 〈事小人〉이다. 이 경우 목적어는 동사 뒤에 온다. 이렇게 볼 때 〈君子易事, 小人難事〉에서 '君子, 小人'이 앞으로 나온 것이 이상하게 생각될 수 있으나 이들은 의미상으로는 목적어이면서 형식적으로는 주제어로 쓰여 주어처럼 앞에 온 것이다.

**說之不以道 不說也**  '之'는 대명사로서 '군자'를 뜻하며, 〈不說〉의 주어도 '군자'이나 문맥상으로 충분히 알 수 있으므로 생략되었다. '也'는 평서문 뒤에 붙는 종결사이다.

**說之雖不以道 說也**  〈說之 ~ 說〉에서 앞에는 '之'가 오고 뒤에는 안 온 것으로 미루어, 앞의 '說'은 타동사이고, 뒤의 '說'은 자동사임을 알 수 있다.

---

| 원 문 |
| --- |

子貢 問曰 有一言而可以終身行之者乎 子曰 其恕乎 己所
자공 문왈 유일언이가이종신행지자호 자왈 기서호 기소

不欲 勿施於人
불욕 물시어인

---

자공이 물어 말하였다.

한 마디 말로써 이 몸이 다할 때까지 행할 만한 것이 있습니까?

공자가 말하였다.

그것은 서(恕)라는 것이다. 즉 내가 원하지 않는 것을 남에게 베풀지 않는

것이다.

## [어구 해석]

**終身**(종신)  자신의 일생을 끝마치다

**恕**(서)  자신의 마음을 미루어 남에게 그렇게 한다

## [구문 해설]

**己所不欲**  직역하면 '자기가 얻고자 하지 않는 것'이란 의미로, 그 속뜻은
'남이 자기에게 하는 것을 원하지 않는 것'이다. 이 전체가 다음 구
절의 '施'의 목적어가 된다.

孔子曰 君子有三戒 少之時 血氣未定 戒之在色 及其壯也
공자왈 군자유삼계 소지시 혈기미정 계지재색 급기장야

血氣方剛 戒之在鬪 及其老也 血氣旣衰 戒之在得
혈기방강 계지재투 급기노야 혈기기쇠 계지재득

공자가 말하였다.

군자에게는 세 가지 경계해야 할 것이 있다. 젊었을 때는 혈기가 아직 안정되지 못하므로 경계해야 할 것이 여색에 있다. 장년이 되면 혈기가 바야흐로 왕성하니, 경계해야 할 것이 싸움에 있다. 노년이 되면 혈기가 이미 쇠퇴하니, 경계해야 할 것이 물욕(物慾)에 있다.

〔어구 해석〕

**色**(색)  여색

**得**(득)  이득, 물욕

〔구문 해설〕

**血氣 未定/方剛/旣衰** '未'는 '아직', '方'은 '지금 한창', '旣'는 '이미'란 뜻으로 모두 시간 관계를 나타내는 말이다.

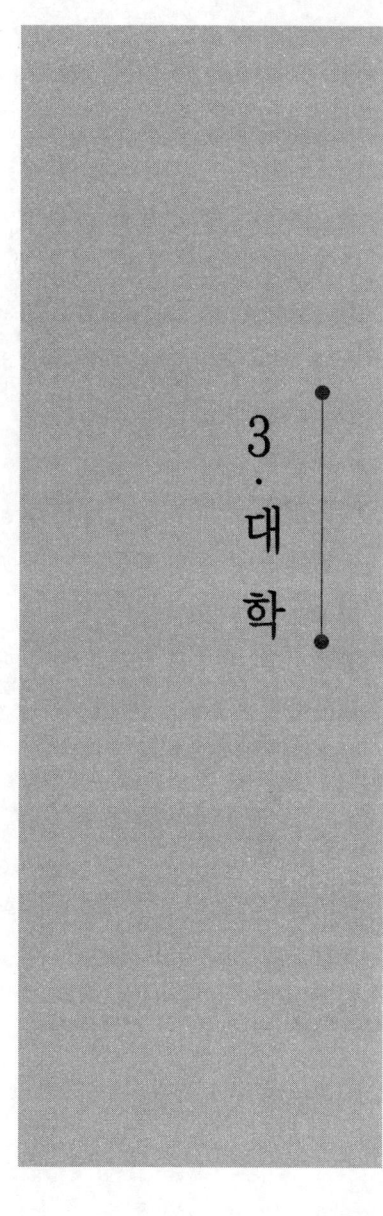

3 · 대
학

**大學之道 在明明德 在親民 在止於至善**
대 학 지 도  재 명 명 덕  재 친 민  재 지 어 지 선

대학의 이상은 명덕을 밝히고, 백성을 새로 태어나게 하고, 최고의 선에서
살게 하는 데 있다.

〔어구 해석〕

**大學**(대학)  어른의 학문
**道**(도)  도리, 이상
**明德**(명덕)  사람이 본래 타고난 때 묻지 않은 밝은 덕
**親民**(친민)  백성을 친애하다
**至善**(지선)  지극한 선

〔구문 해설〕

**明明德**  앞의 '明'은 동사로서 '밝힌다'는 뜻이고, 뒤의 '明'은 형용사로서
　　　　'밝다'는 뜻이다.
**親民**  '親'으로 해석해도 뜻은 통하나, 新으로 해석하면 뜻이 더 깊어진
　　　　다.

# 2

知止而后有定 定而后能靜 靜而后能安 安而后能慮 慮而
지 지 이 후 유 정　정 이 후 능 정　정 이 후 능 안　안 이 후 능 려 려 이

后能得
후 능 득

物有本末 事有終始 知所先後 則近道矣
물 유 본 말　사 유 종 시　지 소 선 후　즉 근 도 의

　인생의 목표를 안 뒤에라야 진로가 정해지고, 진로가 정하여진 뒤에라야 능히 마음이 안정될 수 있으며, 삶이 평안해진 뒤에라야 능히 사리를 생각할 수 있으며, 사리를 생각하여 올바로 판단한 뒤에라야 능히 목표를 달성할 수 있다.

　물건에는 근본적인 면과 지엽적인 면이 있고, 일에는 끝 부분과 시작 부분이 있으니, 먼저 하고 뒤에 할 바를 알면, 곧 도리에 가까운 것이다.

## 〔어구 해석〕

　**止**(지)　최후에 도달하며 영원히 머무를 곳

　**而后**(이후)　~한 뒤에, '以後'와 같다.

　**靜**(정)　마음이 안정되어 동요하지 않는다

　**安**(안)　삶이 평안해진다

慮(려)  사리를 생각하여 올바로 판단한다

得(득)  목적한 것을 획득한다

本末(본말)  근본적인 것과 지엽적인 것

終始(종시)  끝과 시작, 외부 세계에서는 시작이 먼저이고 끝이 나중이므로 '始終'이라 하나, 내면 세계에서는 끝이 먼저이고 시작이 그 다음이므로 '終始'라 한다

近道(근도)  도에 가깝다

〔구문 해설〕

知止而后有定  '止'를 안 이후에 '定'이 있다. 〈知止〉는 '동사 + 목적어' 구성이고, 〈有定〉은 '동사 + 주어' 구성이다. 일반적으로 주술구성은 '주어 + 동사'의 어순으로 되나, 일부 특정 동사는 주어를 뒤에 취한다.

物有本末  '物'에는 〈本末〉이 있다. 여기서 '物'은 부사어이고, 〈本末〉이 주어이다.

事有終始  '有'의 앞에 온 '事'는 부사어, 그 뒤에 온 〈終始〉는 주어이다. 〈~有~〉의 구조는 이렇게 일반 구조의 도치 형식이 되는 것이 특징이다.

知所先後  〈所先後〉는 '먼저 할 바'의 〈所先〉과 '뒤에 할 바'의 〈所後〉가 합한 것이며, 이 전체가 '知'의 목적어로 쓰였다.

## 3

古之欲明明德於天下者 先治其國 欲治其國者 先齊其家
고 지 욕 명 명 덕 어 천 하 자　선 치 기 국　욕 치 기 국 자　선 제 기 가

欲齊其家者 先修其身 欲修其身者 先正其心 欲正其心者
욕 제 기 가 자　선 수 기 신　욕 수 기 신 자　선 정 기 심　욕 정 기 심 자

先誠其意 欲誠其意者 先致其知 致知在格物
선 성 기 의　욕 성 기 의 자　선 치 기 지　치 지 재 격 물

옛날 태평시대에 밝은 덕을 천하에 밝히고자 하는 이는 먼저 자기 나라를 다스리고, 나라를 다스리고자 하는 사람은 먼저 자기 집안을 바로 잡고, 집안을 바로 하고자 하는 사람은 먼저 자기 자신을 수양하고, 자신을 수양하고자 하는 사람은 먼저 자기 마음을 바르게 하고, 마음을 바르게 하고자 하는 이는 먼저 자신의 뜻을 진실되게 하고, 뜻을 진실되게 하고자 하는 이는 먼저 삶에 대한 이해를 극진히 하였으니, 삶에 대한 이해를 극진히 하는 일은 사물의 이치를 투철히 밝히는 데 있다.

〔어구 해석〕

**明明德於天下**(명명덕어천하)　천하에 명덕을 밝힌다는 것은 천하를 다스리는 것을 의미한다

**欲治其國者**(욕치기국자)　그 나라를 다스리고자 하는 사람

**齊家**(제가)  집안을 가즈런히 한다, 집안을 이끈다

**修身**(수신)  자기자신을 수양한다

**浴修其身者**(욕수기신자)  그 몸을 닦고자 하는 사람

**正心**(정심)  마음을 바르게 갖는다

**誠意**(성의)  뜻을 진실되게 한다

**致知**(치지)  앎을 극진히 한다

**格物**(격물)  사물의 이치를 투철하게 밝힌다

## 〔구문 해설〕

**古之~**  여기서 ~에 해당하는 말은 欲明明德於天下者에서부터 끝까지
이다. 처음에 '古'를 쓴 것은 한가하게 옛날 얘기를 하려는 것이 아
니라, 태평시대 혹은 이상 사회에서 정상적으로 이루어지는 현상
을 설명하고자 한 것이다. 만일 이렇게 이루어질 수 없는 사회라면
이는 잘 다스려지는 세상이라 볼 수 없다.

**先治其國**  기본 구조는 〈治國〉이다. 여기에 꾸미는 말이 붙어서 '治'는
〈先治〉로 확장되고, '國'은 〈其國〉으로 확장되었다. 꾸미는 말은
반드시 꾸밈 받는 말의 앞에 온다.

**致知在格物**  앞의 여러 구절은 〈欲~者 先~〉의 형식으로 반복하고 마지
막에서 이렇게 변화를 보인 것은 수사학적인 기법이다. 이를 같은
형식으로 바꾸어 보면 〈欲致其知 先格其物〉이 될 것이다.

自天子以至於庶人 壹是皆以修身爲本 其本亂而末治者否
자천자이지어서인 일시개이수신위본 기본란이말치자부

矣 其所厚者薄 而其所薄者厚 未之有也
의 기소후자박 이기소박자후 미지유야

　　천자로부터 보통 사람에 이르기까지 한결같이 다 자신을 수양하는 것을
근본적인 일로 생각해야 할 것이다. 근본이 다스려지지 않고서 지엽적인 것
이 다스려 질 수는 없으며, 후하게 대해야 할 데에 박하게 하고 박하게 해도
좋을 데에 후하게 하는 일은 일찍이 없었다.

### [어구 해석]

　　自~ 至~(자~ 지~)　 ~부터 ~까지
　　天子(천자)　 하늘의 위임을 받아 대신 세상을 다스리는 사람이란 뜻으로
　　　　임금을 말한다
　　庶人(서인)　 보통 사람
　　壹是(일시)　 한결같이, 모두
　　皆(개)　 다
　　以修身(이수신)　 수신으로써
　　爲本(위본)　 근본을 삼는다

**亂**(란)  다스려지지 않는다, 혼란스럽다

**治**(치)  다스려진다, '亂'과 반대말이다

**所厚者**(소후자)  후하게 대접할 데

**所薄者**(소박자)  박하게 대할 데

**未之有**(미지유)  〈未有〉를 강조한 표현으로 '일찍이 없었다'는 뜻이다

〔구문 해설〕

**以修身爲本**  〈以~爲~〉는 '~으로써 ~을 삼는다' 다시 말하면 '~을 ~이라고 생각한다'는 의미를 나타내는 중요한 구문이다. 변형으로 〈以爲~~〉라는 표현도 더러 쓰인다.

**末治**  지엽적인 것이 다스려진다는 뜻으로, 여기서 '治'는 자동사로서 '다스려진다'는 뜻이다. 〈治末〉에서 〈治〉는 타동사로서 '다스린다'는 뜻이다.

**其所厚者薄**  '薄'은 '~에게 박하게 대한다'는 동사이고, 〈其所厚者〉가 그 대상이 되나, 이것이 앞에 온 것은 도치 구문이다. 정상적 구문은 〈薄於其所厚者〉이다.

# 5

원 문

湯之盤銘 曰 苟日新 日日新 又日新 康誥 曰 作新民 詩曰
탕 지 반 명  왈  구 일 신  일 일 신  우 일 신  강 고  왈  작 신 민 시 왈

周雖舊邦 其命維新 是故 君子無所不用其極
주 수 구 방  기 명 유 신  시 고  군 자 무 소 불 용 기 극

　　탕왕의 반명(盤銘)에 이르기를, 진실로 어느 하루 새롭게 되거든, 나날이
새롭게 하고, 또 날로 새롭게 하라 했으며, 강고에 말하기를 백성을 새로워
지게 진작시키라 했으며, 시에 이르기를 주나라는 비록 오랜 나라이나, 천명
은 오히려 새롭다 하였다. 이런 까닭으로 군자는 그 지극함을 쓰지 아니하는
바가 없다.

## [어구 해석]

　　**盤銘**(반명)　목욕통에 새겨 놓은 글자

　　**曰**(왈)　말한다, 써 있다

　　**苟**(구)　진실로

　　**日新**(일신)　하루 새로워진다

　　**日日新**(일일신)　날마다 더욱 새로워진다

　　**作新民**(작신민)　백성을 새로워지게 진작시킨다

　　**詩**(시)　시경에 있는 시를 말한다

雖(수)  비록

舊邦(구방)  오래된 나라

命(명)  천명

維(유)  오히려

是故(시고)  이런 까닭으로

無所不用(무소불용)  쓰지 않음이 없다, 즉 자기의 덕을 높이는 데나 백성
    을 새롭게 하는 데나 두루 다 씀을 의미한다.

極(극)  지극함

## 〔구문 해설〕

周雖舊邦 其命維新  〈雖舊〉와 〈維新〉은 '비록 오래나 오히려 새롭다'는
    뜻으로 의미상으로 대조를 이룬다. 維新의 원의미는 나라가 건국
    된 지 오래 되면 천명이 거의 다 되어 가는 것이나, 어떤 계기에
    국운을 다시 일으켜 천명을 새롭게 하는 것을 말한다.

無所不用其極  〈所不用其極〉은 '그 지극한 정성을 사용하지 않는 바'란
    뜻으로 '無'의 주어가 되며, 전체로는 이중 부정이 되어 강한 긍정
    을 나타낸다.

---

## 6

**원문**

詩云 於戲 前王不忘 君子 賢其賢而親其親 小人 樂其樂而
시 운 오 희 전 왕 불 망 군 자 현 기 현 이 친 기 친 소 인 낙 기 락 이

利其利 此以沒世不忘也
이 기 리  차 이 몰 세 불 망 야

---

　시에 이르기를, '아아 그 전의 임금을 잊을 수 없구나'라고 하였으니, 군자
들은 그분들의 훌륭한 점을 참으로 훌륭하게 여기고, 그분들의 사랑에 넘침
을 참으로 큰 사랑으로 여기며, 일반 백성들은 그 안락함을 안락하게 여기고
그 이로움을 이롭게 여기니, 이런 까닭으로 그분들이 세상을 떠난 뒤에도
오래도록 잊지 못하는 것이다.

## 〔어구 해석〕

　云(운)　이른다, 일컫는다

　於戲(오희)　아아 (감탄하는 소리), '於'가 감탄사로 쓰일 때는 독음이 '오'
　　　　　이다.

　前王(전왕)　그 전의 왕, 주나라 문왕과 무왕을 가리킨다

　不忘(불망)　잊지 못한다

　賢(현)　형용사로서는 '훌륭하다'는 뜻이고, 동사로서는 '훌륭하게 여긴다'
　　　　　는 뜻을 나타낸다

　親(친)　형용사로서는 '친하다'는 뜻이고, 동사로서는 '친하게 여긴다'는 뜻

을 나타낸다

**樂**(락)  형용사로서는 '즐겁다'는 뜻이고, 동사로서는 '즐겁게 여긴다'는 뜻
을 나타낸다

**利**(이/리)  형용사로서는 '이롭다'는 뜻이고, 동사로서는 '이롭게 여긴다'는
뜻을 나타낸다

**沒世**(몰세)  세상을 떠난다

## 〔구문 해설〕

**前王不忘**  〈前王〉은 '忘'의 목적어로서 이 뒤에 오는 것이 원칙이나, 시에
서 도치되어 앞으로 나왔다.

**賢賢 親親 樂樂 利利**  이렇게 같은 한자가 반복해 쓰이면, 앞 한자는 동
사이고 뒤 한자는 명사로 그 목적어가 된다.

**賢其賢而親其親**  '而'는 두 구절을 여러 의미로 이어 주는 연결사로서 여
기서는 〈賢其賢〉과 〈親其親〉을 대등한 관계로 연결시킨다.

**此以**  이로써, '此'가 대명사이므로 도치되어 '以'가 뒤에 왔다.

**沒世不忘**  〈沒世〉의 주어는 '前王'이고, 〈不忘〉의 주어는 군자와 소인 모
두이다. 그러나 군자와 소인이 이들을 잊지 못하는 이유는 서로 다
르다. 즉 군자는 '賢'과 '親' 때문에 그리고 소인은 '樂'과 '利' 때문에
각각 잊지 못하는 것이다.

# 7

**원문**

所謂致知在格物者 言欲致吾之知 在卽物而窮其理也 蓋人
소위치지재격물자 언욕치오지지 재즉물이궁기리야 개인

心之靈 莫不有知 而天下之物 莫不有理 惟於理有未窮 故
심지령 막불유지 이천하지물 막불유리 유어리유미궁 고

其知有不盡也 是以大學始敎 必使學者卽凡天下之物 莫
기지유부진야 시이대학시교 필사학자즉범천하지물 막

不因其已知之理 而益窮之 以求至乎其極 至於用力之久
불인기이지지리 이익궁지 이구지호기극 지어용력지구

而一旦豁然貫通焉 則衆物之表裏精粗無不到 而吾心之全
이일단활연관통언 칙중물지표리정조무부도 이오심지전

體大用 無不明矣 此謂物格 此謂知之至
체대용 무불명의 차위물격 차위지지지

　이른바 삶에 대한 이해를 극진히 하는 일은 사물의 이치를 투철히 밝히는
데 있다 함은 나의 앎을 극진하게 하고자 하면 사물에 나아가 그 이치를
투철히 밝혀야 함을 말한 것이다. 대저 사람의 마음은 신령스러워 앎이 없을
수 없고, 천하의 모든 사물에는 이치가 없을 수 없건마는, 오직 그 이치에
대하여 궁구하지 않음이 있기 때문에 그 앎에도 극진하지 못한 점이 있게
된다. 이런 까닭으로 대학에서 가르침을 시작함에 있어서 반드시 배우는 이

로 하여금 천하의 사물에 임하여 이미 알고 있는 이치에 근거하여 더욱 더 그 이치를 궁구하여 써 그 이치의 궁극에까지 이르기를 구하게 하였다. 이와 같이 힘씀이 오래되어 어느 날 아침에 환히 관통되는 경지에 이르게 되면, 모든 사물의 겉과 속, 핵심적인 것과 지엽적인 것에 이르지 않음이 없게 되고, 내 마음의 온전한 본체와 위대한 작용이 밝혀지지 않음이 없으니, 이것을 일러 사물의 이치가 밝혀진 것이라 하며, 이것을 일러 앎이 극진하게 된 것이라 하는 것이다.

## 〔어구 해석〕

**所謂~者**(소위~자)  이른바 ~라고 하는 것

**盖**(개)  대개, 대저

**人心之靈**(인심지령)  사람 마음의 신령함

**莫不**(막불)  아닌 것이 아니다, 이중 부정으로 강한 긍정을 나타낸다

**惟**(유)  오직

**於理**(어리)  이치에 있어서

**未窮**(미궁)  아직 궁구하지 못한다

**已知**(이지)  이미 알고 있다

**益窮之**(익궁지)  더욱 그것을 밝혀 나간다

**求至**(구지)  이르기를 구한다

**一旦**(일단)  하루 아침

**豁然**(활연)  환히 깨달은 모양

**貫通**(관통)  꿰뚫어 통달한다

**表裏**(표리)  겉과 속

**精粗**(정조)  세밀함과 거칠음, 핵심과 주변

**無不**(무불)　하지 않음이 없다, 반드시 한다, 이중 부정 형식이다

**全體**(전체)　온전한 본체

**大用**(대용)　위대한 작용

## 〔구문 해설〕

**言欲致吾之知 在卽物而窮其理也**　〈欲致吾之知 在卽物而窮其理〉전체
가 '言'의 목적절이 되어, 그 앞 주어의 의미는 이 목적절의 내용을
말한다는 뜻이 된다.

**於理有未窮 故其知有不盡也**　'故' 앞 뒤 두 구절이 다 '有'의 전형적인
구문이다. 즉 '有'는 앞에 〈於理〉, 〈其知〉의 부사어가 왔고, 그 뒤
에는 〈未窮〉, 〈不盡〉이라는 주어가 왔다. 이들을 새길 때에는 '~
에 ~가 있다'처럼 된다. 이 구절 전체를 새기면 '이치에 궁구하지
않음이 있기 때문에, 그 앎에도 극진하지 못함이 있다.'처럼 되어
'때문에'가 앞 구절의 끝에 오게 되나, 한문에서는 '故'가 뒤 구절의
앞에 오게 되니, 이는 국어가 후치어인데 대해서 한문은 전치어로
서 문법 형식은 모두 그가 지배하는 말의 앞에 오기 때문이다.

**使學者卽凡天下之物 莫不因其已知之理 而益窮之 以求至乎其極**
'使'는 '~로 하여금 ~하게 한다'는 뜻의 사역동사이며, 여기서는
〈學者〉로 하여금 〈卽凡天下之物 莫不因其已知之理 而益窮之 以
求至乎其極〉을 하게 한다는 구조로 되어 있다.

## 8

> **원 문**
>
> 所謂 誠其意者 毋自欺也 如惡惡臭 如好好色 此之謂自謙
> 소 위 성 기 의 자 무 자 기 야 여 오 악 취 여 호 호 색 차 지 위 자 겸
>
> 故君子必愼其獨也
> 고 군 자 필 신 기 독 야

이른바 그 뜻을 참되게 한다고 하는 것은 자기 스스로를 속이지 않는 것이다. 마치 고약한 냄새를 싫어하듯 하며, 좋은 빛을 좋아하듯 하는 것, 이것이 자신을 만족시키는 것이라 이르는 것이다. 그러므로 군자는 반드시 자기 혼자 있을 때도 조심한다.

〔어구 해석〕

**所謂**(소위)  이른바

**誠**(성)  뒤에 목적어를 취하면 동사로서 '참되게 한다'는 뜻이 된다

**毋**(무)  없다, 無와 통하며, 글자 모양이 母와 다름에 유의할 것이다

**自欺**(자기)  자기 자신을 속이다

**惡**(오)  싫어한다

**惡臭**(악취)  나쁜 냄새

**好好色**(호호색)  아름다운 색을 좋아한다

**此之謂**~(차지위)  이것을 ~이라 일컫는다

自謙(자겸)  자신을 만족시킨다, 謙은 慊과 통한다

愼(신)  삼간다, 조심한다

其獨(기독)  자기 혼자만 있는 상태

〔구문 해설〕

所謂 ~者  이른바 ~라는 것

自欺  '自'는 목적어로 쓰일 때는 항상 동사의 앞에 오는 특수 한자이다.

惡惡臭  앞의 '惡'은 동사로 음은 '오'이고, 뒤의 '惡'은 형용사로 음은 '악'
이다.

好好色  〈好 + 好色〉은 '동사 + 목적어'의 구조로, '좋은 색을 좋아한다'
는 뜻이 된다.

君子必愼其獨也  기본 구조는 〈君子 + 愼 + 獨〉으로, 이 새김은 '군자
는 홀로 있는 것을 조심한다.'가 된다. 이 기본 구조에 여러 꾸밈말
이 붙을 수 있다.

## 9

원 문

小人閒居 爲不善 無所不至 見君子而后 厭然揜其不善
소인한거 위불선 무소부지 견군자이후 염연엄기불선

而著其善 人之視己 如見其肺肝然 則何益矣 此謂誠於
이저기선 인지시기 여견기폐간연 즉하익의 차위성어

中形於外 故君子必愼其獨也
중형어외 고군자필신기독야

소인은 한가히 있으면 선하지 못한 짓을 하되 이르지 않는 곳이 없다가,
군자를 본 뒤에는 슬며시 그 선하지 못함을 가리고서 그 선함을 드러내거
와, 남들이 자기를 보는 것이 마치 자신의 폐와 간까지 들여다보듯 하니,
무슨 소용이 있으랴. 이를 일러 「안에서 진실하면 밖으로 나타난다」고 하거
니와, 그러므로 군자는 반드시 혼자 있을 때도 마음을 조심한다.

〔어구 해석〕

**閒居**(한거)  한가히 지낸다, 혼자 조용히 있다

**不善**(불선)  선하지 못하다, 악하다

**無所不至**(무소부지)  이르지 않는 데가 없다

**而后**(이후)  '이후'로 통한다

**厭然**(염연)  싫어하는 모양

**揜其不善**(엄기불선)   자기의 악한 것을 가린다

**著其善**(저기선)   자기의 선한 점을 나타낸다

**視己**(시기)   나를 본다

**肺肝**(폐간)   폐와 간

**誠於中**(성어중)   안에서 진실하다

**形於外**(형어외)   밖으로 나타난다

## 〔구문 해설〕

**爲不善 無所不至**  〈不善〉은 '惡'과 같은 뜻이다. '爲'가 동사이고 〈不善〉
이 목적어이다. 〈無所不至〉에서 〈所不至〉가 '無'의 주어이다. 여
기에는 〈無, 不〉의 두 부정어가 사용됨으로써, 이중부정으로 강한
긍정의 뜻이 된다.

**如見其肺肝然**  '其'는 '자기 자신'을 나타내고, '如'는 무엇을 설명할 때
정도가 ~같음을 뜻하며, '然'은 상태가 '~듯함'을 나타낸다. 전체
적으로 '몸 속의 폐와 간을 보는 것과 같은 듯함'은 사물을 깊이 꿰
뚫어 봄을 의미한다.

曾子曰 十目所視 十手所指 其嚴乎
증 자 왈  십 목 소 시  십 수 소 지  기 엄 호

富潤屋 德潤身 心廣體胖 故君子必誠其意
부 윤 옥  덕 윤 신  심 광 체 반  고 군 자 필 성 기 의

증자가 말하였다.

열 눈이 보는 바이며, 열 손이 가리키는 바이니, 그야말로 두려워할 만하
다.

물질적으로 넉넉함은 집을 윤택하게 하고, 정신적인 인품은 자기 자신을
윤택하게 한다. 마음이 넓으면 몸도 편안해지는 것이니, 그러므로 군자는
반드시 그 뜻을 진실되게 한다.

〔어구 해석〕

十目(십목)  열 개의 눈, 여러 사람의 눈길

所視(소시)  보는 바, 보는 것

十手(십수)  열 개의 손, 여러 사람의 손가락질

所指(소지)  가리키는 바, 가리키는 것

嚴(엄)  엄하다, 두려워하다

富潤屋(부윤옥)  부는 집을 윤택하게 한다

**德潤身**(덕윤신)  덕은 자신을 윤택하게 한다

**心廣體胖**(심광체반)  마음이 넓으면 몸이 편안해진다

## 〔구문 해설〕

**十目所視**  많은 눈이 보고 있는 것이다. 〈十目視〉라 하면 '열 눈이 본다' 처럼 되어 동사문이 되고, 〈十目所視〉라 하면 '열 눈이 보는 것이 다.'처럼 되어 명사문이 된다.

**富潤屋, 德潤身, 君子誠意**  이들은 다 한문의 기본 구조인 '주어 + 동사 + 목적어'의 어순으로 되어 있다. 이 기본 구조의 사이사이에 다 른 말이 삽입되어 복잡한 문장으로 발전한다. 〈君子必誠其意〉는 〈君子誠意〉에서 동사 앞에 '必'이 그리고 목적어 앞에 '其'가 와서 이들을 수식하고 있다. 한문의 이 기본 구조는 국어의 '주어 + 목 적어 + 동사' 어순과 대조적인 것에 유의할 필요가 있다.

**君子必誠其意**  〈君子 + 必誠 + 其意〉는 '주어 + 동사 + 목적어' 구문 으로 되었다.

## 11

所謂修身在正其心者 身有所忿懥 則不得其正 有所恐懼
소위수신재정기심자　신유소분치　즉부득기정　유소공구

則不得其正 有所好樂 則不得其正 有所憂患 則不得其正
즉부득기정　유소호락　즉부득기정　유소우환　즉부득기정

心不在焉 視而不見 聽而不聞 食而不知其味 此謂修身
심부재언　시이불견　청이불문　식이부지기미　차위수신

在正其心
재정기심

　　이른바 자신을 수양하는 일은 그 마음을 바르게 함에 있다고 한 것은 자기 마음에 노여워하는 바가 있으면 그 바름을 얻지 못하고, 두려워하는 바가 있으면 그 바름을 얻지 못하고, 좋아하는 바가 있으면 그 바름을 얻지 못하고, 근심하는 바가 있으면 그 바름을 얻지 못한다. 마음이 이에 있지 아니하면 보아도 보이지 않고, 들어도 들리지 않으며, 먹어도 그 맛을 알지 못한다. 이것을 일러 자신을 수양함은 그 마음을 바르게 함에 있다고 한 것이다.

[어구 해석]

　身(신)　자기 자신

　忿懥(분치)　매우 분하다

**恐懼**(공구)   두려워한다

**好樂**(호락)   매우 좋아한다

**憂患**(우환)   근심과 걱정

**心不在焉**(심부재언)   마음이 이에 있지 않다

**視而不見**(시이불견)   보아도 보이지 않음

**聽而不聞**(청이불문)   들어도 들리지 않는다

**不知其味**(부지기미)   그 맛을 알지 못한다

## 〔구문 해설〕

**修身在正其心**   〈修身 + 在 + 正其心〉은 '주어 + 동사 + 부사어' 구문
으로, '수신은 그 마음을 바르게 함에 있다.'처럼 새긴다. '在'는 有
와 의미가 비슷한 듯하나, 문법적 성질은 판이함을 알 수 있다.

**身有所忿懥**   '身'은 부사어이며, 이는 〈身所忿懥〉 뿐만 아니라 그 뒤의
여러 구절에도 다 걸리는 것으로 이해해야 한다.

**心不在焉**   '焉'은 '此'와 통하며, 따라서 직역하면 '마음이 이에 있지 않다'
처럼 된다. '마음이 이에 있다'는 것은 마음이 바른 상태에 있는 것
을 나타낸다.

원문

所謂齊其家在修其身者 人 之其所親愛而辟焉 之其所賤惡
소 위 제 기 가 재 수 기 신 자   인   지 기 소 친 애 이 벽 언   지 기 소 천 오

而辟焉 之其所畏敬而辟焉 之其所哀矜而辟焉 之其所敖惰
이 벽 언   지 기 소 외 경 이 벽 언   지 기 소 애 긍 이 벽 언   지 기 소 오 타

而辟焉 故好而知其惡 惡而知其美者 天下鮮矣
이 벽 언   고 호 이 지 기 악   오 이 지 기 미 자   천 하 선 의

故諺有之曰 人莫知其者之惡 莫知其苗之碩 此謂身不修
고 언 유 지 왈   인 막 지 기 자 지 악   막 지 기 묘 지 석   차 위 신 불 수

不可以齊其家
불 가 이 제 기 가

　　이른바 그 집안을 다스림은 자기 자신을 수양하는 데 있다고 하는 것은
사람이란 자기의 친하고 사랑하는 이에게 편벽되고, 자기가 천히 여기고 미
워하는 이에게 편벽되며, 자기가 두려워하고 공경하는 이에게 편벽되며, 자
기가 가엾고 불쌍히 여기는 이에게 편벽되며, 자기가 거만하여 소홀히 대하
는 이에게 편벽되게 마련이다. 그러므로 좋아하되 그 나쁜 점도 알며, 미워
하되 그 좋은 점도 아는 자는 천하에 드물다.

　　그러므로 속담에 이런 말이 있다.

　　사람들은 자기 자식이 악한 것을 알지 못하고, 자기 싹이 큰 것을 알지

못한다.

　이것을 일러 자기 자신을 수양하지 않으면, 자기 집을 다스릴 수 없다고
하는 것이다.

## [어구 해석]

　**之其所親愛**(지기소친애)　자기가 가까이하고 사랑하는 이에 대해서는, '之'
　　는 '於'의 뜻이며, '其'는 자기를 가리키는 代名詞이다.

　**辟**(벽)　편벽되게 처신한다, 치우친다

　**賤惡**(천오)　천하게 여기고 미워한다

　**畏敬**(외경)　두려워하여 공경한다, 敬畏와 같다

　**哀矜**(애긍)　딱하고 불쌍하게 여긴다

　**敖惰**(오타)　거만하여 소홀히 여긴다

　**知其惡**(지기악)　그의 나쁜 점을 안다

　**知其美**(지기미)　그의 좋은 점을 안다

　**鮮**(선)　드물다

　**諺**(언)　속담

　**莫知**(막지)　알지 못한다

　**其子之惡**(기자지악)　자기 아들의 단점

　**其苗之碩**(기묘지석)　자기 곡식의 싹이 크다

　**身不修**(신불수)　자기 자신은 수양이 되지 않는다

　**不可**(불가)　할 수 없다

## [구문 해설]

　**身不修 不可以齊其家**　'以'는 의미상으로 〈身不修〉를 지배하는데 생략되
　　었다.

所謂治國 必先齊其家者 其家不可敎 而能敎人者無之
소위치국 필선제기가자 기가불가교 이능교인자무지

故君子不出家 而成敎於國 孝者所以事君也 弟者所以事
고군자불출가 이성교어국 효자소이사군야 제자소이사

長也 慈者所以使衆也
장야 자자소이사중야

이른바 나라를 다스리려면 반드시 먼저 자기 집안을 잘 다스려야 한다는 것은, 자기 집안을 교화할 수 없으면서 능히 남을 교화시킬 수 있는 사람은 없기 때문이다. 그러므로 군자는 집을 나서지 않고서도 나라에 교화를 베푸는 것이니, 효도는 임금을 섬기는 법과 같고, 공손함은 웃사람을 섬기는 법과 통하여, 인자함은 백성을 부리는 법에 다름 아니다.

## [어구 해석]

**不可敎**(불가교)  가르칠 수 없다

**出家**(출가)  집을 나간다

**成敎於國**(성교어국)  나라에 가르침을 이룬다

**所以**(소이)  방법

**事君**(사군)  임금을 섬긴다

**弟**(제)  공손하다, 悌와 통한다

**事長**(사장)  어른을 섬긴다

**慈**(자)  자애롭다

**使衆**(사중)  민중을 부린다

〔구문 해설〕

**必先齊其家者**  기본 구조는 〈齊家〉이며, 여기에 단계적으로 꾸밈말이 붙
어서 확장되었다. 즉 〈齊其家〉, 〈先齊其家〉, 〈必先齊其家〉처럼
점점 복잡하게 발전하였다. 즉 '齊' 앞에 이를 수식하는 '先', '必'이
왔고, '家' 앞에 이를 수식하는 '其'가 왔다. 그리고 〈必先齊其家〉
전체를 명사절로 만드는 것이 '者'이다.

**其家不可敎**  '敎'는 '가르친다'는 뜻이며, 〈可敎〉는 '가르칠 수 있다'는 뜻
이고, 〈不可敎〉는 '가르칠 수 없다'는 뜻이다. 〈其家〉는 '敎'의 목
적어로서 도치되어 앞으로 나옴으로써 강조의 효과를 내고 있다.

**能敎人者無之**  〈能敎人者〉는 제시어로서 의미를 나타낼 뿐이며, '無'의
주어는 대명사 '之'이다. '之'는 〈能敎人者〉를 가리킨다.

康誥曰 如保赤子 心誠求之 雖不中不遠矣 未有學養子而
강고왈 여보적자 심성구지 수부중불원의 미유학양자이

后嫁者也
후가자야

　강고에 이르기를 갓난아기를 돌보듯 하라 하였으니, 마음으로 정성을 다
하여 구하면, 비록 꼭 맞지는 않을지라도 경우에서 멀리 벗어나지는 않을
것이니, 자식 기르는 법을 배운 뒤에 시집간 사람은 일찍이 없었다.

〔어구 해석〕

赤子(적자)　갓난아이, 옷을 안 입혀 붉은 살이 드러난 상태를 가리킨다.

誠求(성구)　정성껏 구한다

雖(수)　비록

不中(불중)　맞지 않는다

不遠(불원)　멀지 않다, 가깝다

未有(미유)　이제까지 없었다

學養子(학양자)　아이를 기르는 법을 배운다

而后(이후)　뒤에, '以後'와 같다

嫁(가)　시집간다

〔구문 해설〕

**如保赤子** 〈保赤子〉는 '어린애를 보살핀다'는 뜻이며, 이 앞에 '如'가 붙
으면 '어린애를 보살피는 것과 같이 한다'는 뜻으로 어머니가 제 아
이를 돌보듯 진심으로 돌보는 것을 의미한다.

**雖不中不遠** '中'은 동사로서 목표를 정확히 맞추는 것을 의미하며, 〈不
中〉은 그 부정으로 목표를 맞추지 못하는 것을 말한다. 〈雖不中〉
은 '비록 목표에 적중은 되지 않으나'의 뜻으로 문법적 양보의 표현
이다. 〈不遠〉은 '목표에서 멀리 벗어나지는 않는다'는 뜻으로 그에
근접함을 암시한다.

**未有學養子而后嫁者也** '有'의 주어는 〈學養子而后嫁者〉이며, '未'는 '有'
를 시간적으로 이전에 한정하여 부정하는 말이다.

---

┌─────────────────────────────────────────┐
│ **원문**                                 │
│                                          │
│ 所謂平天下在治其國者 上老老 而民興孝 上長長 而民興 │
│ 소 위 평 천 하 재 치 기 국 자  상 노 로  이 민 흥 효  상 장 장  이 민 흥 │
│                                          │
│ 弟 上恤孤 而民不倍 是以君子有絜矩之道也     │
│ 제  상 휼 고  이 민 불 배  시 이 군 자 유 혈 구 지 도 야 │
└─────────────────────────────────────────┘

　　이른바 천하를 평화롭게 다스림은 제 나라를 다스림에 있다고 하는 것은,
임금이 노인을 섬기면 백성들이 효심을 일으키며, 임금이 어른을 어른으로
받들면 백성들이 공경심을 일으키며, 임금이 외로운 사람들을 불쌍히 여기
면 백성들이 배반하지 않는 이치이니, 그러므로 군자는 혈구(絜矩)의 도를
지닌다.

〔어구 해석〕

**平天下**(평천하)　천하를 평정한다, 온 세상을 덕으로 다스린다

**上**(상)　임금

**老老**(노로)　늙은이를 잘 모신다, 앞의 '老'는 동사이다.

**興孝**(흥효)　효도하는 마음을 일으킨다

**長長**(장장)　어른을 잘 대우한다, 앞의 '長'은 동사이다.

**興弟**(흥제)　공경심을 일으킨다, '弟'는 悌로 통한다

**恤孤**(휼고)　외로운 사람들을 불쌍히 여긴다, '孤'는 孤兒의 뜻으로, 여기

서는 홀아비, 과부, 고아, 무자식 부모 등을 통틀어 가리킨다

**不倍**(불배)　배반하지 않는다, '倍'는 背로 통한다

**是以**(시이)　이런 까닭으로

**絜矩**(혈구)　곡척(曲尺)으로 사물을 잰다, 내 마음을 자로 삼아 남의 처지
를 헤아림을 비유한 말이다

## 〔구문 해설〕

**上老老**　〈上 + 老 + 老〉는 '주어 + 동사 + 목적어' 구문이다.

**上長長**　〈上 + 長 + 長〉도 '주어 + 동사 + 목적어' 구문이다.

**老老, 長長**　한문은 품사 전성이 비교적 자유롭다. '老'는 형용사로서의
의미는 '늙다'이며, 동사로서의 의미는 '늙은 사람으로 여긴다'는 것
으로 속뜻은 '늙은 사람에 알맞게 대접한다'는 뜻이 된다. '長'은 명
사로서는 '어른'이란 의미를 나타내며, 동사로서는 '어른 대접한다'
는 뜻이다. 이들은 어순(語順)에서 앞에 오며 그 뒤에 오는 것이
목적어가 된다.

**君子有絜矩之道也**　〈君子 + 有 + 絜矩之道〉는 '부사어 + 동사 + 주어'
의 구문으로 이는 '有'의 전형적 구문이다. 의미는 '군자에게는 혈
구의 도가 있다.'이다.

## 16

## 원문

所惡於上 毋以使下 所惡於下 毋以事上 所惡於前 毋以先
소 오 어 상 무 이 사 하 소 오 어 하 무 이 사 상 소 오 어 전 무 이 선

後 所惡於後 毋以從前 所惡於右 毋以交於左 所惡於左
후 소 오 어 후 무 이 종 전 소 오 어 우 무 이 교 어 좌 소 오 어 좌

毋以交於右 此之謂絜矩之道
무 이 교 어 우 차 지 위 혈 구 지 도


웃사람에게서 싫어하는 바로써 아랫사람을 부리지 말며, 아랫사람에게서
싫어하는 바로써 웃사람을 섬기지 말며, 앞 사람에게서 싫어하는 바로써 뒷
사람에 먼저하지 말며, 뒷사람에게서 싫어하는 바로써 앞사람을 따르지 말
며, 오른편에서 싫어하는 바로써 왼편에 건네지 말며, 왼편에서 싫어하는
바로써 오른편에 건네지 말아야 하니, 이것을 혈구지도라 이른다.

〔어구 해석〕

惡(오)  미워한다, 싫어한다, '악'이라고 발음할 경우에는 '모질다, 악하다'
는 뜻을 나타낸다

所惡(소오)  미워하는 바, 싫어하는 것

所惡於上(소오어상)  웃사람에게서 싫다고 느낀 것

毋(무)  없다, 말아라

**毋以使下**(무이사하)  그것으로써  아랫사람을 부리지 말아라

**事上**(사상)  웃사람을 섬긴다

**所惡於前**(소오어전)  앞 사람에게서 싫다고 느낀 것

**毋以先後**(무이선후)  뒷 사람에게 그것으로써 먼저 하지 말아라

**從前**(종전)  앞 사람을 따른다

**交於左**(교어좌)  왼편 사람에게 건네 준다, 왼편 사람과 사귄다

## 〔구문 해설〕

**所惡於上 毋以使下**  '以'는 앞 구절인 〈所惡於上〉이 뒤에 이어질 것이
　　　생략된 것으로 이해하면 된다. 그 뒤에 같은 구조가 나열되는 것은
　　　다 이런 식으로 이해할 수 있다.

**所惡於下 毋以事上**  '下'는 아랫 사람을 말하고, '上'은 윗 사람을 말한다.
　　　〈毋以事上〉의 '以'는 문맥상으로 앞의 구절인 〈所惡於下〉를 지배
　　　하나 생략된 것으로 이해된다.

**此之謂絜矩之道**  기본형은 〈此謂~〉로서, '이를 ~라고 일컫는다'고 새
　　　긴다.

**17**

---

> ### 원 문
>
> 是故 君子先愼乎德 有德此有人 有人此有土 有土此有財
> 시 고　군 자 선 신 호 덕　유 덕 차 유 인　유 인 차 유 토　유 토 차 유 재
>
> 有財此有用
> 유 재 차 유 용
>
> 德者本也 財者末也 外本內末 爭民施奪
> 덕 자 본 야　재 자 말 야　외 본 내 말　쟁 민 시 탈

　이런 까닭으로 군자는 먼저 조심해서 덕을 쌓는 것이니, 덕이 있으면 이에 사람이 있게 되고, 사람이 있으면 이에 땅이 있게 되고, 땅이 있으면 이에 재물이 있게 되고, 재물이 있으면 이에 쓰임이 있게 되는 것이다.

　덕은 근본이요 재물은 말단인 것이니, 근본을 외면하고 말단을 중요시하면, 백성들을 다투게 하여 약탈을 벌이게 하는 것이다.

〔어구 해석〕

　**是故**(시고)　이런 까닭으로

　**愼**(신)　삼간다, 조심한다

　**乎**(호)　어휘적 의미 없이 문법적 의미를 나타내는 말이다. 그 구체적 기능은 문맥에 따라 결정된다. 여기서는 '～에 있어서, ～에 대해서'로 새길 수 있다.

愼乎德(신호덕)  덕에 대하여 조심하여 힘쓴다

此有人(차유인)  이에 사람들이 모여든다

有土(유토)  국토가 있게 된다

有財(유재)  재물이 생긴다

有用(유용)  좋은 용도가 마련된다

者(자)  ~라는 것은, 주제를 나타낸다

外(외)  동사로서 '밖으로 한다, 외면한다, 중요하게 여기지 않는다' 등으로 새길 수 있다

內(내)  동사로서 '안으로 한다, 중요하게 여긴다'는 의미를 나타낸다

外本內末(외본내말)  근본을 소홀히 하고 말단을 중요시한다

爭(쟁)  다투게 한다

爭民(쟁민)  백성들을 서로 다투게 한다

奪(탈)  빼앗다

施奪(시탈)  약탈이 일어나게 한다


〔구문 해설〕

**有德 此有人**  '此'는 '이것'이란 뜻으로, 여기서는 '이에' 혹은 '곧'이란 뜻으로 쓰여 전제와 귀결의 관계를 강조한다.

**外本內末**  '外'는 '밖으로 한다, 외면한다'는 뜻의 동사이고, '內'는 '안으로 한다, 중요시한다'는 뜻의 동사이다. 〈本, 末〉이 각각 목적어로 쓰였다.

**爭民**  '爭' 뒤에 목적어가 오면, 이는 타동사로서 '~로 하여금 다투게 한다'는 뜻을 나타낸다. 이에 대해서 〈民爭〉은 '백성이 다툰다'는 뜻으로, 여기서 '爭'은 자동사이다.

## 18

**원문**

秦誓曰 若有一介臣 斷斷兮無他技 其心休休焉 其如有容
진서왈  약유일개신  단단혜무타기  기심휴휴언  기여유용

焉 人之有技 若己有之 人之彦聖 其心好之 不啻若自其口
언  인지유기  약기유지  인지언성  기심호지  불시약자기구

出 寔能容之 以能保我子孫亦黎民 尚亦有利哉 人之有技
출  식능용지  이능보아자손역여민  상역유리재  인지유기

媢疾以惡之 人之彦聖 而違之俾不通 寔不能容 以不能保
창질이오지  인지언성  이위지비불통  식불능용  이불능보

我子孫黎民 亦曰殆哉
아자손여민  역왈태재

진서에는 이렇게 씌어 있다.

만일 한 사람의 신하가 있는데 오직 성실하기만 하고 다른 재주는 없으나, 그 마음이 너그러우면 남을 능히 받아들일 만하여 남이 재주를 가진 것을 자기가 그것을 지닌 것 같이 하며, 남이 뛰어나게 어진 것을 진심으로 좋아 하여 입에서 나오는 말로써 뿐만 아니라, 진실로 남을 받아들일 수 있다. 이로써 능히 내 자손과 백성을 돌볼 수 있으니, 이런 사람이 역시 이로움이 있을 것이다.

남이 재능이 있는 것을 시기 질투하고 미워하며, 남이 뛰어나게 어진 것을 보지 못하고 어깃장 놓아 통하지 못하게 한다면 진실로 남을 받아들일 수

없는 것이니, 이로써 능히 내 자손과 백성을 보존케 할 수 없을 것이니, 역시 위태롭다 하겠다.

[어구 해석]

一介(일개)  한 개, 한 명

斷斷(단단)  한결같이 성실한 모양

休休(휴휴)  너그러운 모양, 아름다운 모양

容(용)  수용한다, 받아들인다

若己有之(약기유지)  자기가 그것을 지닌 것 같이 여긴다

彦聖(언성)  뛰어나게 어질다

不啻(불시)  ~할 뿐만 아니라

自其口出(자기구출)  그 입으로부터 나온다

寔(식)  진실로

黎民(여민)  일반 백성

媢疾(창질)  시기하고 질투한다

違之(위지)  이에 거스른다

俾不通(비불통)  통하지 못하게 한다

殆(태)  위태롭다

[구문 해설]

不啻若自其口出  〈自~出〉은 '~로부터 나온다'는 뜻이고, 이에 '若'이 붙
     으면 '~로부터 나오는 것 같이 여긴다'는 뜻이 되며, 다시 여기에
     〈不啻〉가 붙으면 '~로부터 나오는 것 같이 여길 뿐만 아니라'의
     뜻이 된다. 우리말은 뒤로 붙여 나가는 데 대해서 한문은 앞으로
     붙여진다.

## 원문

見賢而不能擧 擧而不能先 命也 見不善而不能退 退而不
견 현 이 불 능 거  거 이 불 능 선  명 야  견 불 선 이 불 능 퇴  퇴 이 불

能遠 過也
능 원  과 야

어진 사람을 보고서 능히 천거하지 못하고, 천거하되 능히 먼저하지 못하
는 것은 게으른 것이며, 선하지 못한 사람을 보고서 능히 물리치지 못하고,
물리치되 능히 멀리하지 못하는 것은 잘못이다.

〔어구 해석〕

擧(거)  천거한다
先(선)  먼저 한다
命(명)  정자(程子)는 怠(태 : 게으르다)의 잘못으로 보았다
遠(원)  멀리 한다
過(과)  잘못, 허물

〔구문 해설〕

見不善而不能退  〈不善〉이 '見'의 목적어이며, '而'는 여기서 앞 구절과
뒤 구절을 역접 관계로 이어 준다.

원문

生財有大道 生之者衆 食之者寡 爲之者疾 用之者舒 則財
생 재 유 대 도  생 지 자 중  식 지 자 과  위 지 자 질  용 지 자 서  즉 재

恒足矣
항 족 의

仁者 以財發身 不仁者 以身發財
인 자  이 재 발 신   불 인 자  이 신 발 재

재산을 만드는 데 좋은 방법이 있으니, 재물을 생산하는 자는 많고 이를 먹어 없애는 자는 적으며, 재물을 만드는 일은 빨리하고, 이를 쓰는 일은 느리게 하면, 재물은 항상 풍족할 것이다.

어진 사람은 재물을 이용하여 자기 자신을 발전시키고, 어질지 못한 사람은 몸을 바쳐 재물을 일으킨다.

[어구 해석]

**財**(재)  재물, 재산

**生財**(생재)  재산을 형성한다

**大道**(대도)  큰 길, 좋은 방법

**生之者**(생지자)  이를 생산하는 사람

**衆**(중)  많다

**食之者**(식지자)  그것을 먹는 사람

**寡**(과)  적다

**爲之者**(위지자)  그것을 하는 것 혹은 그것을 하는 사람

**疾**(질)  빠르다

**用之者**(용지자)  그것을 사용하는 것 혹은 그것을 하는 사람

**舒**(서)  느리다

**恒**(항)  항상, 늘

**發**(발)  핀다, 자란다, 불어난다


## 〔구문 해설〕

**生財有大道**  〈生財 + 有 + 大道〉는 '부사어 + 동사 + 주어' 구문이다.

**生之者衆**  〈生之者 + 衆〉은 '주어 + 서술어' 구문이고, 〈生 + 之〉는 '동사+목적어' 구문이며, 〈生之 + 者〉는 '수식어 + 피수식어' 구문이다. 이러한 여러 기능은 모두 어순에 의해서 결정된다.

**仁者**  '者'는 사람을 나타내기도 하고 사물을 나타내기도 한다. 여기서는 '어진 사람'이란 뜻으로 사람을 나타낸다. 사물을 나타낼 경우에는 '인이라는 것은'으로 새긴다.

**以財發身**  재물을 써서 몸을 일으킨다. '以'는 '쓰다'의 뜻이다.

**不仁者**  어질지 못한 사람

**以財發財**  몸을 바쳐서 재물을 모은다는 뜻으로, 위 경우와 반대된다. '財'와 '身'을 수단과 목적 관계로 잘 조화를 이루는 일은 쉽지 않으며 오직 어진 사람만이 가능함을 보인다.

4 · 중 용

---

## 1

**원 문**

天命之謂性 率性之謂道 修道之謂教
천 명 지 위 성　솔 성 지 위 도　수 도 지 위 교

道也者 不可須臾離也 可離非道也 是故 君子戒愼乎其所
도 야 자　불 가 수 유 리 야　가 리 비 도 야　시 고　군 자 계 신 호 기 소

不睹 恐懼乎其所不聞 莫見乎隱 莫顯乎微 故君子愼其獨
부 도　공 구 호 기 소 불 문　막 현 호 은　막 현 호 미　고 군 자 신 기 독

也
야

---

하늘의 뜻으로 이루어진 것을 본성이라 하고, 본성에 따르는 것을 도라
하며, 도를 닦는 것을 교화라 한다.

도라는 것은 잠시도 떠날 수 없는 것이니, 떠날 수 있다면 도가 아닌 것이
다. 그러므로 군자는 그 보이지 않는 것에 대해서 경계하고 삼가며, 그 들리
지 않는 것에 대해서 두려워하는 자세를 갖는다. 숨겨진 것보다 더 잘 드러
나는 것은 없으며, 작은 것보다 더 잘 나타나는 것은 없는 법이니, 그러므로
군자는 혼자 있을 때 특히 조심한다.

### [어구 해석]

**天命**(천명)　하늘이 명한 것 즉 천부적으로 타고난 것

**謂**(위)  이른다, 일컫는다

**性**(성)  본성

**率性**(솔성)  본성을 따른다

**修道**(수도)  도를 닦는다

**教**(교)  교화, 성인의 가르침

**須臾**(수유)  잠깐 사이

**不可離**(불가리)  떠날 수 없다

**戒慎**(계신)  경계하고 삼간다

**不睹**(부도)  보지 못한다

**恐懼**(공구)  두려워한다

**莫見乎隱**(막현호은)  숨겨진 것보다 더 잘 드러나는 것은 없다

**莫顯乎微**(막현호미)  작은 것보다 더 잘 나타나는 것은 없다

**慎其獨**(신기독)  자기 혼자 있을 때를 조심한다

## 〔구문 해설〕

**道也者 不可須臾離也**  '也'는 문장 끝에서 그 문장이 평서문임을 보이는
  말이다. 〈不可須臾離也〉의 '也'가 이런 용법으로 쓰였다. 그러나
  〈道也者〉는 문장의 주어로서 여기에 '也'가 붙은 것은 예외적인 현
  상이다. 〈道者〉라고만 하는 것이 일반적이다.

**天命之謂性**  〈謂天命爲性〉의 변형으로 '天命'을 강조하는 표현이다. 뒤
  의 두 구절의 구조도 마찬가지로 변형이다.

**莫見乎隱**  '乎'는 '~보다'라는 의미로 비교의 대상을 나타낸다. 숨은 것보
  다 잘 보이는 것이 없다는 것은, 숨은 것이 가장 잘 보인다는 것으
  로, 일종의 최상급이 된다.

---

| 원문 |

喜怒哀樂之未發 謂之中 發而皆中節 謂之和 中也者 天下
희 로 애 락 지 미 발  위 지 중  발 이 개 중 절  위 지 화  중 야 자  천 하

之大本也 和也者 天下之達道也 致中和 天地位焉 萬物育
지 대 본 야  화 야 자  천 하 지 달 도 야  치 중 화  천 지 위 언  만 물 육

焉
언

---

　기쁨과 성남과 슬픔과 즐거움이 나타나지 않은 상태를 중(中)이라 이르
고, 나타나서 다 절도에 맞는 것을 화(和)라 일컬으니, 중이란 것은 천하의
큰 근본이요, 화란 것은 천하에 통달하는 도이다.

　이 중과 화를 지극히 하면, 하늘과 땅이 제자리를 잡으며, 만물이 잘 자란
다.

## 〔어구 해석〕

**喜怒哀樂**(희로애락)　기쁨과 성남과 슬픔과 즐거움의 감정

**未發**(미발)　아직 표면으로 나타나지 않는다

**中**(중)　공평무사하여 어느 한 쪽으로 치우침이 없다

**中節**(중절)　절도에 맞는다

**和**(화)　조화를 이루어 조금도 어긋남이 없다

**大本**(대본)  큰 근본, 도의 본체

**達道**(달도)  모든 것에 통용되는 도

**致**(치)  밀고 나아가 극도에까지 이른다

**位**(위)  명사로는 '자리'라는 뜻이고, 동사로는 '자리를 잡는다'는 뜻을 나타낸다

**天地位焉**(천지위언)  천지가 제자리를 잡는다

**育**(육)  자란다

**萬物育焉**(만물육언)  모든 사물이 잘 자란다

〔구문 해설〕

**喜怒哀樂之未發 謂之中**  〈謂之中〉은 '이것을 중이라 일컫는다'는 뜻으로 여기서 '之'는 대명사이다. 이 대명사는 앞 구절인 〈喜怒哀樂之未發〉 전체를 가리킨다.

**發而皆中節 謂之和**  위와 마찬가지로 '之'는 〈發而皆中節〉을 가리킨다.

**中也者, 和也者**  주제를 나타내는 말은 보통 '~者'처럼 표현하며, 여기서처럼 '~也者'라 하는 것은 특이한 예이다. 이런 경우의 '也'에는 별 뜻이 없다.

**天地位焉**  '位'는 동사로서 〈天地〉의 서술어로 쓰였다. '焉'은 단순히 허사로서 문장 끝에 오는 종결사로 이해할 수도 있으나, 대명사로 쓰여 '천지가 이(제 위치)에 자리한다'고 보는 방법도 있다.

## 3

원문

仲尼曰 君子 中庸 小人 反中庸 君子之中庸也 君子而時中
중니왈 군자 중용 소인 반중용 군자지중용야 군자이시중

小人之中庸也 小人而無忌憚也
소인지중용야 소인이무기탄야

子曰 中庸 其至矣乎 民鮮能 久矣
자왈 중용 기지의호 민선능 구의

중니가 말하였다.

군자는 중용의 자세로 살고, 소인은 중용에 반대되게 산다.

군자의 중용은 군자이기에 그때마다 알맞게 하는 것이고, 소인이 중용이라 간주하는 것은 소인이기에 거리낌이 없는 것이다.

孔子가 말하였다.

중용은 그 덕이 지극하도다! 백성 가운데 능히 이를 따르는 사람이 드물게 된 지 참 오래구나.

〔어구 해석〕

**仲尼**(중니)  공자의 자(字)

**中庸**(중용)  지나치지도 않고 모자라지도 않으며, 형편에 알맞은 상태를 일컫는다

**反中庸**(반중용)  중용에 반한다, 중용을 어긴다

**時中**(시중)  때에 따라 가장 알맞게 처신한다

**無忌憚**(무기탄)  조금도 꺼리는 것이 없다

**子**(자)  공자를 가리킨다, '선생님'이라고 높이는 말이다.

**其至矣乎**(기지의호)  그것은 지극하도다, 〈矣乎〉는 감탄을 나타낸다.

**鮮**(선)  드물다

**民鮮能**(민선능)  백성 중에 할 수 있는 이가 드물다

## 〔구문 해설〕

**君子中庸**  〈君子 + 中庸〉은 '주어 + 서술어' 구문으로 〈中庸〉은 동사로 쓰였다. 이 때 '중용'의 뜻은 '중용의 자세로 산다'로 이를 '중용한다' 고 표현해 볼 수도 있을 듯하다.

**小人反中庸**  여기서는 '反'이 서술어로 쓰였다.

**君子而時中**  '而'는 두 말을 여러 방식으로 이어주는 연결사인데, 여기서 는 순접으로 이어준다. 그래서 전체의 뜻은 '군자이기 때문에 자연 스럽게 항시 알맞은 상태를 유지한다'는 의미를 나타낸다.

**中庸其至矣乎**  '중용은 지극하다.'는 기본 의미만 나타내려면 〈中庸至〉 로 족하다. 이를 감탄하는 표현으로 바꾸기 위해, 대명사 '其'가 쓰 임으로써 '중용'의 뜻을 한 번 더 반복하고, 종결사도 하나만 쓰면 되는 것을 '矣' '乎' 등 여러 개를 썼다.

**民鮮能久矣**  '鮮'은 '드물다'는 뜻으로, 주어를 뒤에 취하는 특수어이다. 구절의 주어는 '鮮'이고 전체의 주어는 '久'이다.

詩云 鳶飛戾天 魚躍于淵 言其上下察也 君子之道 造端乎
시운 연비여천 어약우연 언기상하찰야 군자지도 조단호

夫婦 及其至也 察乎天地
부부 급기지야 찰호천지

　　시에 이르기를, 솔개는 하늘 위에서 날고 물고기는 연못에서 뛰논다고 하
였으니, 이는 도가 위와 아래에서 나타남을 말한 것이다.
　　군자의 도는 필부필부(匹夫匹婦)에게서 시작되지만, 그 지극함에 이르
러서는 하늘과 땅에 드러난다.

〔어구 해석〕

詩(시)　詩經의 詩를 가리킨다

鳶(연)　솔개

飛(비)　날아간다

戾天(여천)　하늘에 이른다

躍(약)　힘차게 뛴다

淵(연)　연못

魚躍于淵(어약우연)　물고기가 연못에서 튀어 오른다

察(찰)　드러난다

**造端**(조단)  발단한다, 시작된다

**及**(급)  ~에 이른다

**至**(지)  지극한 상태

## 〔구문 해설〕

**詩云 鳶飛戾天 魚躍于淵**  〈鳶飛戾天 魚躍于淵〉은 시의 내용을 인용한
　　것이다. 옛날 시구이기 때문에 어려운 한자도 쓰이고 '天', '淵' 등
　　을 통해 운도 맞추고, 또 〈鳶飛戾天〉과 〈魚躍于淵〉은 의미의 대조
　　를 잘 이루고 있다.

**言其上下察也**  '言'은 앞의 주제는 '~을 말한다'는 뜻의 '말한다'를 나타낸
　　다. 여기서 주제는 앞에 인용한 싯귀이다.

**君子之道 造端乎夫婦 及其至也 察乎天地**  군자의 도를 대조적인 두 가
　　지 면에서 말하고 있다. 〈造端〉은 시작 즉 최초의 단계를 의미하
　　고, '至'는 지극한 단계 곧 최고 최후의 단계를 의미한다. 그러나
　　〈造端〉은 동사구로 쓰이고, 〈及其至也〉는 삽입 부사구처럼 써서
　　문장 구조상으로는 〈造端〉과 '察'이 대조를 보이고 〈造端乎夫婦〉
　　와 〈察乎天地〉가 댓구를 이루고 있다.

---

## 5

원문

子曰 道不遠人 人之爲道而遠人 不可以爲道
자왈 도불원인 인지위도이원인 불가이위도

詩云 伐柯伐柯 其則不遠 執柯以伐柯 睨而視之 猶以爲遠
시운 벌가벌가 기칙불원 집가이벌가 예이시지 유이위원

故君子以人治人 改而止 忠恕 違道不遠 施諸己而不願
고군자이인치인 개이지 충서 위도불원 시저기이불원

亦勿施於人
역물시어인

---

공자가 말하였다.

도는 사람에게서 멀리 떨어져 있지 않으니, 사람이 도를 행하는데 사람에게서 멀리 있다면 도라 할 수 없는 것이다.

시에 이르기를, 도끼자루를 베네, 도끼자루를 베네, 그 방법이야 먼 데 있지 않네라고 하였거니와, 도끼자루를 잡고서 도끼자루를 베면서도 눈을 흘기고 바라보면서 오히려 어렵게 여기니, 그러므로 군자는 사람의 도로써 사람을 다스리다가 고쳐지면 그친다.

충서(忠恕)는 도에서 어긋남이 멀지 않으니, 자기에게 행해지는 것을 원치 않는 것으로 또한 남에게 베풀지 말 것이다.

爲道(위도)  도를 실행한다, 도가 된다

遠人(원인)  사람에게서 멀리 떨어져 있다

伐柯(벌가)  도끼자루를 벤다

其則(기칙)  그 법칙, 그 방법

睨而視之(예이시지)  눈을 흘겨서 이를 바라본다

以人致人(이인치인)  사람의 도를 가지고 사람을 다스린다

改而止(개이지)  고쳐지면 그친다

忠恕(충서)  충(忠)은 자기의 마음을 다하는 것이고, 서(恕)는 남의 처지
　　　　를 이해하는 것이다

違道不遠(위도불원)  도에서 벗어난 정도가 멀지 않다

施諸己(시저기)  자기에게 베풀어진다 '諸'는 '之於'의 뜻으로 독음은 '저'이
　　　　다.

勿施於人(물시어인)  남에게 베풀지 말아라

〔구문 해설〕

不可以爲道  〈不可〉는 '할 수 없다'는 뜻이고, 〈以爲〉는 '~로 여긴다'는
　　　　뜻이다. 그래서 전체는 '도라고 여길 수 없다'가 된다.

施諸己  '諸'는 동사 뒤에 쓰이면 〈之於〉와 통하며, 따라서 〈施諸己〉는
　　　　〈施之於己〉로 풀 수 있다.

施諸己而不願 亦勿施於人  '己'는 '자기'를 나타내고, '人'은 '타인'을 나타
　　　　내는 말로서 대조적인 관계이다. 〈勿施〉의 목적어는 〈施諸己而不
　　　　願〉과 관련하여 이해될 수 있다.

*6*

君子 素其位而行 不願乎其外 素富貴 行乎富貴 素貧賤
군자  소기위이행  불원호기외  소부귀  행호부귀  소빈천

行乎貧賤 素夷狄 行乎夷狄 素患難 行乎患難 君子無入而
행호빈천  소이적  행호이적  소환난  행호환난  군자무입이

不自得焉
부자득언

　군자는 자기 처지에 따라 행하며 그 밖의 것은 바라지 않는다. 부귀한 데
처해선 부귀하게 행하며, 빈천한 데 처해선 빈천하게 행하며, 오랑캐 나라에
처해선 오랑캐 식으로 행하며, 환난한 데 처해선 환난에 맞게 행하니, 군자
는 어디에 들어가든 스스로 뜻을 얻지 못하는 데가 없다.


[어구 해석]

　**素**(소)　명사로는 '바탕'이란 뜻이고, 동사로는 '~을 바탕으로 한다'는 뜻
　　　　이 된다. 여기서는 동사로 쓰였다.

　**素其位**(소기위)　자기 처지를 바탕으로 한다

　**素富貴**(소부귀)　부귀한 자리를 바탕으로 한다

　**行乎富貴**(행호부귀)　부귀에 알맞게 행한다

　**夷狄**(이적)　오랑캐

**患難**(환난)  우환과 어려움

**自得**(자득)  자신을 얻다, 뜻을 이룬다

## 〔구문 해설〕

**不願乎其外**  '願'은 보통 타동사로 쓰이며, 따라서 뒤에 바로 목적어를 취하는 것이 일반적이다. 여기서처럼 바로 뒤에 허사가 오면 자동사로 쓰인 듯하다. 그러나 이 경우에도 〈其外〉 자체를 목적어로 보지 않고, 목적어와 관련한 범위를 가리키는 것으로 보고 목적어는 생략된 것으로 이해하면 '願'은 역시 타동사이다.

**行乎富貴**  여기서도 〈富貴〉는 '行'의 목적어는 아니며, 그와 관련한 어떤 환경을 가리킨다. '行'은 이러한 여건에서 무엇을 행함을 의미한다.

**行乎貧賤, 行乎夷狄, 行乎患難**  〈行乎富貴〉의 설명을 참조할 것.

**無入而不自得焉**  〈無~不~〉은 이중 부정으로 강한 긍정을 나타낸다. 직역하여 '들어가서 자득하지 않음이 없다'는 곧 '어디를 들어가든지 항상 자득한다'는 의미를 나타낸다.

## 7

원 문

在上位 不陵下 在下位 不援上 正己而不求於人 則無怨
재 상 위 불 능 하 재 하 위 불 원 상 정 기 이 불 구 어 인 즉 무 원

上不怨天 下不尤人 故君子居易以俟命 小人行險以徼幸
상 불 원 천 하 불 우 인 고 군 자 거 이 이 사 명  소 인 행 험 이 요 행

윗자리에 있어서는 아랫사람을 업신여기지 아니하며, 아랫자리에 있어서는 웃사람에게 매달리지 아니하며, 자기 자신을 바르게 하고 남에게서 구하지 아니하면 원망스러운 일이 없으므로, 위로 하늘을 원망하지 아니하고 아래로 사람을 탓하지 않게 된다.

그러므로 군자는 편한 자세로 살면서 천명을 기다리고, 소인은 모험을 하면서 요행을 바란다.

〔어구 해석〕

在(재)  '~에 있다'는 말로, 처한 위치를 가리킨다. '존재'를 나타내는 '有'
와는 의미상으로나 구문상으로나 구분된다.

在上位(재상위)  윗자리에 있다

不陵下(불능하)  아랫사람을 업신여기지 않는다

不援上(불원상)  웃사람에게 매달리지 않는다

正己(정기)  자기 자신을 바르게 한다

**不求**(불구)   요구하지 않는다

**無怨**(무원)   원망이 없다

**不怨天**(불원천)   하늘을 원망하지 않는다

**不尤人**(불우인)   남을 탓하지 않는다

**居易**(거이)   평이한 상태에 머문다

**俟命**(사명)   천명을 기다린다

**行險**(행험)   모험을 행한다

**徼幸**(요행)   행운을 맞는다

〔구문 해설〕

**正己而不求於人**  '己'와 '人'은 '자기'와 '남'으로 반대되는 말이며, '求'의 목적어는 일반적인 것으로 생략되었다. 어떤 문제가 발생했을 때 자기 자신을 돌아 보아 바로 하고, 남에게서 책임이니 도움을 구하지 말아야 할 것을 말한다.

**上不怨天 下不尤人**  〈上, 下〉는 부사어이고, 〈怨, 尤〉의 주어는 생략되었다. 〈天, 人〉이 목적어이다. 〈上, 下〉는 구문상으로는 주어가 될 수도 있다. 한문은 고립어로서 문법적 표시가 구체화되지 않아 여러 가지로 해석할 수 있는 경우가 많다. 이런 경우에는 문맥을 통하여 판단한다.

---

## 8

**원 문**

天下之達道五 所以行之者三 曰 君臣也 父子也 夫婦也
천 하 지 달 도 오  소 이 행 지 자 삼  왈  군 신 야  부 자 야  부 부 야

昆弟也 朋友之交也 五者 天下之達道也 知仁勇三者
곤 제 야  붕 우 지 교 야  오 자  천 하 지 달 도 야  지 인 용 삼 자

天下之達德也 所以行之者一也
천 하 지 달 덕 야  소 이 행 지 자 일 야

---

세상에 통용되는 도가 다섯이고, 이를 행하게 하는 것이 셋이니, 일컫되 군신과 부자와 부부와 형제와 벗들의 사귐이라 하는 다섯 가지는 세상에 널리 통용되는 도요, 지혜와 어짐과 굳셈의 세 가지는 세상에 널리 통용되는 덕이니, 이를 행하게 하는 것은 하나이다.

〔어구 해석〕

**達道**(달도)  널리 통용되는 도

**所以**(소이)  써 ~하는 바, 수단, 까닭

**昆弟**(곤제)  형제

**朋友之交**(붕우지교)  벗들의 교제

**知**(지)  지혜, 지와 통한다.

**仁**(인)  어진 덕

**勇**(용)  굳센 마음

**達德**(달덕)  널리 통용되는 덕

**一**(일)  한 가지 즉 참된 마음을 가리킨다

**也**(야)  허사, 평서문의 끝에 붙어서 그 문장을 종결시키는 말이다.

## 〔구문 해설〕

**天下之達道五曰 父子也 君臣也 夫婦也 昆弟也 朋友之交也** 〈之交〉는
〈朋友〉뿐만 아니라, 〈父子, 君臣, 夫婦, 昆弟〉 등에도 관계되는
것으로 이해된다. 이 때 가령 〈父子之交〉는 〈父子之親〉과 같은 의
미를 나타내는 것으로 이해할 수 있다.

**知仁勇 三者 所以行之者 一** '之'는 대명사로 〈知仁勇三者〉를 가리킨다.

**所以行之者** 직역하면 '써 이것을 행하는 바의 것'으로 각각 달도(達道)
와 달덕(達德)을 행하는 데 원천이 되는 힘을 가리킨다.

---

## 9

원 문

或生而知之 或學而知之 或困而知之 及其知之 一也 或安
혹 생 이 지 지  혹 학 이 지 지  혹 곤 이 지 지  급 기 지 지  일 야  혹 안

而行之 或利而行之 或勉强而行之 及其成功 一也
이 행 지  혹 리 이 행 지  혹 면 강 이 행 지  급 기 성 공  일 야

---

　　혹은 나면서부터 알며, 혹은 배워서 알며, 혹은 매우 고심한 끝에 알게
되나, 그 앎에 이르러서는 한가지다. 혹은 편안히 행하며, 혹은 이롭게 여겨
행하며, 혹은 노력하여 행하지만, 그 공을 이룸에 이르러서는 한가지이다.

〔어구 해석〕

**或**(혹)　혹은, 或者 혹은 或人의 준말로 볼 수도 있다

**生而知之**(생이지지)　나면서부터 안다

**學而知之**(학이지지)　배워서 안다

**困而知之**(곤이지지)　고생한 다음에야 안다

**及**(급)　미치다, 이르다

**及其知**(급기지)　알기에 이르러서는

**安而行之**(안이행지)　편안히 행한다

**利而行之**(이이행지)　이로우므로 행한다

**勉强而行之**(면강이행지)　억지로 노력하여 행한다

**成功**(성공)  공을 이룬다

[구문 해설]

**或生而知之**  '之'는 타동사 '知'의 목적어이다. 이는 막연한 혹은 일반적인
　　　　목적어로 쓰이기도 하나, 여기서는 달도를 암시한다. '或'은 부사어
　　　　로 '혹은'이라 새길 수도 있고, 또는 或者의 준말로 보아 주어로 볼
　　　　수도 있다. 어느 쪽으로 보나 궁극적으로는 의미가 같다.

**安而行之, 利而行之, 勉强而行之**  '之'는 '行'의 형식적 목적어로서 그 의
　　　　미는 명시된 것이 없으나 큰 문맥으로 보아 道 정도가 될 듯하다.
　　　　행하는 자세는 크게 세 등급으로 나누어 볼 수 있으니, 제일 낮은
　　　　급은〈勉强而行之〉즉 억지로 노력해서 행하는 것이며, 그보다 조
　　　　금 나은 것은〈利而行之〉즉 이로운 줄 알기 때문에 행하는 것이
　　　　다. 그러나 제일 좋은 것은〈安而行之〉즉 덕이 쌓여서 편안한 마
　　　　음으로 자연스럽게 행하는 것이다.

好學 近乎知 力行 近乎仁 知恥 近乎勇 知斯三者 則知所
호학 근호지 역행 근호인 지치 근호용 지사삼자 즉지소

以修身 知所以修身 則知所以治人 知所以治人 則知所以
이수신 지소이수신 즉지소이치인 지소이치인 즉지소이

治天下國家矣
치천하국가의

　　배우기를 좋아하는 것은 지(知)에 가깝고, 힘써 행하는 것은 인(仁)에 가깝고, 부끄러워 할 줄 아는 것은 용(勇)에 가깝다. 이 세 가지를 알면 자신을 수양하는 법을 알게 되고, 자신을 수양하는 법을 알면 남을 다스리는 법을 알게 될 것이며, 남을 다스리는 법을 알면 천하와 국가를 다스리는 법을 알게 될 것이다.

〔어구 해석〕

**好學**(호학)　배우기를 좋아한다

**近乎知**(근호지)　지혜에 가깝다, '知'는 智로 통한다

**力行**(역행)　힘써 행한다

**知恥**(지치)　부끄어워할 줄 안다

**近乎勇**(근호용)　용기에 가깝다

斯(사)  이

斯三者(사삼자)  이 세 가지, 즉 호학(好學)·역행(力行)·지치(知恥)의
세 가지를 가리킨다.

所以(소이)  방법

修身(수신)  자기자신을 수양한다

治人(치인)  남을 다스린다

治天下國家(치천하국가)  천하와 국가를 다스린다, 천하의 국가를 다스린다

〔구문 해설〕

**好學, 力行, 知恥**  이들은 다 도(道)에 대한 자세를 말한 것으로, 그 정도
가 점차로 높아지는 순서로 나열되어 있다.

**好學 近乎知**  〈好學〉과 〈近乎知〉의 관계는 여러 가지로 이해될 수 있다.
'배우기를 좋아하는 것은 지혜에 가깝'고 할 수도 있고, '배우기
를 좋아하면 지혜에 가까이 가게 된다'고 할 수도 있다.

**知所以修身 則知所以治人**  두 '知'의 목적어는 각각 〈所以修身〉과 〈所以
治人〉이며, '所'는 동사를 명사구화하는 기능을 한다.

**治天下國家**  '治'가 〈天下〉와 〈國家〉에 공통으로 걸리는 것으로 볼 수 있
다. 이는 〈平天下〉와 〈治國〉을 합한 말로 이해하는 입장이다. 구
문 상으로는 이와 달리 '천하의 국가를 다스린다'는 해석도 가능하
다.

> **원 문**
>
> 凡爲天下國家 有九經 曰修身也 尊賢也 親親也 敬大臣也
> 범 위 천 하 국 가  유 구 경  왈 수 신 야  존 현 야  친 친 야  경 대 신 야
>
> 體群臣也 子庶民也 來百工也 柔遠人也 懷諸侯也
> 체 군 신 야  자 서 민 야  내 백 공 야  유 원 인 야  회 제 후 야
>
> 修身則道立 尊賢則不惑 親親則諸父昆弟不怨 敬大臣則不
> 수 신 즉 도 립  존 현 즉 불 혹  친 친 즉 제 부 곤 제 불 원  경 대 신 즉 불
>
> 眩 體群臣則士之報禮重 子庶民則百姓勸 來百工則財用足
> 현  체 군 신 즉 사 지 보 례 중  자 서 민 즉 백 성 권  내 백 공 즉 재 용 족
>
> 柔遠人則四方歸之 懷諸侯則天下畏之
> 유 원 인 즉 사 방 귀 지  회 제 후 즉 천 하 외 지

무릇 천하와 국가를 다스림에는 아홉 가지 법도가 있으니, 이르되 자신을 수양함과, 어진 이를 존경함과, 친족을 친애함과, 대신을 공경함과, 여러 신하들을 내 몸처럼 살핌과, 일반 백성들을 자식처럼 사랑함과, 온갖 기능인들을 모이게 함과, 먼 곳 사람들을 부드럽게 대접함과, 제후들을 포용함 등이다.

자신을 수양하면 도가 서게 되고, 어진 이를 존경하면 의혹에 빠지지 않게 되고, 친족을 친애하면 아버지들과 형제들이 원망치 않게 되고, 대신을 공경하면 현혹되지 않게 되고, 여러 신하들을 내 몸처럼 살피면 관리들이 예로 보답함이 중시되고, 일반 백성들을 자식처럼 사랑하면 백성들이 권면하게

되고, 온갖 기능인들을 모이게 하면 재물의 쓰임이 넉넉하게 되고, 먼 곳 사람들을 부드럽게 대하면 사방에서 사람들이 모여들게 되고, 제후들을 포용하면 세상 사람들이 다 두려워한다.

## 〔어구 해석〕

**九經**(구경)  아홉 가지 법도

**體**(체)  내 몸처럼 돌본다

**子庶民**(자서민)  일반 백성들을 자식처럼 사랑한다

**來百工**(내백공)  모든 기능인들을 오게 한다

**柔遠人**(유원인)  먼 데 사는 사람들에게 부드럽게 대한다

**懷諸侯**(회제후)  제후를 포용한다

**不惑**(불혹)  미혹됨이 없다

**諸父**(제부)  여러 아버지들 즉 백부·중부·숙부·계부 등

**不眩**(불현)  현혹되지 않는다

**士**(사)  군신, 즉 상하 관리를 가리킨다

**勸**(권)  권면한다

**歸之**(귀지)  이 곳으로 돌아온다

**畏之**(외지)  그를 두려워 한다

## 〔구문 해설〕

**親親**  '親'은 명사로는 '친족', 동사로는 '사랑한다'는 뜻이다. 앞 글자가 동사이고 뒤 글자가 명사로 그 목적어이다.

**體君臣, 子庶民**  〈體, 子〉는 뒤에 〈君臣, 庶民〉을 목적어로 취함으로써 동사로 쓰임을 알 수 있다. 그 의미는 동사의 의미에서 파생되어 '몸처럼 돌본다, 자식처럼 사랑한다' 정도로 생각할 수 있다.

在下位 不獲乎上 民不可得而治矣 獲乎上 有道 不信乎朋
재 하 위 불 획 호 상 민 불 가 득 이 치 의 획 호 상 유 도 불 신 호 붕

友 不獲乎上矣 信乎朋友 有道 不順乎親 不信乎朋友矣
우 불 획 호 상 의 신 호 붕 우 유 도 불 순 호 친 불 신 호 붕 우 의

順乎親 有道 反諸身不誠 不順乎親矣 誠身有道 不明乎善
순 호 친 유 도 반 저 신 불 성 불 순 호 친 의 성 신 유 도 불 명 호 선

不誠乎身矣
불 성 호 신 의

아랫자리에 있으면서 웃사람의 신임을 얻지 못하면 백성을 다스릴 수 없
다. 웃사람의 신임을 얻는 데 방법이 있으니, 친구들에게 신용이 없으면 웃
사람의 신임을 얻지 못한다. 친구들에게 신용을 얻는 데 방법이 있으니, 부
모에 순종하지 않으면 친구들의 신용을 얻지 못한다. 부모에게 순종하는 데
길이 있으니, 자신을 돌아보아 성실하지 못하면 부모에게 순종하지 못한다.
자신을 성실하게 하는 데 길이 있으니 선(善)을 명확하게 알지 못하면 자신
을 진실하게 할 수 없다.

[어구 해석]

獲乎上(획호상) 웃 사람에게 신임을 얻는다

**不可得**(불가득)  ~할 수 없다

**有道**(유도)  길이 있다, 방법이 있다

**信乎朋友**(신호붕우)  친구들에게 신의가 있다

**順乎親**(순호친)  부모에게 거슬리지 않는다

**反諸身**(반저신)  자신을 돌아본다

**誠身**(성신)  자기 자신을 참되게 한다

**明乎善**(명호선)  선에 대하여 밝다

## 〔구문 해설〕

**獲乎上**  윗사람에게 (신임을) 얻는다, 〈獲上〉은 '윗사람을 얻는다'라는 의미로 능동 구문이나, 〈獲乎上〉은 직역하면 '윗사람에게 얻어진 다'는 뜻으로 피동의 구문이 된다.

**民不可得而治矣**  〈不可〉는 '할 수 없다'는 뜻이며, 여기서 '而'는 원래 '得' 과 '治'를 이어준 것이나, 요즘 〈不可得〉이 '할 수 없다'는 구절로 발전한 데서는 '而'는 아무 기능도 없다. '民'은 '治'의 목적어이나 앞으로 나와 주제를 나타낸다.

**信乎朋友**  〈信朋友〉는 '벗을 믿는다'는 뜻의 능동물이고, 이에 대하여 〈信乎朋友〉는 '벗에게 신임을 받는다'는 의미의 피동문이 된다. 한 문에 피동을 만드는 방법이 여러 가지 있으나, 여기서는 단지 '乎' 에 의하여 의미상 피동으로 이해되는 것이다.

**反諸身**  '諸'는 〈之於〉가 합해진 것이다. 〈反之於身〉으로 풀어 보면 '자기 자신에게서 이것을 돌이켜 본다'는 뜻이 된다.

# 13

誠者 天之道也 誠之者 人之道也 誠者 不勉而中 不思而得
성자 천지도야 성지자 인지도야 성자 불면이중 불사이득

從容中道 聖人也 誠之者 擇善而固執之者也
종용중도 성인야 성지자 택선이고집지자야

진실된 것은 하늘의 도이며, 진실해지려고 하는 것은 사람의 도이다. 진실한 사람은 힘쓰지 않아도 선에 맞게 되며 생각하지 않아도 선을 얻게 되어 조용한 가운데 도에 맞게 되니, 곧 성인이요, 진실해 지려고 하는 사람은 선을 택하여 굳게 잡는 사람이다.

〔어구 해석〕

**誠者**(성자)  진실된 것 혹은 진실한 사람, '者'는 사물이나 사람을 나타낸다.

**天之道**(천지도)  하늘의 도리

**誠之者**(성지자)  진실해지려고 하는 것

**人之道**(인지도)  사람의 도리

**不勉而中**(불면이중)  힘쓰지 않아도 잘 맞는다

**不思而得**(불사이득)  생각하지 않아도 이룬다

**從容**(종용)  한가하고 조용한 모양

中道(중도)  도에 맞는다

擇善(택선)  선을 택한다

固執之(고집지)  그것을 굳게 잡는다

〔구문 해설〕

**誠者, 誠之者**  앞의 '誠'은 명사, 뒤의 '誠'은 동사이다. 이런 용법의 동사
　　는 뒤에 막연한 목적어를 나타내는 '之'를 취하는 것으로 알 수 있
　　다.

**不勉而中 不思而得**  여기서 '而'는 역접으로 앞 뒤 말을 연결한다. 〈勉而
　　中, 思而得〉에서 '而'는 순접으로 연결한다. 〈勉, 思〉는 인위적 노
　　력을 말하고, 〈不勉, 不思〉는 덕에 의한 자연적 성취의 과정을 말
　　한다. 〈中, 得〉은 이러한 결과로서의 성취를 의미한다.

**誠之者擇善而固執之者也**  〈誠之者 + 擇善而固執之者〉는 '주어 + 서술
　　부'의 구조이고, 〈擇善而固執之者〉는 〈擇善而固執之 + 者〉로 분
　　석되는 '수식어 + 피수식어' 구문이다. 〈擇善而固執之〉는 〈擇善
　　+ 而 + 固執之〉의 구문으로 연결사 '而'에 의하여 두 구절이 결합
　　된 것이다. 이렇게 해서 이루어진 문장에 마지막으로 '也'가 결합되
　　었다.

*14*

○━━○

┌─────────────────────────────────────────────────────┐
│ **원 문** │
│                                                       │
│ 至誠之道 可以前知 國家將興 必有禎祥 國家將亡 必有妖 │
│ 지성지도 가이전지 국가장흥 필유정상 국가장망 필유요 │
│                                                       │
│ 孽 見乎蓍龜 動乎四體 禍福將至 善必先知之 不善必先知 │
│ 얼  현호시구 동호사체 화복장지 선필선지지 불선필선지 │
│                                                       │
│ 之 故至誠如神 │
│ 지  고지성여신 │
└─────────────────────────────────────────────────────┘

　　지극히 진실한 도는 앞서서 알 수 있으니, 국가가 장차 일어나려 할 때 반드시 상서로운 일이 있고, 국가가 장차 망하려 할 때 반드시 흉조가 있어, 시초점(蓍草占)과 거북점에 나타나며 사람들의 행동에 그 동태가 드러난다. 축복이나 재앙이 장차 다가오려 할 때에는 좋은 일을 반드시 먼저 알아보고 혹은 좋지 못한 일을 반드시 먼저 알아본다. 그러므로 지극히 진실한 것은 신과 같이 신령스러운 것이다.

〔어구 해석〕

　至誠(지성)　지극한 정성, 최고의 진실, '至'는 최상급을 나타낸다.

　前知(전지)　미리 안다

　將興(장흥)　장차 일어나려 한다, '將'은 미래시제를 나타낸다.

　禎祥(정상)　상서로운 현상

**妖孼**(요얼)  흉조, 일식·월식·지진·혜성 출현 등을 의미한다.

**見**(현)  보인다

**蓍龜**(시구)  시초점과 거북점으로 가장 영험한 점을 말한다. 시초점은 시초로 점가치를 만들어 치는 점이며, 거북점은 거북 껍질을 불에 태워 갈라지는 금으로 치는 점이다.

**禍福**(화복)  재앙과 축복

**動乎四體**(동호사체)  사람들의 사지(四肢)에 그 움직임이 드러난다

**先知**(선지)  먼저 안다


〔구문 해설〕

**至誠之道 可以前知**  '以'는 〈以至誠之道〉로 이해할 수 있으며, '知'의 목적어는 뒷구절을 통하여 알 수 있다.

**禍福將至 善必先知之 不善必先知之**  〈禍, 福〉과 〈善, 不善〉이 순서에서 서로 대응되지 못하는 것은 〈禍福〉이 한 단어로 굳어진 것이기 때문이다. 이런 경우에 의미를 정확히 밝히려면 단어를 글자로 풀어서 앞뒤의 순서를 맞추어야 한다.

**見於蓍龜**  '見'은 뒤에 목적어가 오면, '본다'는 의미로 독음은 '견'이고, 뒤에 '於'가 오면 '보인다'는 뜻을 나타내며 독음은 '현'이다.

---

## 15

**원문**

誠者自成也 而道自道也 誠者物之終始 不誠無物 是故君
성자자성야 이도자도야 성자물지종시 불성무물 시고군

子誠之爲貴 誠者非自成己而已也 所以成物也 成己仁也
자성지위귀 성자비자성기이이야 소이성물야 성기인야

成物知也 性之德也 合內外之道也 故時措之宜也
성물지야 성지덕야 합내외지도야 고시조지의야

---

진실됨이 자신을 이루고, 도가 자신을 흘러 가게 한다. 진실됨은 사물의
끝이며 시작이니, 진실되지 않으면 사물은 이루어질 수 없다. 이런 까닭으로
군자는 진실한 것을 귀하게 생각한다.

진실함은 자기 자신을 이루는 데 그칠 뿐 아니라, 다른 사물을 이루게 하
는 원인도 되는 것이다. 자기 자신을 이루는 것은 인(仁)이며, 다른 사물을
이루게 하는 것은 앎(知)이니, 이들은 본래 타고난 것으로 내면과 외부를
결합시키는 길이다. 그러므로 수시로 이들을 번갈아 씀이 마땅한 것이다.

〔어구 해석〕

**誠者**(성자)  진실된 것, 誠이라는 것

**自成**(자성)  자신을 이룬다

**自道**(자도)  자신을 가게 한다

**終始**(종시)  끝과 시작, 종착역과 출발점

**不誠**(불성)  진실하지 않다

**無物**(무물)  사물이 (형성됨이) 없다

**誠之爲貴**(성지위귀)  참됨을 귀하게 여긴다

**成己**(성기)  자기를 이룬다

**所以**(소이)  까닭, 원인

**成物**(성물)  사물을 이룬다

**合內外**(합내외)  자신과 외물을 결합한다

**時措**(시조)  수시로 조처를 취한다

**宜**(의)  마땅하다

## 〔구문 해설〕

**自成, 自道** 〈成, 道〉는 동사로 쓰였으며, 그 목적어가 '自'인데 이는 동사 앞에 오는 특수 한자이다.

**君子誠之爲貴** 〈君子以誠爲貴〉를 명사절 '誠之爲貴'를 내포하는 구문으로 바꾼 것이다. 직역하면 '군자에게는 誠이 귀한 것이다'라고 해석된다.

## 16

원문

天地之道 可一言而盡也 其爲物不貳 則其生物不測 天地
천 지 지 도  가 일 언 이 진 야  기 위 물 불 이  즉 기 생 물 불 측  천 지

之道 博也 厚也 高也 明也 悠也 久也
지 도  박 야  후 야  고 야  명 야  유 야  구 야

   하늘과 땅의 도는 한 마디 말로 다할 수 있다. 그 됨됨이는 둘로 나뉠
수도 없을 정도로 한결같아, 이 힘이 만물을 점지해 내니 이루 헤아릴 수도
없다.

   하늘과 땅의 도는 넓음이라 할 수도 있고, 두려움이라 할 수도 있으며,
높음이라 할 만도 하고, 밝음이라 할 만도 하며, 유구함이라 할 수도 있을
것이다.

### [어구 해석]

**可**(가)  할 수 있다

**一言而盡**(일언이진)  한 마디 말로 다한다

**爲物**(위물)  됨됨이

**不貳**(불이)  둘로 되지 않는다, 한결같다

**生物**(생물)  만물을 낳는다

**不測**(불측)  헤아릴 수 없다

博(박)  넓다

厚(후)  두텁다

高(고)  높다

悠(유)  아득하다

久(구)  오래다

## 〔구문 해설〕

**可一言而盡也**  〈可 + 一言而盡〉의 구조로, '可'가 직접 지배하는 것은 '盡'이다. 직역하면 '한 마디로 말해서 다할 수 있다'가 된다.

**爲物不貳**  〈爲物〉의 주어는 〈天地之道〉이며, 앞에 한 번 나왔기 때문에 여기서는 생략되었다. 〈不貳〉가 전체 구문의 서술어로서, 이 구문은 〈道之爲物 + 不貳〉로 나타낼 수 있다.

**悠也 久也**  悠久하다. 한 단어를 이루는 비슷한 의미의 두 글자를 나누어 각각 씀으로써 그 뜻을 강조하는 수가 있으니, 가령 '熱誠'을 '熱과 誠'이라 하는 것이 그 한 예이다.

**天地之道 博也 厚也 高也 明也 悠也 久也**  서술부가 여러 항목으로 나열되어 있는데 각각에 '也'가 붙은 것은 〈博厚高明悠久也〉처럼 '也'가 끝에 한 번 오는 것보다 강조하는 것이다.

---

## 17

**원 문**

故君子 尊德性而道問學 致廣大而盡精微 極高明而道中庸
고 군 자 존 덕 성 이 도 문 학 치 광 대 이 진 정 미 극 고 명 이 도 중 용

溫故而知新 敦厚以崇禮 是故 居上不驕 爲下不倍 國有道
온 고 이 지 신 돈 후 이 숭 례 시 고 거 상 불 교 위 하 불 배 국 유 도

其言足以興 國無道 其默 足以容 詩曰 旣明且哲 以保其身
기 언 족 이 흥 국 무 도 기 묵 족 이 용 시 왈 기 명 차 철 이 보 기 신

其此之謂與
기 차 지 위 여

---

그러므로 군자는 덕성을 높이고 학문의 길을 가는 것이니, 한편으론 광대
한 것을 극진히 하고 또 한편으론 정미한 것을 극진히 하며, 높고 밝은 것을
지극하게 하되 중용의 길을 가며, 옛것을 익히고 새것을 알며, 돈후함으로써
예절을 숭상한다. 이런 까닭으로 윗자리에 있으면서도 교만하지 아니하며,
아랫자리가 되어도 배반하지 않는다. 나라에 도가 있으면 그의 말은 충분히
취지가 받아들여지고, 나라에 도가 없어도 그의 침묵은 족히 받아 들여질
수 있다. 시경에 이르기를, 이미 밝고 또 지혜로와 그럼으로써 그 자신을
보전한다 하였으니, 그것은 이를 두고 이른 말이다.

## 〔어구 해석〕

**尊德性**(존덕성)  타고난 귀한 품성을 높인다

**道問學**(도문학)  학문의 길을 간다

**致**(치)  극진하게 한다

**盡**(진)  다한다

**精微**(정미)  광대(廣大)와 반대이며, 정교하고 작은 부분을 의미한다

**道中庸**(도중용)  중용의 길을 간다

**溫故**(온고)  옛것을 익힌다

**敦厚**(돈후)  돈독하고 두텁다

**崇禮**(숭례)  예절을 숭상한다

**居上不驕**(거상불교)  윗자리에 있으면서도 교만하지 않다

**爲下不倍**(위하불배)  아랫자리가 되어도 배반하지 않는다

**足以興**(족이흥)  그것을 통하여 일어나기 충분하다

**足以容**(족이용)  그렇게 해도 용납되기에 충분하다

**明且哲**(명차철)  明哲과 같다, 지혜롭고 사리에 밝다

## 〔구문 해설〕

**敦厚而崇禮**  직역하면 '돈후하여 그럼으로써 예를 높인다'로 되며, 이는
결과적으로 〈以敦厚崇禮〉와 같다.

**明且哲**  明哲과 같다, '且'는 두 말을 이어주는 접속어로서 이것이 쓰이면
강조하는 뜻이 있다.

$$\underset{\phantom{.}}{18}$$

○——○

---

**원 문**

子曰 愚而好自用 賤而好自專 生乎今之世 反古之道 如此
자왈 우 이 호 자 용  천 이 호 자 전  생 호 금 지 세  반 고 지 도  여 차

者 災及其身者也
자  재 급 기 신 자 야

---

공자가 말하였다.

어리석으면서 위에서 자기 자신을 등용하기를 바라고, 천하면서 제 마음
대로 하기를 좋아하며, 지금 세상에 산다 하여 옛날의 도를 무시한다면, 이
와 같은 사람은 재앙이 그 자신에게 미칠 것이다.

〔어구 해석〕

**愚**(우)  어리석다

**而**(이)  연결사, 두 어구를 이어 주는 말

**好**(호)  좋아한다, 바란다

**自用**(자용)  자기를 등용한다

**賤**(천)  신분이 낮다

**自專**(자전)  자기 마음대로 한다

**反**(반)  어긴다, 반대로 한다

**古之道**(고지도)  옛날의 법도

**如此**(여차)  이와 같다

**災**(재)  재앙

**及其身**(급기신)  그 자신에게 미친다


## 〔구문 해설〕

**愚而好自用**  〈自用〉은 '好'의 목적어이며, '自'는 '用'의 목적어이다. 목적
어가 동사 뒤에 오는 것은 한문에서 원칙적인 현상이며, 동사 앞에
오는 것은 극히 일부 한자에 한한 예외적인 현상이다. '而'는 '愚'와
〈好自用〉을 역접 관계로 이어 주는 말이다.

**賤而好自專**  〈自專〉은 '好'의 목적어이다. 〈自專〉 역시 '목적어 + 동사'
구문으로 '自'는 항상 동사 앞에서 목적어가 된다. 여기서 '而' 역시
역접 관계로 앞 뒤 구절을 연결해 준다.

**生乎今之世**  '生'은 타동사로 쓰이면 뒤에 직접 목적어를 취하여, '~를
낳는다'의 의미가 되고, 자동사로 쓰이면 '태어난다'란 의미로 뒤에
'乎'나 '於' 등이 쓰여 부사구를 만든다.

**如此者**  〈如此 + 者〉는 '수식어 + 피수식어'의 구문이다. 한문에서는 반
드시 꾸미는 말이 앞에 오고, 꾸밈 받는 말이 뒤에 온다.

**災及其身者**  〈災及其身 + 者〉는 '수식어 + 피수식어' 구문이며, 〈災 +
及 + 其身〉은 '주어 + 동사 + 목적어' 구문으로 이 전체가 수식
어를 이룬다. 〈~者〉는 두 가지로 쓰인다. 하나는 여기서처럼 '~
하는 사람'이란 뜻이고, 다른 하나는 '~라는 것'이란 의미로 주제
를 나타낸다.

萬物竝育而不相害 道竝行而不相悖 小德川流 大德敦化
만물병육이부상해 도병행이부상패 소덕천류 대덕돈화

此天地之所以爲大也
차천지지소이위대야

만물은 나란히 자라나고 서로 해치지 않으며, 도는 나란히 행해지고 서로
거슬리지 아니한다. 작은 덕은 냇물처럼 흐르고, 큰 덕은 두터이 이룩한다.
이것이 하늘과 땅이 위대한 이유이다.

〔어구 해석〕

**萬物**(만물)  세상 모든 사물

**竝**(병)  아우른다, 함께 한다

**竝育**(병육)  나란히 함께 자라난다

**相**(상)  서로, 상호간에

**相害**(상해)  서로 해친다

**竝行**(병행)  나란히 함께 간다

**悖**(패)  거슬리다

**相悖**(상패)  서로 거슬린다

**小德**(소덕)  작은 덕, 덕이 작은 사물이나 사람

川流(천류) 냇물이 흐른다

大德(대덕) 큰 덕, 덕이 큰 사물이나 사람

敦化(돈화) 두터이 교화한다

所以(소이) 이유, 까닭

爲大(위대) 크게 된다, 위대하다

〔구문 해설〕

**萬物竝育而不相害** 〈萬物 + 竝育而不相害〉는 '주어 + 서술어' 구문이
며, 〈竝育而不相害〉는 〈竝育 + 而 + 不相害〉의 나열 구문이다.
여기서 '而'는 순접으로 두 구절을 연결시킨다.

**小德川流** 〈小德 + 川流〉는 '주어 + 서술어' 구문이다. 〈川流〉의 원의는
'냇물이 흐른다'라고 새길 수 있으나, 여기서는 비유적으로 쓰인 것
이므로 '냇물이 흐르듯 한다'나 '냇물처럼 흐른다'고 할 만하다.

**此天地之所以爲大也** 직역하면 '이것이 하늘과 땅의 써 크게 되는 바이
다'처럼 된다. '之'는 〈天地所以爲大〉를 문장에서 구로 바꾼다.

詩曰 衣錦尚絅 惡其文之著也 故君子之道 闇然而日章
시 왈  의금상경  오기문지저야  고군자지도  암연이일장

小人之道 的然而日亡 君子之道 淡而不厭 簡而文 溫而理
소인지도  적연이일망  군자지도  담이불염  간이문  온이리

知遠之近 知風之自 知微之顯 可與入德矣
지원지근  지풍지자  지미지현  가여입덕 의

　　시경에 이르기를, 비단옷을 입고서 그 위에 홑옷을 걸치었다고 하였으니,
그 문채의 드러남을 꺼린 것이다. 그러므로 군자의 도는 어두운 듯하면서도
날로 밝아지고 소인의 도는 뚜렷한 듯하면서도 날로 사라진다. 군자의 도는
담담하되 싫어지지 않으며, 간소하되 문채가 있으며, 온화하면서도 조리가
있다.

　　멀리 돌아 가는 것이 결국은 가까운 길임을 알고, 바람이 어디서 불어 오
는지 알며, 은미한 것이 뚜렷해질 수 있는 것을 안다면, 가히 군자와 더불어
덕으로 들어갈 수 있다.

〔어구 해석〕

　衣錦(의금)　비단옷을 입는다
　尙絅(상경)　홑옷을 위에 걸쳐 입는다

文(문)  문채

著(저)  겉으로 드러난다

闇然(암연)  어두컴컴하다

日章(일장)  날로 밝아진다

的然(적연)  뚜렷하다

日亡(일망)  날로 없어진다

淡而不厭(담이불염)  담담하되 싫지 않다

簡而文(간이문)  간소하되 문채가 난다

溫而理(온이리)  온화하되 사리에 밝다

遠之近(원지근)  먼 것이 가깝다

風之自(풍지자)  바람이 시작하는 곳

微之顯(미지현)  은미한 것이 밖으로 잘 나타난다

入德(입덕)  덕의 경지로 들어간다

〔구문 해설〕

**惡其文之著** '惡'는 '싫어한다'는 의미의 동사로서 〈惡 + 其文之著〉는 '동
사 + 목적어' 구문이다.

**知遠之近** 〈知 + 遠之近〉은 '동사 + 목적어' 구문이다. 〈遠之近〉은 목적
절로서 '之'는 〈遠爲近〉의 爲에 대치되어 문장에서 명사절로 바뀌
었음을 보인다.

**與入德** 〈與~〉는 '~와 더불어'란 뜻으로 그 아래 더부는 대상이 따르는
것이 원칙이나, 문맥상 분명할 때는 종종 생략된다. 국어의 '더불
다' 동사도 요즘 '더불어 사는 세상'처럼 대상의 표현 없이 쓰이는
것은 한문의 영향인 듯하나, 국어에서는 옳은 표현이 못 된다.

5 · 맹자

**원문**

孟子見梁惠王 王曰 叟不遠千里而來 亦將有以利吾國乎
맹자견양혜왕  왕왈  수불원천리이래  역장유이리오국호

孟子對曰 王何必曰利 亦有仁義而已矣 王曰 何以利吾國
맹자대왈  왕하필왈리  역유인의이이의  왕왈  하이리오국

大夫曰何以利吾家 士庶人曰何以利吾身 上下交征利 而國
대부왈하이리오가  사서인왈하이리오신  상하교정리  이국

危矣 萬乘之國弑其君者 必千乘之家 千乘之國 弑其君者
위의  만승지국시기군자  필천승지가  천승지국  시기군자

必百乘之家 萬取千焉 千取百焉 不爲不多矣 苟爲後義而
필백승지가  만취천언  천취백언  불위부다의  구위후의이

先利 不奪不饜 未有仁而遺其親者也 未有義而後其君者也
선리  불탈불염  미유인이유기친자야  미유의이후기군자야

王亦曰仁義而已矣 何必曰利
왕역왈인의이이의  하필왈리

맹자가 양 나라 혜왕을 만나 보자 왕이 말했다.

노인장께서 천리를 멀다 않고 오셨으니 역시 장차 우리나라를 이롭게 하
실 일이 있습니까?

맹자가 대답하였다.

임금님께서는 하필이면 이(利)를 말씀하십니까? 오직 인(仁)과 의(義)가 있을 뿐입니다. 임금님께서 어떻게 하면 내 나라를 이롭게 할까 하고 말씀하신다면 대부들은 어떻게 하면 내 집안을 이롭게 할까 하고 말할 것이며, 선비와 백성들은 어떻게 하면 내 자신을 이롭게 할까 하고 말하며, 상하가 모두 이와 같이 서로 이익만을 취한다면 국가가 위태로워질 것입니다.

만승(萬乘)의 나라에서 자기 임금을 죽이는 자는 반드시 천승(千乘)의 대부 집안이요, 천승의 나라에서 자기 임금을 죽이는 자는 반드시 백승(百乘)의 대부 집안이니 만에서 천을 가지며 천에서 백을 가지는 것도 많지 않은 것이 아니건마는 진실로 정의를 뒤로 미루고 이익만을 앞세운다면 다 뺏지 않고서는 만족해하지 않을 것입니다.

어질면서 자기 부모를 버린 자는 이제까지 없었습니다.

그러므로 임금님께서는 또한 인과 의에 대하여 말씀하셔야 할 것이거늘, 하필이면 이익에 대하여 말씀하십니까?

## [어구 해석]

**梁惠王**(양혜왕)  전국시대 위(魏)의 혜왕, 이름은 앵(罃), 위가 진을 피하여 도읍을 대량(大樑)으로 옮겼기 때문에 양(梁)이라 부르기도 한다. 재위 BC370~318

**叟**(수)  늙은이, 어르신네

**士庶人**(사서인)  선비와 평민, 낮은 벼슬을 지낸 사람과 일반 백성

**交征利**(교정리)  서로 이익을 다툰다

**萬乘之國**(만승지국)  병거(兵車) 일만 대를 동원할 수 있는 큰 나라, 천자(天子)의 나라

**弑**(시)  (아랫사람이 윗사람을) 죽인다

**千乘之家**(천승지가)  병거(兵車) 일천 대를 동원할 수 있는 공경이나 제후의 나라

**百乘之家**(백승지가)  대부를 가리킨다

**萬取千焉**(만취천언)  만 가운데서 천을 차지한다

**不爲不多**(불이부다)  많지 않다고 할 수 없다

**苟**(구)  만일, 진실로

**不奪不饜**(불탈불염)  뺏지 않고서는 **흡족해** 하지 않는다

**未有**(미유)  아직은 없었다

**遺其親**(유기친)  자기 부모를 버린다

〔**구문 해설**〕

**不遠千里** '遠'은 형용사로 쓰이면 '멀다'는 뜻이고, 동사로 쓰이면 '멀게 여긴다'는 뜻이다. 여기서는 '千里'가 그 목적어로 쓰였다.

**未有仁而遺其親者** 〈仁而遺其親者〉가 '有'의 주어로서 有의 주어는 이렇게 도치되는 것이 특징이다.

**원문**

齊宣王問曰 文王之圃方七十里 有諸 孟子對曰 於傳有之
제선왕문왈 문왕지유방칠십리 유저 맹자대왈 어전유지

曰若是其大乎 曰民猶以爲小也 曰寡人之圃方四十里 民猶
왈약시기대호 왈민유이위소야 왈과인지유방사십리 민유

以爲大 何也 曰文王之圃方七十里 芻蕘者往焉 雉兎者往
이위대 하야 왈문왕지유방칠십리 추요자왕언 치토자왕

焉 與民同之 民以爲小不亦宜乎 臣始至於境 問國之大禁
언 여민동지 민이위소불역의호 신시지어경 문국지대금

然後敢入 臣聞郊關之內有圃方四十里 殺其麋鹿者如殺人
연후감입 신문교관지내유유방사십리 살기미록자여살인

之罪 則是方四十里爲阱於國中 民以爲大不亦宜乎
지죄 즉시방사십리위정어국중 민이위대불역의호

제 나라 선왕이 물었다.

문왕의 동산은 사방 칠십리나 되었다니 그런 것이 있었습니까?

맹자가 대답하였다.

전하여 내려오는 기록에 있습니다.

이와 같이 그것이 컸습니까?

백성들은 오히려 작게 여겼습니다.

과인의 동산은 사방 사십리밖에 안 되는데도 백성들이 오히려 크게 여기니 왜 그렇습니까?

문왕의 동산은 사방이 칠십리였으되, 꼴 베고 나무하는 사람들도 그곳에 들어가고 꿩과 토끼를 잡는 사냥꾼들도 드나들어, 문왕이 동산을 백성들과 함께 즐기셨으니, 백성들이 그것을 작다고 생각하는 것 또한 당연하지 않습니까? 제가 처음 제 나라 국경에 이르렀을 때 제 나라의 큰 금령이 무엇인가를 물어본 뒤에 감히 들어왔습니다. 제가 들으니 교외와 관문 사이에 사방 사십리나 되는 王의 동산이 있는데, 거기서 사슴을 잡는 이는 살인죄와 같이 다스린다고 합니다. 그렇다면 이는 사방 사십리의 함정을 나라 안에 만들어 놓은 것이니, 백성들이 그것을 크다고 생각하는 것 또한 당연하지 않습니까?

## 〔어구 해석〕

**囿**(유)　나라 동산을 의미한다. 논밭을 의미할 때는 '유', 동산을 의미할 때는 '육'으로 발음되었으나 오늘날엔 모두 '유'로 발음하는 것이 일반적이다

**於傳**(어전)　전해 내려오는 글에

**若是**(약시)　이와 같이

**以爲小**(이위소)　작게 여긴다

**寡人**(과인)　寡德之人(덕이 부족한 사람)이란 의미로, 임금이 겸손하게 자신을 가리키는 말이다.

**芻蕘者**(추요자)　꼴 베고 나무하는 사람

**雉兎者**(치토자)　꿩과 토끼를 사냥하는 사람

**與民同之**(여민동지)　백성과 더불어 이를 같이 한다

**不亦宜乎**(불역의호)　또한 마땅치 않으냐

**大禁**(대금)  크게 금지하는 것

**郊關之內**(교관지내)  교외와 관문 사이

**麋鹿**(미록)  큰 사슴과 보통 사슴 등 모든 사슴을 의미한다

**方四十里**(방사십리)  사방 사십 리

**爲阱於國中**(위정어국중)  나라 안에 함정을 만들어 놓는다

**以爲大**  크게 여긴다

## 〔구문 해설〕

**有諸**  '諸'는 '至於' 혹은 '之'의 뜻으로 쓰이며, '저'로 발음된다. 그래서 〈有之〉는 '이것이 있느냐'는 의미가 된다.

**猶以爲小**  '猶'는 '오히려'라는 뜻의 부사이며, 〈以爲〉는 '~라고 여기다, 생각하다'라는 뜻으로 복합동사처럼 함께 쓰이는 것이 일반적이나 분리되어 쓰이기도 한다.

**芻蕘者**  '者'는 '~하는 사람'을 뜻하기도 하고, '~라는 것은'이란 뜻으로 쓰이기도 한다. 전자로 해석될 경우에는 〈蕘者〉는 '꼴 베고 나무한다'는 동사이고, 후자로 해석될 경우에는 이는 '꼴과 나무'라는 명사로 쓰인다.

**雉兎者**  〈芻蕘者〉의 용례와 같이 '꿩과 토끼를 잡는 사람'을 의미할 수도 있고, '꿩과 토끼라는 것은'이란 의미로 쓰일 수도 있다.

**與民同之**  '同'은 '~을 똑같이 한다'는 뜻의 동사로, '똑같이 즐긴다'는 의미로 쓰였다. '之'는 대명사로 동사의 목적어로 쓰였다.

---

## 3

**원문**

齊人伐燕勝之 宣王問曰 或謂寡人勿取 或謂寡人取之 以
제인벌연승지 선왕문왈 혹위과인물취 혹위과인취지 이

萬乘之國伐萬乘之國 五旬而擧之 人力不至於此 不取必有
만승지국벌만승지국 오순이거지 인력부지어차 불취필유

天殃 取之何如 孟子對曰 取之而燕民悅 則取之 古之人有
천앙 취지하여 맹자대왈 취지이연민열 즉취지 고지인유

行之者 武王是也 取之而燕民不悅 則勿取 古之人有行之
행지자 무왕시야 취지이연민불열 즉물취 고지인유행지

者 文王是也 以萬乘之國伐萬乘之國 簞食壺漿以迎王師
자 문왕시야 이만승지국벌만승지국 단사호장이영왕사

豈有他哉 避水火也 如水益深 如火益熱 亦運而已矣
기유타재 피수화야 여수익심 여화익열 역운이이의

---

제 나라 사람들이 연 나라를 쳐서 승리하자, 선왕이 물었다.

어떤 사람들은 과인에게 연 나라를 취하지 말라고 하고, 또 어떤 사람들은 과인에게 그것을 빼앗아 버리라고 말합니다. 만승(萬乘)의 나라로서 만승의 나라를 쳐서 오십일만에 함락하였으니 사람의 힘만으로는 이렇게 되지 못할 것입니다. 그러므로 이 연 나라를 차지하지 않는다면 반드시 하늘의 재앙이 있을 것입니다. 빼앗아 버리는 것이 어떠하겠습니까?

맹자가 대답하였다.

취하는 것을 연 나라 백성들이 기뻐하면 빼앗아 버리소서. 옛 사람 가운데 그렇게 한 사람이 있으니 무왕이 이에 해당합니다. 그러나 빼앗는 것을 연 나라 백성들이 좋아하지 않는다면 취하지 마십시오. 옛사람에 그렇게 한 이가 있었으니 문왕이 이에 해당합니다. 만승의 나라로서 만승의 나라를 정벌하는데, 연 나라 백성들이 대소쿠리에 담은 밥과 물그릇에 담은 음료를 가지고 나와 王의 군대를 환영한 것은 어찌 다른 이유가 있겠습니까? 물 난리가 나거나 불 난 것 같이 견디기 어려운 학정을 피하려는 것입니다. 만일 물이 더욱 깊어지고 불이 더 뜨거워진다면 연 나라 백성들은 옮겨 갈 수밖에 없을 것입니다.

〔어구 해석〕

**或謂寡人**(혹위과인)  어떤 사람이 나에게 말하였다. 〈寡人〉은 임금이 자신을 일컫는 말이다.

**萬乘之國**(만승지국)  兵車 일만 대를 동원할 수 있는 제후의 나라

**五旬**(오순)  오십 일

**擧之**(거지)  이를 다 점령하다

**天殃**(천앙)  하늘이 내리는 재앙

**何如**(하여)  어떠하냐, 如何와 같은 뜻이다.

**簞食壺漿**(단사호장)  대소쿠리 밥과 병에 담은 음료

**王師**(왕사)  왕의 군대

**豈有**(기유)  어찌 있으랴

**避水火**(피수화)  물과 불의 위험을 피한다, 水火는 포학한 정치에 비유한 말이다.

**益深**(익심)  더욱 깊다, 더욱 깊어진다

〔구문 해설〕

**伐燕勝之** 〈伐, 勝〉은 타동사로 목적어를 그 아래 취하며, 〈燕, 之〉가 각각 그 목적어이다. '之'는 앞의 '燕'대신 쓰인 대명사이다.

**或謂寡人取之** '或'은 '或者, 或人'과 같은 뜻이며, '之'는 대명사로 동사의 목적어이다.

**古之人 有行之者** '有'의 주어는 '行之者'이고, '古之人'은 부사어이다. 즉 '옛 사람 중에 이를 행한 자가 있다.'는 뜻이다.

**取之而燕民悅則取之** 두 〈取之〉의 의미상 주체는 임금이고, '悅'의 주어는 燕民이다. 전체의 의미 '임금이 之(이것 즉 연나라)를 빼앗아 버린다.' 而(그럼에도 불구하고) '연나라 백성이 기뻐한다.' 則 (그렇다면) '이것을 빼앗아 가지소서.'에서 〈而, 則〉은 두 구절을 이어주는 연사(連辭)이다. 연사의 의미는 문맥 속에서 구체적으로 파악된다.

**以萬乘之國 伐萬乘之國** 〈以~伐~〉는 '~을 사용하여 ~을 친다'는 뜻으로, 이는 수단과 행동을 나타내는 구문이다.

**以迎王師** '師'는 '군대'를 말한다. '以'는 '~을 가지고'의 뜻으로 여기서는 앞의 '簞食壺漿을 가지고'로 이해된다.

## 4

원문

敢問夫子惡乎長 曰我知言 我善養吾浩然之氣 敢問何謂浩
감문부자오호장 왈아지언 아선양오호연지기 감문하위호

然之氣 曰難言也 其爲氣也 至大至剛 以直養而無害 則塞
연지기 왈난언야 기위기야 지대지강 이직양이무해 즉색

于天地之間 其爲氣也 配義與道 無是餒也 是集義所生者
우천지지간 기위기야 배의여도 무시뇌야 시집의소생자

非義襲而取之也 行有不慊於心則餒矣 我故曰 告子未嘗知
비의습이취지야 행유불겸어심즉뇌의 아고왈 고자미상지

義 以其外之也 必有事焉而勿正 心勿忘 勿助長也 無若宋
의 이기외지야 필유사언이물정 심물망 물조장야 무약송

人然 宋人有閔其苗之不長而揠之者 芒芒然歸 謂其人曰
인연 송인유민기묘지부장이알지자 망망연귀 위기인왈

今日病矣 予助苗長矣 其子趨而往視之 苗則槁矣 天下之
금일병의 여조묘장의 기자추이왕시지 묘즉고의 천하지

不助苗長者寡矣 以爲無益而舍之者 不耘苗者也 助之長者
부조묘장자과의 이위무익이사지자 불운묘자야 조지장자

揠苗者也 非徒無益 而又害之
알묘자야 비도무익 이우해지

何謂知言 曰 詖辭知其所蔽 淫辭知其所陷 邪辭知其所離
하 위 지 언  왈  피 사 지 기 소 폐  음 사 지 기 소 함  사 사 지 기 소 리

遁辭知其所窮 生於其心 害於其政 發於其政 害於其事
둔 사 지 기 소 궁  생 어 기 심  해 어 기 정  발 어 기 정  해 어 기 사

聖人復起 必從吾言矣
성 인 부 기  필 종 오 언 의

감히 여쭈어 보겠습니다. 선생님께서는 어느 면에 뛰어나십니까?

나는 말을 잘 알아 듣는다. 그리고 나는 내 호연지기를 잘 기른다.

감히 여쭈어 보겠습니다. 호연지기란 무엇을 뜻합니까?

말하기 어렵다. 그 기운은 몹시 크고 몹시 굳센 것으로 그것을 곧게 길러 해치지 않으면 하늘과 땅 사이에 가득차게 된다. 그 기운은 의와 도에 어울리며, 이 기운이 없으면 허기지게 된다. 이 기운은 안에 있는 의가 모여 생겨나는 것으로 밖에서 의가 들어와 얻게 되는 것이 아니다. 행한 것에 마음이 만족스럽지 못한 것이 있으면 허탈해지게 마련이다. 그렇기 때문에 나는 고자는 일찍이 의를 알지 못했다고 말하는 것이니, 그는 의를 밖에 있는 것으로 여기기 때문이다. 반드시 이 기운을 기르는 것을 큰 일로 여기되 결과를 예기하지 말며 마음으로 잊지도 말며 억지로 기르려 하여 저 송나라 사람과 같이 해서도 안된다.

송나라 사람 가운데 곡식의 싹이 빨리 자라지 않음을 안타까이 생각하여 그 싹을 잡아 뽑은 사람이 있었는데, 허둥지둥 돌아와서 집안 식구들에게 '오늘은 피곤하구나. 싹이 빨리 자라도록 도와 주었다'고 말하기에 그의 아들이 급히 달려가서 보니 싹들은 다 말라 있었다. 이 세상에는 싹이 빨리 자라도록 도와 주지 않는 사람이 드물다. 아무 소용이 없다고 하여 내버려 두는

사람은 김매어 주지 않는 자며, 자라도록 도와주는 사람은 싹을 뽑아 올리는 자이니 이는 무익할 뿐만 아니라 도리어 그것을 해치게 하는 것이다.

말을 잘 알아 듣는다는 것은 무슨 뜻입니까?

편파적인 말을 들으면 그가 무엇을 숨기고 있는가를 알고, 음란한 말을 들으면 그가 무엇에 빠져 있는지 알며, 사특한 말을 들으면 그가 진실에서 벗어난 것을 알며, 도피적인 말에서 그가 궁색한 바를 안다. 만일 이 네 가지 악한 생각이 마음에 생겨나면 그 나라의 정치를 해치고, 그러한 생각이 정치에 나타나면 나라의 일을 해치게 되니, 설사 성인이 다시 나타난다 할지라도 반드시 내 말을 따를 것이다.

## 〔어구 해석〕

**惡乎長**(오호장)  어느 면에서 뛰어 나는가

**浩然之氣**(호연지기)  공명정대한 큰 기운

**至大至剛**(지대지강)  매우 크고 매우 굳세다

**直養**(직양)  곧게 기름

**塞于天地之間**(색우천지지간)  하늘과 땅 사이에 가득 찬다

**餒也**(뇌야)  굶주리다, 허탈하다

**集義所生**(집의소생)  옳은 기운을 모아서 생겨나게 된 것

**非義襲而取之**(비의습이취지)  정의가 밖에서 엄습해 들어와 호연지기를 취하는 것이 아니다

**不慊於心**(불겸어심)  마음에 맞지 않는다

**以其外之**(이기외지)  그는 그것(義)이 밖에 있다고 여기기 때문이다

**事焉而勿正**(사언이물정)  이것을 일삼되 꼭 기대하지는 말아라. 正은 미리 작정한다는 뜻이다.

**閔其苗之不長**(민기묘지부장)  싹이 자라지 않음을 걱정한다

**病**(병)  피곤하다

**趨而往**(추이왕)  달려서 간다

**舍之**(사지)  이것을 내버려 둔다

**非徒**(비도)  ~할 뿐만 아니라

**詖辭**(피사)  한쪽에 치우친 말

**邪辭**(사사)  옳지 않은 말

**遁辭**(둔사)  회피하는 말

## [구문 해설]

**惡乎長**  '惡'는 의문사이다. 〈惡乎〉는 '於何'와 같으며, 의문사는 앞으로 나오는 경향이 있으며 그러면 도치구문이 된다.

**我善養吾浩然之氣**  한문의 기본 문장 구조는 '주어 + 동사 + 목적어'이다. 이는 국어의 문장 구조인 '주어 + 목적어 + 동사'와 대조적이며, 이로써 두 언어는 판이하게 구분된다. 여기서 기본 구조는 '我養氣'(나는 기운을 기른다.)이며, 이들에 수식하는 말들이 붙어 다소 복잡한 긴 문장이 된 것이다.

**集義所生者**  '義'(옳은 기운)을 모으면 '生'(생겨나게 되는) '所'(바)의 '者'(것)이다.

**以其外之也**  '外'는 '밖으로 여긴다'는 뜻의 동사로 쓰였으며, '之'가 그 목적어이다.

**無若宋人然**  〈無若〉은 '~같이 하지 말아라'는 뜻의 명령형이다.

# 5

孟子曰 人皆有不忍人之心 先王有不忍人之心 斯有不忍人
맹자왈 인개유불인인지심 선왕유불인인지심 사유불인인

之政矣 以不忍人之心 行不忍人之政 治天下可運之掌上
지정의 이불인인지심 행불인인지정 치천하가운지장상

所以謂人皆有不忍人之心者 今人乍見孺子將入於井 皆有
소이위인개유불인인지심자 금인사견유자장입어정 개유

怵惕惻隱之心 非所以內交於孺子之父母也 非所以要譽於
출척측은지심 비소이내교어유자지부모야 비소이요예어

鄕黨朋友也 非惡其聲而然也 由是觀之 無惻隱之心 非人
향당붕우야 비오기성이연야 유시관지 무측은지심 비인

也 無羞惡之心 非人也 無辭讓之心 非人也 無是非之心 非
야 무수오지심 비인야 무사양지심 비인야 무시비지심 비

人也 惻隱之心仁之端也 羞惡之心義之端也 辭讓之心禮之
인야 측은지심인지단야 수오지심의지단야 사양지심예지

端也 是非之心智之端也 人之有是四端也 猶其有四體也
단야 시비지심지지단야 인지유시사단야 유기유사체야

有是四端而自謂不能者 自賊者也 謂其君不能者 賊其君
유시사단이자위불능자 자적자야 위기군불능자 적기군

者也 凡有四端於我者 知皆擴而充之矣 若火之始然 泉之
자야 범유사단어아자 지개확이충지의  약화지시연 천지

始達 苟能充之 足以保四海 苟不充之 不足以事父母
시달 구능충지 족이보사해 구불충지 부족이사부모

맹자가 말하였다.

사람에게는 누구나 다 남에게 차마 하지 못하는 마음이 있다. 선왕은 남에
게 차마 못하는 마음이 있었기 때문에 이에 사람들에게 차마 하지 못하는
정치가 있었다. 남에게 차마 하지 못하는 마음으로 사람들에게 차마 하지
못하는 정치를 베푼다면 천하를 다스리는 일은 그것을 손바닥 위에서 움직
이는 것처럼 쉬운 일이다.

사람에게는 다 남에게 차마 하지 못하는 마음이 있다고 하는 까닭은, 이제
어떤 사람이 문득 어린애가 우물에 빠져 들어가려는 것을 보면 모두 놀라고
불쌍한 마음이 드는 것이니, 이것은 그 어린아이의 부모와 가까이 교제하기
위해서 그러는 것도 아니며, 마을 사람들과 벗들에게 칭찬을 받기 위해서
그러는 것도 아니며, 나쁜 소문이 날까봐 그것을 싫어해서 그러는 것도 아니
다. 이런 사실에 의거하여 살펴 본다면 측은하게 여기는 마음이 없으면 사람
이 아니며, 부끄러워하는 마음이 없으면 사람이 아니며, 사양하는 마음이
없으면 사람이 아니며, 옳고 그름을 가리는 마음이 없으면 사람이 아니다.

측은하게 여기는 마음은 인의 실마리이고, 옳고 그름을 가리는 마음은 지
혜의 실마리이다. 사람들이 이 사단(四端)의 마음을 지니고 있는 것은 마치
그들이 사지를 가지고 있는 것과 같다. 이 사단을 지니고 있으면서 자기는
선한 일을 할 수 없다고 말하는 사람은 자기 스스로를 해치는 사람이요, 자

기 임금이 선한 일을 할 수 없다고 말하는 사람은 자기 임금을 해치는 자이다. 대체로 나에게 갖추어져 있는 이 사단을 모두 확충시켜 나갈 줄 안다면, 마치 불이 처음 타오르기 시작하고 샘물이 처음 솟아오르기 시작하는 것 같아서 진실로 이를 확충시켜 나간다면 온 천하를 보존하기에도 넉넉하지만 이를 확충시키지 않는다면 부모조차 족히 섬기지 못할 것이다.

〔어구 해석〕

**不忍人之心**(불인인지심)   (나쁜 일을) 남에게 차마 하지 못하는 마음
**乍見**(사견)   문득 본다
**孺子**(유자)   어린애
**怵惕**(출척)   놀라 두려워 하다
**所以**(소이)   까닭
**惻隱之心**(측은지심)   측은하게 여기는 마음
**惡其聲**(오기성)   원성 듣기를 싫어한다
**羞惡之心**(수오지심)   부끄러워하는 마음
**仁之端**(인지단)   어진 마음의 첫부분
**擴而充**(확이충)   넓혀서 채워나간다. '확충'의 강조한 표현
**始然**(시연)   타오르기 시작한다. 然은 燃의 뜻으로 쓰인다.

〔구문 해설〕

**人皆有不忍人之心**   이 문장의 골격은 〈人 + 有 + 心〉으로 '사람에게는 마음이 있다'는 뜻의 '부사어 + 서술어 + 주어' 구문이다. 여기에 수식어가 첨부되어 有는 皆有로, '心'은 〈不忍人之心〉으로 확장되었다.〈不忍之心〉은 '차마 하지 못하는 마음'이며, 〈不忍人之心〉은 '남에게 차마 하지 못하는 마음'이다. 전체 뜻을 직역하면 '사람

은 다 남에게 차마 하지 못하는 마음이 있다'로 새길 수 있다.

**所以謂人皆有不忍人之心者**　이 구절의 골격은 〈所以謂~者〉로 '~라고 일컫는 까닭'이란 뜻이다. 〈所以〉는 이유, 까닭을 의미한다. 전체 의미는 '사람에게는 다 남에게 차마 하지 못하는 마음이 있다고 일컫는 까닭'이라 새길 수 있다.

**自賊, 賊其君**　'賊'은 '해친다'는 뜻의 타동사이고, '自'와 '其君'은 각각 그 목적어로 쓰였다. 한문에서 목적어는 동사 뒤에 오는 것이 원칙이나, '自'는 예외로 반드시 동사 앞에 놓인다. 自殺, 自尊心

**苟能充之**　'苟'는 '진실로'라는 뜻이나, 조건을 나타내는 문장이나 구절의 첫 부분에 나오면 '만일'이란 뜻을 나타낸다.

景春曰 公孫衍 張儀 豈不誠大丈夫哉 一怒而諸侯懼 安居
경춘왈 공손연 장의 기불성대장부재 일노이제후구 안거

而天下熄 孟子曰 是焉得爲大丈夫乎 子未學禮乎 丈夫之
이 천하식 맹자왈 시언득위대장부호 자미학례호 장부지

冠也 父命之 女子之嫁也 母命之 往送之門 戒之曰 往之女
관야 부명지 여자지가야 모명지 왕송지문 계지왈 왕지녀

家 必敬必戒 無違夫子 以順爲正者 妾婦之道也
가 필경필계 무위부자 이순위정자 첩부지도야

居天下之廣居 立天下之正位 行天下之大道 得志 與民由
거천하지광거 입천하지정위 행천하지대도 득지 여민유

之 不得志 獨行其道 富貴不能淫 貧賤不能移 威武不能屈
지 부득지 독행기도 부귀불능음 빈천불능이 위무불능굴

此之謂大丈夫
차지위대장부

경춘이 말하였다.

공손연과 장의는 어찌 참말로 대장부가 아니겠습니까? 그들이 한 번 성내면 제후들이 두려워하고, 조용히 들어앉아 있으면 천하가 조용합니다.

맹자가 말하였다.

이런 것을 가지고 어찌 대장부라 할 수 있겠는가? 그대는 예를 배우지 않았는가? 사나이가 관례를 할 때에는 아버지가 타이르고, 여자가 시집갈 때에는 어머니가 타이르거니와 딸이 시집갈 때에 어머니가 전송하여 문간까지 가서 당부하기를 '시가에 가거든 부디 공경하고 조심하여 남편의 뜻을 어기지 말라'고 하니, 순종하는 것으로 바른 길로 삼는 것은 부녀자의 도리이다. 천하의 넓은 집에 살고, 천하의 올바른 자리에 서며, 천하의 큰 길을 걸어가, 뜻을 얻으면 백성들과 함께 실천해 나가고 뜻을 얻지 못하면 홀로 자기의 도를 행하여, 부귀도 그의 마음을 어지럽히지 못하고 빈천도 그의 지조를 변하게 하지 못하며 위엄과 무력을 가지고도 지조를 굽힐 수 없다면 이야말로 대장부라 이를 것이다.

〔어구 해석〕

**熄**(식) 불이 꺼진다, 분란이 종식된다

**冠**(관) 관례(冠禮), 20세가 되면 행하는 성인식

**廣居**(광거) 넓은 집, 仁을 뜻한다.

**正位**(정위) 올바른 자리, 禮를 뜻한다

**大道**(대도) 큰 길, 義를 뜻한다

〔구문 해설〕

**豈不誠大丈夫哉** 〈豈不〉은 '어찌 아니랴'는 뜻으로 강한 긍정을 나타내고, '誠'도 '참으로'란 뜻으로 강조하는 것이며, '哉' 또한 감탄을 나타내는 말로서 모두가 〈大丈夫〉를 강조하여 말하는 것이다.

**焉得爲大丈夫乎** 〈焉得〉은 '어찌 ~일 수 있는가'하는 의미로 강하게 부정하는 말이다. '乎'는 의문문에 쓰이는 종지사이다.

**此之謂大丈夫** 〈此之謂〉는 '이것을 일컬어 ~라고 한다'는 의미의 굳은 표현이다.

## 7

원문

孟子謂戴不勝曰 子欲子之王之善與 我明告子 有楚大夫於
맹자위대불승왈 자욕자지왕지선여 아명고자 유초대부어

此 欲其子之齊語也 則使齊人傳諸 使楚人傳諸 曰 使齊人
차 욕기자지제어야 즉사제인부저 사초인부저 왈 사제인

傳之 曰 一齊人傳之 衆楚人 咻之 雖日撻而求其齊也 不可
부지 왈 일제인부지 중초인 휴지 수일달이구기제야 불가

得矣 引而置之莊嶽之間數年 雖日撻而求其楚 亦不可得矣
득의 인이치지장악지간수년 수일달이구기초 역불가득의

子謂薛居州善士也 使之居於王所 在於王所者 長幼卑尊
자위설거주선사야 사지거어왕소 재어왕소자 장유비존

皆薛居州也 王誰與爲不善 在王所者 長幼卑尊 皆非薛居
개설거주야 왕수여위불선 재왕소자 장유비존 개비설거

州也 王誰與爲善 一薛居州 獨如宋王何
주야 왕수여위선 일설거주 독여송왕하

맹자가 대불승에게 일러 말하였다.

그대는 그대의 임금이 선하기를 바라는가? 내가 그대에게 분명히 말하리라. 여기에 초나라 대부가 있는데, 그의 아들이 제나라 말을 하기를 바란다면 제나라 사람을 시켜 가르치게 해야 하겠는가 초나라 사람을 시켜서 가르치게 해야 하겠는가?

　대불승이 말했다.

　제나라 사람을 시켜 가르치게 해야겠지요.

　한 제나라 사람이 그를 가르칠지라도 여러 초나라 사람들이 그와 떠들어 댄다면 비록 날마다 종아리를 치면서 그가 제나라 말을 하게 하려 할지라도 할 수 없을 것이다. 그러나 그를 데리고 가서 제나라 장(莊)이나 악(嶽) 지방에 몇 해 둔다면 비록 날마다 종아리를 치면서 초나라 말을 하게 하려 할지라도 역시 할 수 없을 것이다.

　그대가 설거주(薛居州)를 선한 선비라 하여 그로 하여금 왕의 곁에 있게 했거니와, 왕 곁에 있는 사람이 어른이나 아이나 낮은 이나 높은 이나 모두가 설거주 같은 사람이라면 왕이 누구와 더불어 악한 짓을 할 것이며, 왕의 곁에 있는 사람이 어른이나 아이나 낮은 이나 높은 이나 모두 설거주 같은 사람이 아니라면 왕이 누구와 더불어 선한 짓을 할 것인가? 한 사람의 설거주가 홀로 송나라 왕을 어떻게 할 수 있겠는가?

## [어구 해석]

**戴不勝**(대불승)　송나라의 중신

**子**(자)　자네, 그대, 2인칭 대명사

**與**(여)　의문문임을 나타내는 종결사

**傅**(부)　스승, 가르친다

**咻**(휴)　시끄럽게 떠들어 댄다

**日撻**(일달)　매일 종아리를 때린다

**在王所者**(재왕소자)　왕의 곁에 있는 사람, 〈在於王所者〉와 같은 뜻이며, 여기서는 '於'가 생략되었다. 앞에 보인 구문이 다시 나올 경우 이렇게 허사가 생략될 수 있다.

**皆非**(개비)  모두 아니다

## 〔구문 해설〕

**使齊人傅諸**  '使'는 '~로 하여금 ~을 하게 한다'는 뜻이다. '傅'는 명사로는 '스승'이란 뜻이고, 동사로는 '가르친다'는 뜻이다. '諸'는 '之'의 대용으로 동사의 목적어로 쓰여 가르치는 대상을 나타낸다.

**王誰與爲不善**  〈誰與〉는 '누구와 더불어'란 뜻으로 '誰'가 의문사이므로 도치구조로 되었다. 정치구조의 예 與民(백성과 더불어), 與我(나와 더불어)

〈不善〉은 '爲'의 목적어이다.

**如宋王何**  '如'와 '何'가 떨어져 있으나 〈如何〉와 같은 뜻이다.

**獨如宋王何**  〈如 ~ 何〉는 〈如何〉와 같은 말이다. 여기서는 '어찌한다'라는 의미의 동사로 쓰였다.

원 문

孟子曰 規矩方員之至也 聖人人倫之至也 欲爲君盡君道
맹자왈 규구방원지지야 성인인륜지지야 욕위군진군도

欲爲臣盡臣道 二者皆法堯舜而已矣 不以舜之所以事堯事
욕위신진신도 이자개법요순이이의 불이순지소이사요사

君 不敬其君者也 不以堯之所以治民治民 賊其民者也
군 불경기군자야 불이요지소이치민치민 적기민자야

孔子曰 道二 仁與不仁而已矣 暴其民甚 則身弑國亡 不甚
공자왈 도이 인여불인이이의 포기민심 즉신시국망 불심

則身危國削 名之曰幽厲 雖孝子慈孫百世不能改之 詩云
즉신위국삭 명지왈유려 수효자자손백세불능개지 시운

殷鑒不遠 在夏后之世 此之謂也
은감불원 재하후지세 차지위야

맹자가 말하였다.

콤파스와 곱자는 모난 것과 둥근 것의 극치요, 성인은 인륜의 극치이다. 임금 노릇을 하려면 임금의 도리를 다해야 하고, 신하 노릇을 하려면 신하의 도리를 다해야 하거니와 이 두 가지는 모두 요순을 모범으로 삼아야 할 것이다. 순 임금이 요 임금을 섬기던 법도대로 임금을 섬기지 않는다면 그는 자기 임금을 공경하지 않는 사람이며, 요임금이 백성을 다스리던 법도대로 백성을 다스리지 않는다면 그는 자기 백성을 해치는 사람이다. 공자가 말하기를 길은 두 가지이니 인한 것과 인하지 못한 것이 있을 따름이라고 하였다. 자기 백성에게 포악하게 함이 심할 경우에는 자신은 살해되고 나라는 망하며 심하지 않을 경우에는 자신은 위태롭고 나라는 약해지는 법이니, 일단 어둡거나 사납다고 이름 붙여지면 비록 효심이 지극한 자손들이 태어날지라도 백대를 두고서도 그 악명을 고칠 수 없는 것이다.

　　시경에 이르기를 은 나라 주왕(紂王)의 거울은 멀리 있지 않고 하나라 걸왕(桀王)의 시대에 있다고 했으니, 바로 이것을 두고 한 말이다.

## 〔어구 해석〕

**規矩**(규구)　'規'는 원을 그리는 도구 즉 콤파스 같은 것을 말하고, '矩'는 사각형을 그리는 기구를 의미한다.

**方員**(방원)　'方'은 모난 것을 의미하고, '員'은 둥근 것을 의미하는 圓과 통한다

**賊其民**(적기민)　그 백성을 해친다

**暴其民**(포기민)　백성에게 포악하게 한다

**身弑國亡**(신시국망)　자기자신은 죽임을 당하고 나라는 망한다

**身危國削**(신위국삭)　자기자신은 위태롭고 나라는 쪼그라든다

**幽厲**(유려)　어둡고 사납다

**殷鑒**(은감)　은 나라가 거울 삼을 것

## 〔구문 해설〕

**欲爲君**　'爲'를 '한다'로 새기면, 전제의 의미는 '임금 노릇을 하고자 하면'처럼 되고, 이를 '된다'로 새기면, 전체의 의미는 '임금이 되고자 하면'처럼 된다.

**不以堯之所以治民治民**  〈堯之所以治民〉은 '요 임금이 백성을 다스린 방법'이란 뜻으로 '以'의 지배를 받으며, 외곽의 〈不以~治民〉은 '~으로써 백성을 다스리지 않는다'는 뜻이다.

**暴其民甚**  백성을 포악하게 다루는 정도가 심하다.

**身弒國亡**  임금 자신은 죽임을 당하고 나라는 망한다. 〈弒, 亡〉은 여기서 자동사로 쓰였다. 이들이 타동사로 쓰이면 어순이 바뀌어 〈身, 國〉의 앞에서 이들을 목적어로 취한다.

**不甚**  앞의 〈暴其民〉에 걸리는 것으로 볼 수도 있고, 앞에 〈暴其民〉이 생략되었다고 볼 수도 있다.

**此之謂**  '이것을 일컫는다'는 뜻으로, 형식적으로 볼 때는 '謂'는 자동사로 피동적 의미를 나타내는 것으로 이해된다.

## 9

원문

孟子曰 自暴者不可與有言也 自棄者不可與有爲也 言非禮
맹 자 왈  자 포 자 불 가 여 유 언 야  자 기 자 불 가 여 유 위 야  언 비 례

義 謂之自暴也 吾身不能居仁由義 謂之自棄也 仁人之安
의  위 지 자 포 야  오 신 불 능 거 인 유 의  위 지 자 기 야  인 인 지 안

宅也 義人之正路也 曠安宅而弗居 舍正路而不由 哀哉
택 야  의 인 지 정 로 야  광 안 택 이 불 거  사 정 로 이 불 유  애 재

맹자가 말하였다.

스스로 자신을 해치는 사람은 더불어 말할 수 없고, 스스로 자신을 버리는 사람은 더불어 행동할 수 없는 것이니, 말로 예의를 비난하는 것을 스스로를 해친다고 말하고, 내 몸은 인에 살거나 의를 행할 수 없다고 하는 것을 스스로를 버린다고 말한다.

인은 사람이 편히 살 집이요, 의는 사람이 올바르게 걸어갈 길인데, 편안한 집을 비워두고서 살지 않으며 이 올바른 길을 버려두고서 따라가지 않으니 슬프구나.

〔어구 해석〕

**自暴**(자포)  자기자신을 해치다

**自棄**(자기)  자기자신을 버린다

居仁由義(거인유의)  인에 처하고 의를 따른다

曠(광)  비다, 비우다

弗(불)  아니하다, 不과 통한다.

舍(사)  捨(버릴 사)로 통한다.

〔구문 해설〕

不可與有言  '與'는 〈與自暴者〉의 생략형식이다.

曠安宅而弗居  '曠'은 〈曠野〉의 예와 같이 '텅비다'는 의미의 형용사로 쓰이는 것이 일반적이나, 여기서는 뒤에 〈安宅〉을 목적어로 취함으로써 동사화한 것이다. 형용사는 이렇게 목적어를 취함으로써 유관한 의미의 동사로 바뀔 수 있다.

孟子曰 事孰爲大 事親爲大 守孰爲大 守身爲大 不失其身
맹자왈 사숙위대 사친위대 수숙위대 수신위대 불실기신

而能事其親者 吾聞之矣 失其身而能事其親者 吾未之聞也
이능사기친자 오문지의 실기신이능사기친자 오미지문야

孰不爲事 事親事之本也 孰不爲守 守身守之本也 曾子養
숙불위사 사친사지본야 숙불위수 수신수지본야 증자양

曾晳 必有酒肉 將徹 必請所與 問有餘必曰有 曾晳死 曾元
증석 필유주육 장철 필청소여 문유여필왈유 증석사 증원

養曾子 必有酒肉 將徹不請所與 問有餘 曰亡矣 將以復
양증자 필유주육 장철불청소여 문유여 왈무의 장이부

進也 此所謂養口體者也 若曾子則可謂養志也 事親 若曾
진야 차소위양구체자야 약증자즉가위양지야 사친 약증

子者可也
자자가야

맹자가 말하였다.

섬김에 있어서는 무엇이 가장 중대한가? 부모를 섬기는 일이 가장 중요하다. 지킴에 있어서는 무엇이 가장 중대한가? 몸을 지키는 일이 가장 중대하다. 자기의 몸을 잃어버리지 않고 그 부모를 잘 섬겼다는 사람은 내 들었어도 자기의 몸을 잃어버리고서 그 부모를 잘 섬겼다는 사람은 내 아직껏 들어 보지 못했다. 누구인들 섬겨야 하지 않으리오마는 부모를 섬기는 일이 섬김의 근본이요, 무엇인들 지켜야 하지 않으리오마는 몸을 지키는 일이 지킴의 근본이다.

증자가 그의 아버지 증석을 봉양함에 있어서 반드시 술과 고기를 마련하였는데, 상을 물리려 할 때에는 남은 것을 누구에게 줄 것인가를 반드시 물어 보았으며, 남은 것이 있느냐고 물으면 반드시 있다고 대답하였다. 증석이 돌아가자 증원이 아버지 증자를 봉양할 때 반드시 술과 고기를 마련하더니, 상을 물리려 할 때에는 남은 것을 누구에 줄 것인가를 물어 보지 않고 남은 것이 있느냐고 물으면 없다고 대답하니, 이것은 두었다 다시 차려 드리기 위해서였다. 이것은 소위 부모의 입과 몸을 봉양하는 것이니, 증자 같은 분은 부모의 마음을 봉양했다 할 수 있다. 부모를 섬기는 것은 증자와 같이 하는 것이 옳다.

〔어구 해석〕

**孰**(숙)  무엇, 누구

**爲大**(위대)  중대하다

**徹**(철)  상을 물리다

**所與**(소여)  줄 곳

**亡**(무)  없다, 無와 같이 쓰인다.

**復進**(부진)  다시 상에 올린다

**養口體**(양구체)  입에 맛있는 것과 몸에 좋은 것을 드린다

**養志**(양지)  뜻을 받든다

**可**(가)  옳다

〔구문 해설〕

**事孰爲大, 孰不爲事** '孰'은 '누구'라는 뜻의 의문사이다. 〈事孰爲大〉에 서 〈事孰〉은 '누구를 섬기는 것'이란 의미의 '동사 + 목적어' 구문 으로 한문의 정상적인 어순으로 되어 있다. 그러나 〈孰不爲事〉에 서 〈孰~事〉는 '孰'이 앞으로 이동해 한문의 일반적인 어순과 달리 쓰였다. 이는 마치 영어에서 의문사가 이동하는 것과 흡사하다. 이 렇게 어순이 변하는 언어에서 의문사는 특별한 구조를 이루는 특 성을 가지고 있다.

〈守孰爲大〉, 〈孰不爲守〉에서 〈守孰〉, 〈孰守〉도 이와 마찬가지이 다.

**必請所與** '所'는 국어의 불완전명사 '것, 바'와 같은 의미나, 이것이 꾸미 는 말과 연결되는 방식은 정반대다. 국어에서는 '줄 것, 들은 것'처 럼 수식하는 말이 앞에 오지만, 한문에서는 '所與, 所聞'처럼 수식 하는 말이 뒤에 온다. 〈請 + 所與〉는 '동사 + 목적어' 구문으로 '줄 것을 청하여 (묻는다)'는 뜻이다. 이는 문맥상으로 미루어 더 정확 히 말하면, '남은 것을 누구에게 줄 것인지 여부를 묻는 것'으로 〈請所與〉 뒤에 〈所餘〉 즉 '남은 것'이 생략된 것으로 생각할 수 있 다. 그리고 '請'을 강조하기 위하여 '必'이 수식어로 앞에 와서 〈必 請所與〉가 된 것이다.

〈不請所與〉는 〈請所與〉에 '必' 대신 不이 와서 부정문을 이룬 것 이다.

**將以復進也** '將'은 '장차'의 뜻으로 미래 시제를 나타내며, '以'는 〈以餘〉 의 생략 형식이다.

원문

子産聽鄭國之政 以其乘輿濟人於溱洧 孟子曰 惠而不知爲
자 산 청 정 국 지 정   이 기 승 여 제 인 어 진 유   맹 자 왈   혜 이 부 지 위

政 歲十一月 徒杠成 十二月 輿梁成 民未病涉也 君子平其
정 세 십 일 월   도 강 성   십 이 월   여 량 성   민 미 병 섭 야   군 자 평 기

政 行辟人可也 焉得人人而濟之 故爲政者每人而悅之
정   행 피 인 가 야   언 득 인 인 이 제 지   고 위 정 자 매 인 이 열 지

日亦不足矣
일 역 부 족 의

　자산이 정나라 정치를 관장할 때, 자기의 수레로써 사람들을 진수와 유수
등 두 강에서 건너게 해 주니, 맹자가 말하였다.

　은혜스럽기는 하지만 정치를 할 줄은 모르는 것이다. 그 해 십일월에 걸어
건너는 다리가 놓여지고, 십이월에 수레가 다니는 다리가 놓이게 되면 백성
들은 건너는 것을 걱정하지 않게 된다. 군자가 정사를 균형이 맞게 하기만
한다면 행차할 때 사람들을 피하게 할 수도 있는 것이다. 어찌 사람마다 다
건네어 줄 수 있단 말인가? 그러므로 정치를 하는 사람이 만일 사람마다
다 기쁘게 해 주려 한다면 시일이 모자랄 것이다.

〔어구 해석〕

**聽政**(청정)  정사를 관장한다

**乘輿**(승여)  사람이 타는 수레

**徒杠**(도강)  도보로 건너는 작은 다리

**輿梁**(여량)  수레가 다니는 큰 다리

**病涉**(병섭)  건너는 것을 걱정하다

**平其政**(평기정)  정치를 균형 있게 한다

**行辟人**(행피인)  행차할 때 사람들을 피하게 한다, '辟'는 避와 같다.

**人人**(인인)  사람마다, 모든 사람

〔구문 해설〕

**聽鄭國之政**  기본형은 〈聽鄭〉으로 이는 '동사 + 목적어'의 구문이다. 여기서는 '政'앞에 수식어가 붙어 목적구를 이루었다.

**不知爲政**  〈不知 + 爲政〉은 '동사 + 목적어'구문으로, 직역하면 '정치를 할 줄을 알지 못 한다'가 된다.

**焉得人人而濟之**  '焉'은 동사 앞에서 '어찌'란 의미의 부사로 쓰인다. 〈人人〉은 같은 말을 반복하여 다수 혹은 전체를 나타낸다. '得'은 사역 동사의 기능과 비슷하나, 강제로 부리기보다 좋은 일을 베푸는 경우에 쓰인다.

徐子曰 仲尼亟稱於水曰 水哉水哉 何取於水也 孟子曰 原
서 자 왈 중 니 기 칭 어 수 왈 수 재 수 재 하 취 어 수 야 맹 자 왈 원

泉混混 不舍晝夜 盈科而後進 放乎四海 有本者如是 是之
천 혼 혼 불 사 주 야 영 과 이 후 진 방 호 사 해 유 본 자 여 시 시 지

取爾 苟爲無本 七八月之間雨集 溝澮皆盈 其涸也 可立而
취 이 구 위 무 본 칠 팔 월 지 간 우 집 구 회 개 영 기 학 야 가 립 이

待也 故聲聞過情 君子恥之
대 야 고 성 문 과 정 군 자 치 지

서자가 말하였다.

공자께서는 자주 물을 칭찬하시어 말씀하기를 물이여 물이여 하셨는데,
물에서 무엇을 취하신 것입니까?

맹자가 말하였다.

근원 있는 샘물이 솟구쳐 밤낮을 가리지 아니하고 흘러나와 웅덩이에 가
득 찬 뒤에 넘쳐흘러서 사방의 바다로 흘러 들어가거니와, 근원이 있는 것은
다 이와 같으니 이 점을 취하셨을 것이다. 만일 근원이 없으면 칠팔월 사이
에는 빗물이 모여서 도랑이 다 가득 차지마는 그 물이 말라붙는 것은 서서
기다릴 수도 있는 것이다. 그러므로 소문이 사실보다 지나친 것을 군자는
부끄러이 여기는 것이다.

## 〔어구 해석〕

**徐子**(서자)  맹자의 제자로 서벽(徐辟)을 가리킨다.

**亟**(기)  자주

**原泉**(원천)  근원이 있는 샘물

**混混**(혼혼)  샘물이 솟아나는 모양

**不舍晝夜**(불사주야)  밤낮을 가리지 않는다

**盈科**(영과)  웅덩이를 채운다

**溝澮**(구회)  도랑

**涸**(학)  물이 마른다.

**可立而待**(가립이대)  서서 기다릴 수 있을 만큼 짧은 기간에 이루어짐을 비유한 말이다.

**聲聞過情**(성문과정)  명성과 소문이 사실보다 지나치다.

## 〔구문 해설〕

**何取於水也**  〈何 + 取〉는 '목적어 + 동사' 구문으로 도치 형식이다. 한문은 국어와 반대로 '동사 + 목적어'의 어순으로 되는 것이 원칙인데, 의문사가 목적어로 쓰일 경우에는 항상 동사 앞으로 나온다.

**是之取爾**  〈取是〉의 도치 변형이며, '爾'는 허사로 쓰였다.

禹稷當平世 三過其門而不入 孔子賢之 顔子當亂世 居於
우 직 당 평 세　삼 과 기 문 이 불 입　공 자 현 지　안 자 당 난 세　거 어

陋巷 一簞食一瓢飮 人不堪其憂 顔子不改其樂 孔子賢之
누 항　일 단 사 일 표 음　인 불 감 기 우　안 자 불 개 기 락　공 자 현 지

孟子曰 禹稷顔回同道 禹思天下有溺者 由己溺之也 稷思
맹 자 왈　우 직 안 회 동 도　우 사 천 하 유 익 자　유 기 익 지 야　직 사

天下有飢者 由己飢之也 是以如是其急也 禹稷顔子易地則
천 하 유 기 자　유 기 기 지 야　시 이 여 시 기 급 야　우 직 안 자 역 지 즉

皆然 今有同室之人鬪者 救之雖被髮纓冠 而救之可也 鄕
개 연　금 유 동 실 지 인 투 자　구 지 수 피 발 영 관　이 구 지 가 야　향

隣有鬪者 被髮纓冠而往救之 則惑也 雖閉戶可也
린 유 투 자　피 발 영 관 이 왕 구 지　즉 혹 야　수 폐 호 가 야

우와 직은 태평한 세상을 당하여 자기 문 앞을 세 차례 지나면서도 들어가
지 않았다. 공자는 이것을 훌륭하게 여기었다. 안자는 어지러운 세상을 당하
여 누추한 동네에 살면서 한 바구니의 밥과 한 바가지의 물을 마시며, 남
같으면 그 근심을 견디지 못하거늘 안자는 오히려 그 즐거움을 고치지 않으
니, 공자는 이것을 훌륭히 생각하였다.

맹자가 말하였다.

우와 직과 안회가 취한 길은 한 가지이다. 우는 세상에 물에 빠진 사람이 있는 것을 생각하기를 자기 때문에 빠진 것처럼 하며, 직은 세상에 굶주린 사람이 있으면 자기 때문에 굶주린 것처럼 생각하니 그렇기 때문에 그와 같이 조급했던 것이다. 우와 직과 안자는 처지를 서로 바꾸었다면 모두 그렇게 했을 것이다.

이제 한 집에 사는 사람이 싸우는 이가 있을 때에는 이를 구해 주되 머리를 풀어 헤친 채로 갓끈을 잡아매면서 달려가 말려도 된다. 그러나 동네에 싸우는 사람이 있을 적에 머리를 풀어 헤친 채 갓끈을 잡아매면서 달려가 말린다면 이것은 어리석은 짓이니, 비록 문을 닫고 있어도 괜찮을 것이다.

### 〔어구 해석〕

**賢**(현)  훌륭하게 여긴다
**陋巷**(누항)  누추한 동네
**單食**(단사)  소쿠리 밥
**瓢飮**(표음)  바가지의 물
**易地**(역지)  처지를 바꾼다
**同室之人**(동실지인)  한 집에 사는 사람
**被髮**(피발)  머리를 풀어 헤친다
**纓冠**(영관)  갓 끈을 맨다

### 〔구문 해설〕

**賢之**  그를 현명하게 여긴다. '之'는 대명사로서 목적어로 쓰였다. '賢'이 동사로 쓰일 때는 목적어를 취한다.
**有同室之人鬪者**  〈同室之人鬪者〉가 '有'의 주어이며, 이 한자는 주어를 뒤에 취하는 특수한 성질을 가지고 있다.

齊人有一妻一妾而處室者 其良人出則必饜酒肉而後反 其
제 인 유 일 처 일 첩 이 처 실 자  기 양 인 출 즉 필 염 주 육 이 후 반  기

妻問所與飮食者 則盡富貴也 其妻告其妾曰 良人出則必饜
처 문 소 여 음 식 자  즉 진 부 귀 야  기 처 고 기 첩 왈  양 인 출 즉 필 염

酒肉而後反 問其與飮食者 盡富貴也 而未嘗有顯者來 吾
주 육 이 후 반  문 기 여 음 식 자  진 부 귀 야  이 미 상 유 현 자 래  오

將瞷良人之所之也 蚤起 施從良人之所之 徧國中無與立談
장 한 양 인 지 소 지 야  조 기  시 종 양 인 지 소 지  편 국 중 무 여 입 담

者 卒之東郭墦間之祭者 乞其餘 不足又顧而之他 此其爲
자  졸 지 동 곽 번 간 지 제 자  걸 기 여  부 족 우 고 이 지 타  차 기 위

饜足之道也 其妻歸告其妾曰 良人者 所仰望而終身也 今
염 족 지 도 야  기 처 귀 고 기 첩 왈  양 인 자  소 앙 망 이 종 신 야  금

若此 與其妾訕其良人而相泣於中庭而良人未之知也 施施
약 차  여 기 첩 산 기 양 인 이 상 읍 어 중 정 이 양 인 미 지 지 야  시 시

從外來 驕其妻妾 由君子觀之 則人之所以求富貴利達者
종 외 래  교 기 처 첩  유 군 자 관 지  즉 인 지 소 이 구 부 귀 리 달 자

其妻妾不羞也 而不相泣者 幾希矣
기 처 첩 불 수 야  이 불 상 읍 자  기 희 의

제 나라 사람에 한 아내와 한 첩을 데리고 한 집에서 사는 이가 있었다. 남편은 밖에 나가기만 하면 반드시 술과 고기를 싫도록 먹은 뒤에 돌아오거늘, 아내가 같이 마시고 먹은 사람을 물으면 다 부자이고 지체가 높은 사람이었다. 아내가 첩에게 말하기를, 남편이 밖에 나가면 반드시 술과 고기를 싫도록 먹고서 돌아오기에 함께 마시고 먹은 사람을 물으니 다 부자이고 지체 높은 사람들이라고 하는데도 아직까지 한 번도 이름난 사람이 온 일이 없었으니 내 장차 남편 가는 곳을 뒤따라가 보리라 하고, 일찍 일어나 남편 가는 곳을 멀찌감치 따라가 보니, 온 성안을 두루 다녀도 함께 서서 이야기하는 사람이 없더니, 마침내 동쪽 성밖의 무덤들이 있는 곳의 제사지내는 사람에게로 가서 그들이 먹고 남은 것을 빌어먹고, 부족하면 또 둘러보고는 다른 제사지내는 사람에게로 가니, 이것이 그가 배불리 먹는 방법이었다. 아내가 집으로 돌아와 첩에게 말하기를 남편이란 자는 우러러보면서 죽을 때까지 살아야 하는 것이거늘 이제 우리 남편이 이 꼴이로다 하고 첩과 더불어 남편을 나무라면서 뜰 가운데서 서로 잡고 울고 있는데, 이것도 모르는 남편은 의기양양하게 밖으로부터 들어오면서 자기 아내와 첩에게 거만하게 구는 것이었다.

군자를 통하여 보면, 사람들이 부귀와 출세를 구하는 방법으로서 아내와 첩이 알면 부끄러워하지 않고 울지 않을 사람이 드물 것이다.

〔어구 해석〕

良人(양인) 남편

饜酒肉(염주육) 술과 고기를 실컷 먹는다

未嘗有(미상유)~ 일찍이 ~가 있어 본 적이 없다

顯者(현자) 출세한 사람

瞯(한)  엿보다

**所之**(소지)  가는 곳

**蚤起**(조기)  일찍 일어난다

**施從**(시종)  떨어져 따라간다

**東郭**(동곽)  동쪽 성밖

**墦間**(번간)  공동묘지의 무덤 사이

**之他**(지타)  다른 데로 간다

訕(산)  나무라다

**施施**(시시)  의기양양한 모양

## 〔구문 해설〕

**間所與飮食者**  〈所與飮食者〉는 직역하면 '더불어 마시고 먹은 바의 사람'
　　　이 되며, 이는 '間'의 목적어가 된다.

**之**  동사로 쓰이면 '간다'는 뜻이다. 〈所之〉는 '가는 곳'이고, 〈之他〉는 '다
　　　른 곳으로 간다'는 뜻이다.

**無與立談者**  '無'의 주어는 〈與立談者〉이다. 〈有, 無〉는 주어를 항상 뒤
　　　에 취한다. 〈與立談者〉는 '(어떤 사람과) 더불어 서서 말하는 사
　　　람'을 뜻한다.

**所仰望而終身**  '所'는 '~하는 바' 혹은 '~하는 것'을 의미하는 명사로,
　　　꾸미는 말이 뒤에 온다. 여기서 꾸미는 말은 〈仰望而終身〉으로 그
　　　의미는 '우러러 보면서 평생을 마칠'이 된다.

**未之知**  '아직 모른다'는 뜻으로, 〈未知〉와 같으며 '之'는 별의미가 없다.

**人之所以求富貴利達者**  〈人之所以求~者〉는 '사람이 ~을 구하는 수단
　　　이 되는 것'이란 뜻이 된다.

## 15

원문

孟子曰 今有無名之指 屈而不信 非疾痛害事也 如有能信
맹자왈 금유무명지지 굴이불신 비질통해사야 여유능신

之者 則不遠秦楚之路 爲指之不若人也 指不若人 則知惡
지자 즉불원진초지로 위지지불약인야 지불약인 즉지오

之 心不若人 則不知惡 此之謂不知類也
지 심불약인 즉부지오 차지위부지류야

맹자가 말하였다.

이제 무명지가 구부러져서 펴지지 않는 것이 아프거나 일에 방해가 되는 것이 아니지만, 만일 이를 펴 줄 수 있는 사람이 있다면, 진나라나 초나라 같은 먼 길도 멀다 하지 않고 찾아 갈 것이니, 이는 손가락이 다른 사람과 같지 않기 때문이다. 손가락이 다른 사람과 같지 않으면 싫어할 줄 알면서도 마음이 다른 사람만 못하면 싫어할 줄 모르니, 이를 일러 일을 구분할 줄 모른다고 하는 것이다.

〔어구 해석〕

**指**(지)  손가락

**無名之指**(무명지지)  무명지, 넷째 손가락

**屈**(굴)  구부러진다

信(신)  편다, '信'은 '伸'으로 통한다.

疾痛(질통)  아프다

害事(해사)  일을 해롭게 한다

如(여)  만일, ~할 것 같으면

不遠(불원)  멀게 여기지 않는다

爲(위)  ~하기 때문이다

若人(약인)  남과 같다

惡(오)  미워한다, 이 때 독음은 '오'이다.

〔구문 해설〕

**如有能信之者**  〈能信之者〉는 '有'의 주어이며, '如'는 '~같으면'이란 뜻
으로, '만일'이라 새기기도 한다. '信'은 '伸'대신 쓰였다.

**不遠秦楚之路**  '遠'은 뒤에 목적어가 오면 동사로서 '멀게 여긴다'는 뜻을
나타낸다. 여기서 목적어는 〈秦楚之路〉로 '진나라나 초나라 같은
먼 길'을 의미한다.

**爲指之不若人也**  〈不若人〉은 '남과 같지 않다'는 뜻이며, '爲'는 이유를
나타낸다.

**知惡之**  '惡'은 '미워한다'는 뜻이며, '之'는 대명사로 그 목적어가 된다.
전체의 의미는 '이것을 미워할 줄 안다'가 된다.

**不知惡**  미워할 줄 모른다. 여기서는 '惡'의 목적어가 생략되었다. 이는
앞에 나온 〈知惡之〉구문의 영향이라 이해된다.

# 16

孟子曰 有天爵者 有人爵者 仁義忠信 樂善不倦 此天爵也
맹자왈 유천작자 유인작자 인의충신 낙선불권 차천작야

公卿大夫 此人爵也 古之人修其天爵 而人爵從之 今之人
공경대부 차인작야 고지인수기천작 이인작종지 금지인

修其天爵以要人爵 旣得人爵 而棄其天爵 則惑之甚者也
수기천작이요인작 기득인작 이기기천작 즉혹지심자야

終亦必亡而已矣
종 역 필 망 이 이 의

맹자가 말하였다.

천작(天爵)이라는 것이 있고 인작(人爵)이라는 것이 있으니, 인과 의와 충과 신 및 선을 게을리 하지 않음은 천작이요, 공경이나 대부 같은 벼슬은 인작이다. 옛날 사람들은 자신의 천작을 닦으면 인작이 저절로 따라왔다. 요즘 사람들은 자기의 천작을 닦아서 인작을 요구하고, 일단 인작을 얻고 나면 천작을 버리니, 이는 곧 미혹함이 심한 것이다. 끝내는 반드시 인작도 잃고 말 것이다.

〔어구 해석〕

**天爵**(천작) 하늘이 내린 작위라는 뜻으로, 훌륭한 성품을 가리킨다.

**者**(자)  ~이라는 것, 주제를 나타낸다.

**人爵**(인작)  사람이 주는 작위

**樂善**(낙선)  선한 것을 즐긴다

**不倦**(불권)  게을리 하지 않는다

**修其天爵**(수기천작)  그 하늘의 작위를 닦는다는 것은 仁義忠信 등 좋은 덕을 쌓는 것을 의미한다.

**以要人爵**(이요인작)  ~한 대가로 벼슬을 달라고 요구한다

**旣得**(기득)  이미 얻었다

**棄**(기)  버린다

**惑**(혹)  미혹하다, 어리석다

**終**(종)  마침내, 끝내

## 〔구문 해설〕

**修其天爵而人爵從之**  〈修 + 其天爵〉은 '동사 + 목적어'구문이며, 〈人爵 + 從 + 之〉는 '주어 + 동사 + 목적어'구문이다. 여기서 '之'는 〈天爵〉을 가리킨다.

**旣得人爵 而棄其天爵**  '旣'는 '이미'란 의미로 과거시제를 나타낸다. 그래서 〈旣得〉이 '棄'보다 시제에서 앞섬으로써 '~을 얻고 나서 ~을 버린다'는 뜻을 나타내게 된다.

**終亦必亡而已矣**  직역하면 '끝내는 또한 반드시 잃을 뿐이다'가 된다. '亡'의 목적어는 〈人爵〉이며, 〈而已〉는 '뿐이다'라는 의미를 나타내는 복합 종지사이다.

## 17

**원문**

孟子曰 舜之居深山之中 與木石居 與鹿豕遊 其所以異於
맹자왈 순지거심산지중 여목석거 여녹시유 기소이이어

深山之野人者幾希 及其聞一善言見一善行 若決江河 沛然
심산지야인자기희 급기문일선언견일선행 약결강하 패연

莫之能禦也
막지능어야

맹자가 말하였다.

순 임금이 깊은 산중에 묵고 있을 때 나무와 돌과 더불어 살고 사슴 멧돼지와 더불어 노닐어 깊은 산 속에 사는 야인(野人)들과 다른 점이 거의 없었다. 그러나 그가 착한 말 한마디를 듣고 착한 행실 한 가지를 봄에 미쳐서는 마치 큰 강물을 터놓은 것 같아서 도도한 흐름을 막을 수가 없었다.

### [어구 해석]

**鹿豕**(녹시)  사슴과 멧돼지

**沛然**(패연)  물이 세차게 흐르는 모양

**決**(결)  물꼬를 튼다

### [구문 해설]

**見一善行**  앞 구절의 '及'자가 이 구절 앞에도 있는 것으로 본다.

---

┌─────────────────────────────────────────────────────────┐
│ **원문**                                                    │
│                                                             │
│ 孟子曰 君子有三樂 而王天下不與存焉 父母俱存兄弟無故            │
│ 맹 자 왈  군 자 유 삼 락  이 왕 천 하 불 여 존 언  부 모 구 존 형 제 무 고 │
│                                                             │
│ 一樂也 仰不愧於天 俯不怍於人 二樂也 得天下英才而教            │
│ 일 락 야  앙 불 괴 어 천   부 부 작 어 인  이 락 야  득 천 하 영 재 이 교  │
│                                                             │
│ 育之 三樂也 君子三樂 而王天下不與存焉                        │
│ 육 지  삼 락 야  군 자 삼 락  이 왕 천 하 불 여 존 언              │
└─────────────────────────────────────────────────────────┘

맹자가 말하였다.

군자에게 세 가지 즐거움이 있으나, 천하에 임금 노릇하는 것은 여기에 들지 않는다. 부모가 다 살아계시며 형제가 모두 무고함이 첫째 즐거움이요, 우러러 하늘에 부끄럽지 않고 구부려 사람들에게 부끄럽지 않은 것이 둘째 즐거움이요, 천하의 영재를 얻어 교육하는 것이 셋째 즐거움이다. 군자에게 세 가지 즐거움이 있으나, 천하에 임금 노릇하는 것은 여기에 들지 않는다.

## [어구 해석]

**王天下**(왕천하)  천하에 임금 노릇한다

**不與存**(불여존)  (이들과) 더불어 있지 않다

**俱存**(구존)  다 살아 있다

**仰不愧於天**(앙불괴어천)  우러러 하늘에 부끄러울 것이 없다

**俯不怍於人**(부부작어인)　구부려 사람들에게 부끄럽지 않다

## 〔구문 해설〕

**君子有三樂 而王天下不與存焉**　〈君子有三樂〉은 '군자는 삼락을 소유하
였다.'라고 새기기보다 '군자에게는 삼락이 있다.'고 하는 것이 자
연스럽다. '有'에 대하여 〈君子〉는 〈於君子〉와 같은 의미의 부사어
이고, 그 주어는 〈三樂〉이 된다. 이런 구문에서는 於가 생략되는
것이 일반적이다. '王'은 명사로 쓰이는 것이 일반적이나, 여기서는
뒤에 〈天下〉를 목적어로 취함으로써 '왕으로서 다스린다'는 의미의
동사로 쓰였다. '與'는 '~와 더불어'란 의미로 여기서는 뒤에 〈三
樂〉이 이어져야 하나 생략되었다.

**得天下英才 而教育之**　〈天下英才〉는 '得'의 목적어이며, '之'는 앞의 〈天
下英才〉를 대신하는 대명사로서 〈教育〉의 목적어이다. 〈教育〉은
목적어를 취함으로써 동사로 쓰였다.

**君子三樂**　이는 앞에 나온 〈君子有三樂〉과 같은 의미이나, 되풀이됨으로
써 '有'가 생략된 것이다. 한문에서는 이렇게 구문에서 어떤 말이
생략된 경우, 앞에 나온 관련 구절을 참고하면서 이해하는 것이 중
요하다.

孟子曰 孔子登東山而小魯 登太山而小天下 故觀於海者難
맹자왈 공자등동산이소로 등태산이소천하 고관어해자난

爲水 遊於聖人之門者難爲言 觀水有術 必觀其瀾 日月有
위수 유어성인지문자난위언 관수유술 필관기란 일월유

明 容光必照焉 流水之爲物也 不盈科不行 君子之志於道
명 용광필조언 유수지위물야 불영과불행 군자지지어도

也 不成章不達
야 불성장부달

맹자가 말하였다.

공자가 동산에 올라가 노나라를 작다 하고, 태산에 올라가 천하를 작다
하였다. 그러므로 바다를 기준으로 보는 사람은 어지간한 물을 인정하기 어
렵고, 성인의 문하에서 배우는 사람은 웬만한 말은 받아들이기 어려운 것이
다. 물을 보는 데 방법이 있으니 반드시 그 물결을 보아야 한다. 해와 달은
밝음이 있어 빛을 용납할 만한 곳에는 반드시 비춘다. 흐르는 물의 성질은
웅덩이를 채우지 않으면 나아가지 못하니, 군자가 도를 지향함에 있어서도
과정을 완성하지 못하면 끝내 깨닫지 못하는 것이다.

## 〔어구 해석〕

**東山**(동산)  노나라에 있는 작은 산

**太山**(태산)  태산(泰山), 중국의 오악의 하나이다.

**難爲水**(난위수)  물다운 물을 인정하기 어렵다

**難爲言**(난위언)  말다운 말을 인정하기 어렵다

**觀其瀾**(관기란)  물결의 크고 작음을 관찰한다

**流水之爲物**(유수지위물)  흐르는 물의 됨됨이

**盈科**(영과)  웅덩이를 채운다

**不成章**(불성장)  문채(文彩)를 이루지 못한다

## 〔구문 해설〕

**小魯, 小天下** '小'는 그 다음 말을 목적어로 취하는 동사로, '작게 여긴다' 는 뜻을 나타낸다.

**難爲水** 〈爲水〉는 '물이 된다' 혹은 '물로 여긴다'는 의미이고, '難'은 주어 를 뒤에 취하는 말로서 여기서는 〈爲水〉가 주어이다. 한문에서 주 어는 동사 앞에 오는 것이 원칙이나, 극히 일부 한자는 주어를 반 드시 뒤에 취하니, 〈有, 無, 難, 易〉 등이 이에 해당한다.

---

원문

桃應問曰 舜爲天子 皐陶爲士 瞽瞍殺人 則如之何 孟子曰
도응문왈 순위천자 고요위사 고수살인 즉여지하 맹자왈

執之而已矣 然則舜不禁與 曰夫舜惡得而禁之 夫有所受之
집지이이의 연즉순불금여 왈부순오득이금지 부유소수지

也 然則舜如之何 曰舜視棄天下 猶棄敝蹤也 竊負而逃 遵
야 연즉순여지하 왈순시기천하 유기폐사야 절부이도 준

海濱而處 終身訢然樂而忘天下
해빈이처 종신흔연낙이망천하

---

도응이 물어 말하였다.

순 임금이 천자로 있고 고요가 법관으로 있는데, 순 임금의 아버지 고수가
사람을 죽이면 어떻게 하겠습니까?

맹자가 말하였다.

체포할 뿐이다.

그러면 순 임금이 금하지 못합니까?

순 임금이 어찌 그것을 못하게 막을 수 있으랴? 이어받은 법이 있다.

그러면 순 임금은 어떻게 하겠습니까?

순 임금은 천하를 버리는 것을 마치 헌 짚신 버리는 것같이 생각하니, 남
몰래 그 아버지를 업고 도망하여 바닷가에 가 살면서 평생토록 즐거워하면

서 천하를 잊어버릴 것이다.

## 〔어구 해석〕

**皐陶**(고요)  순 임금의 명신으로 법을 맡아 다스렸다

**瞽瞍**(고수)  순 임금의 아버지

**惡得**(오득)  어찌 ~할 수 있으랴

**敝蹝**(폐사)  헌 짚신

**竊**(절)  몰래

**遵海濱**(준해빈)  바닷가를 따라 간다

**處**(처)  거처를 정하고 산다

**訢然**(흔연)  기뻐하는 모양

## 〔구문 해설〕

**惡得而禁之**  '惡'는 의문부사로 '어찌'라 새긴다. '得'은 '能'과 의미가 같다. '而'는 여기서 없어도 좋으나, 강조하기 위하여 쓰인 것으로 본다.

**如之何**  〈如何〉와 같으며, 여기서도 '之'는 없어도 좋으며, 강조하기 위하여 쓰였다.

**視棄天下猶棄敝蹝**  〈視~猶~〉로 이해하여 '~보기를 ~같이 한다'처럼 해석할 수도 있고, 〈~猶~〉를 '視'의 목적절로 이해하여 '~하는 것은 ~하는 것과 같은 것으로 본다'고 새길 수도 있다.

**저자약력** ●─────────────────────────────────

김상대(金相大)

서울대학교 졸업, 문학박사, 현재 아주대학교 명예교수
저서 : 「구결문의 연구」, 「국어문법의 대안적 접근」, 「도덕경 강의」 등


성낙희(成樂喜)

숙명여자대학교 졸업, 문학박사, 현 숙명여자대학교 교수
저서 : 시집 「향수」, 「먼 길」, 「최치원의 시정신 연구」 등

# 동양 고전의 이해

인쇄일 초판 1쇄   2004년 02월 27일
      2쇄   2008년 04월 15일
발행일 초판 1쇄   2004년 03월 10일
      2쇄   2008년 04월 25일


지은이 김상대 · 성낙희
발행인 정 진 이
발행처 새미
등록일 2006.03.14, 제17-271호

서울시 강동구 성내동 447-11 현영빌딩 2층
Tel : 442-4623~4 Fax : 442-4625
www. kookhak.co.kr
E- mail : kookhak2001@hanmail.net


가 격 20,000원


* 새미는 국학자료원의 자매회사입니다.
*저자와의 협의 하에 인지는 생략합니다.